Saving Adam Smith

A Tale of Wealth, Transformation, and Virtue

搶救亞當斯密

一場財富、轉型與道德的思辨之旅

強納森．懷特——著　江麗美——譯
Jonathan B. Wight

（經典紀念版）

經濟趨勢 48

搶救亞當斯密

一場財富、轉型與道德的思辨之旅（經典紀念版）

作　　者　強納森・懷特（Jonathan B. Wight）
譯　　者　江麗美
封面設計　兒日設計
責任編輯　林博華
行銷業務　劉順眾、顏宏紋、李君宜
總 編 輯　林博華
發 行 人　涂玉雲
出　　版　經濟新潮社
104台北市民生東路二段141號5樓
電話：(02) 2500-7696　傳真：(02) 2500-1955
經濟新潮社部落格：http://ecocite.pixnet.net
發　　行　英屬蓋曼群島商家庭傳媒股份有限公司城邦分公司
台北市中山區民生東路二段141號11樓
客服服務專線：02-25007718；25007719
24小時傳真專線：02-25001990；25001991
服務時間：週一至週五上午09:30-12:00；下午13:30-17:00
劃撥帳號：19863813；戶名：書虫股份有限公司
讀者服務信箱：service@readingclub.com.tw
香港發行所　城邦（香港）出版集團有限公司
香港灣仔駱克道193號東超商業中心1樓
電話：(852) 25086231　傳真：(852) 25789337
E-mail: hkcite@biznetvigator.com
馬新發行所　城邦（馬新）出版集團 Cite (M) Sdn Bhd
41, Jalan Radin Anum, Bandar Baru Sri Petaling,
57000 Kuala Lumpur, Malaysia.
電話：(603) 90578822　傳真：(603) 90576622
E-mail: cite@cite.com.my
印　　刷　一展彩色製版有限公司
初版一刷　2004年8月1日
三版一刷　2020年11月19日

城邦讀書花園
www.cite.com.tw

ISBN：978-986-99162-7-1

定價：400元

Printed in Taiwan

〈出版緣起〉

我們在商業性、全球化的世界中生活

經濟新潮社編輯部

跨入二十一世紀，放眼這個世界，不能不感到這是「全球化」及「商業力量無遠弗屆」的時代。隨著資訊科技的進步、網路的普及，我們可以輕鬆地和認識或不認識的朋友交流；同時，企業巨人在我們日常生活中所扮演的角色，也是日益重要，甚至不可或缺。

在這樣的背景下，我們可以說，無論是企業或個人，都面臨了巨大的挑戰與無限的機會。

本著「以人為本位，在商業性、全球化的世界中生活」為宗旨，我們成立了「經濟新潮社」，以探索未來的經營管理、經濟趨勢、投資理財為目標，使讀者能更快掌握時代的脈動，抓住最新的趨勢，並在全球化的世界裏，過更人性的生活。

之所以選擇「經營管理—經濟趨勢—投資理財」為主要目標，其實包含了我們的關注：「經營管理」是企業體（或非營利組織）的成長與永續之道；「投資理財」是個人的安身之道；而「經濟趨勢」則是會影響這兩者的變數。綜合來看，可以涵蓋我們所關注的「個人生活」和「組織生活」這兩個面向。

這也可以說明我們命名為「經濟新潮」的緣由——因為經濟狀況變化萬千，最終還是群眾心理的反映，離不開「人」的因素；這也是我們「以人為本位」的初衷。

手機廣告裏有一句名言：「科技始終來自人性。」我們倒期待「商業始終來自人性」，並努力在往後的編輯與出版的過程中實踐。

〔導讀〕

如果你不讀亞當·斯密的書

劉瑞華

用小說搶救亞當·斯密（Saving Adam Smith）？真的嗎？這幾年已經有不少藉著小說形式傳達經濟學理念的書出版，主題都是環繞在公共政策的議題上，這本書不同的地方在於是以亞當·斯密這個人為核心。亞當·斯密是誰？他是十八世紀開創經濟學的人，也是跟著一個經濟學博士生橫越美國的老工人。為什麼要搶救亞當·斯密？因為他被誤解而承受嚴重的屈辱，而且有人將資本主義的罪過怪在他的身上，而要殺他。的確，聽起來有點怪，這是在小說中才會有的情節。

這本書的書名讓我想起了《搶救雷恩大兵》這部電影。片中那些負擔搶救任務的人都在問：「誰是雷恩？」結果歷經險境找到之後，他們發現這位可以幸運除役的雷恩只是個普通人，而且竟然不願意接受立即離開前線的特權，寧可和同伴們死守陣地，這使得全體冒險來搶救雷恩的人找到了捲進這場戰爭裏最值得的代價，最後被拯救的不只雷恩一個人。

亞當·斯密值不值得搶救？他在一七七六年出版的《國富論》，建立了經濟學的基礎，被視為市場經濟發展的藍本，而反對市場經濟的陣營可能因此而視之為始作俑者。亞當．斯密雖然被尊為經濟學之父，但是即使拿到經濟學博士學位的學者中可能也有不少人並不知道亞當．斯密還寫過《道德情操論》。在小說故事的想像裏，亞當．斯密覺得非常委屈，並且藉著一點一點揭開誤解，指控資本主義社會與經濟學的發展走向。如果讀者們能夠逐漸明瞭亞當．斯密所受的誤解，那受到救贖的應當也不只亞當．斯密一個人。

亞當．斯密被誤解的核心問題在於《國富論》為了強調市場機能的優越，而假設人的行為動機是為了自利，因而讓一些人認為亞當．斯密為人們自私的行為提供了辯護的理由。然而，《道德情操論》裏的亞當．斯密則大談同情與利他的行為，不僅沒有主張人性自私，還推崇高尚的道德情操。兩本書裏的這項差異曾經被認為有所矛盾，而成為經濟思想史的熱門主題，而且學者們已經提出了合理的解釋，可是只有少數專門的學者才會注意。

亞當．斯密在《道德情操論》裏，延伸了大衛．休謨（David Hume）的論點，將人與人互動的影響內化為個人人性的一部分，因同情而願意自發的採取利他的行動，其實也並不違背自利行為的假設。而在《國富論》裏，常被引用為最能代表亞當．斯密思想的「看不見的手」，雖然是以人的自利行為為假設，但很明顯排除了人與人互動而產生同情的前提，也就是說，藉著市場機能這隻「看不見的手」引導，市場經濟不要求人們必須具備高尚的道德情操，就能夠達到互利的社會和諧。

亞當．斯密並未否認，更未反對人的道德情操，而是從建構社會制度的角度思考，即使人是自私的，市場經濟也不至於敗壞，但是其他的制度則未必。我隱約記得，高中時三民主義老師解釋共產主義為何失敗，就講過類似的理由。然而，隨著社會主義國家的轉型，資本主義的勝利帶來了新的問題，加上原有的老問題，市場經濟必須自我反省：如果「市場失靈」，怎麼辦？從凱因斯（J. M. Keynes）之後，經濟學都寄望於政府政策，用政府的「看得見的手」糾正「看不見的手」。反對凱因斯思想的學者力批政府干預才是問題來源，卻無法回應「市場失靈」的問題。搶救亞當．斯密，未嘗不是拯救全球市場經濟的新思維。

其實亞當．斯密的著作與學問體系非常龐大，《道德情操論》與《國富論》之外，還有許多著作。他在世時還構思了一本以司法為主題的書，可惜沒有完成，有人根據他學生的上課筆記整理出版了一本書，呈現了另一個思維方向。小說的主角最後雖然展現個人的道德情操，放棄了龐大的商業利益，但是他給追求私有化轉型經濟國家的建議並非道德化，而是法治。要瞭解亞當．斯密的最好辦法，應該是聽小說人物的話，翻開亞當．斯密的書閱讀。如果仍然沒有人讀亞當．斯密，那麼搶救亞當．斯密的任務可能還要繼續。

（本文作者為國立清華大學經濟學系教授）

目錄 Contents

part 2 轉型

part 3 道德

part 4 附錄

前言

亞當・斯密是啟蒙時期的巨擘，他的著作犀利而雋永，橫跨不同學科——如人文學科、自然科學、法律、政治、與經濟（經濟是道德哲學的一個重要部分）。亞當・斯密致力構思一個能夠統合各種「人的」科學的思想體系，尤其是在市場與道德領域。這個統合的道德視野是經濟學者長期忽略的一環，而在全球化的論戰日趨激烈之際，這個觀點益發重要。一些新興市場經濟體在拋棄舊有組織架構的同時，也發現具平衡作用的社會與制度架構並未到位，而這些在成熟的民主社會卻是理所當然的。簡而言之，假如財富缺乏道德基礎，亞當・斯密並不會覺得高興。因此人們猜想著，在今日商業世界裏，亞當・斯密的思想有何實際的意涵？

這本書是一部純想像的「學術」小說，探索的就是這個問題。在書中，這位經濟學之「父」為讀者引介全球經濟，以及它賴以生存的道德基礎。國際貿易與專門化是企業創造財富的基石，然而亞當・斯密提出強烈警告：自由社會與自由市場已面臨威脅，因為人們忽視了根本要素——最主要是對正義的關心與道德的培養。假如商業體系想要在政府干預最少的情況下，經過世世代代還能繼續存在，就必須重視這些根本要素。

在芸芸眾生中，還是有些人面臨著深沉的心理與精神上的挑戰。亞當．斯密說，毫無限制地追求財富會「造成腐化」，使我們喪失那許多可以提供意義與終極幸福的東西：也就是基於關心他人的真心感受，而培養出來的道德良心。亞當．斯密因此預期，一個基於道德的商業模式，才能夠結合「最靈光的腦袋和最善良的心」——用他自己的話來說。經濟效率與道德操守是相互強化的。

亞當．斯密給我們的教誨，無論在工業革命之初或是在今天，都一樣勢在必行。亞當．斯密自己所說的話，在整本小說裏隨處可見，只不過為了維持對白流暢，有時會被縮短或改寫。有興趣的讀者可以在註解裏找到亞當．斯密的文句出處。附錄裏也有教學指南，亞當．斯密的生平年表，以及更進一步的閱讀建議。

至於崇高的亞當．斯密是否同意他的文字出現在一部完全杜撰的小說裏，以下是他自己說過的話：

> 在談話時，我們只願容忍荒謬故事的說書人，因為我們知道他的情節是無害的，因此隨時願意給他某種許可。（*Lectures on Rhetoric and Belles Lettres*, p. 119）❶

秉持這個精神，且讓我們傾聽這位現代經濟與商業之「父」的話語——也許還要加上充滿智慧的「母」。

——J·B·W

否認聲明

除非特別註明，本書所有的角色都純粹是杜撰而來，絕無刻意影射任何真實人物，無論已故或現存者。菲德堡的赫斯特學院、舊金山的世界化學與物質供應公司（世化公司）、民重於利組織（POP）、長毛象石油公司、以及職場展覽協會，這些都是虛構的，也無意顯示與任何真實組織有雷同之處，無論過去或現有的組織。

part 1
財富 *Wealth*

「每一個經濟行為，只要是人類的行為，就必然是個道德行為。」

——威廉・列文（William Letwin），《經濟科學的源起》（*The Origins of Scientific Economics*, 1964）❶

1 亞當斯密復活了

那人隨著傾盆大雨而來。維吉尼亞州的暴風雨很特別，烏黑的雲團升起，在清晨的天空打轉。春日的陣風打在天井的遮陽傘上，豪雨則像大開的水龍頭般流灌而下，撲打著大地，濺上玻璃門，再流落地面。瑞斯是一隻八歲大的柯利狗，牠在每個房間裏奔來跑去，對著雷聲汪汪叫著。我上樓去關起窗戶，卻聽見一個敲門聲，聽來像是百葉窗鬆落的聲音。透過玻璃，我瞥見一部破爛的車停在彎道上。有個人蜷縮在我的門階上，吸著一節菸屁股。他再度不耐地輕輕叩門——這一叩將會扭轉我井然有序的獨居生活，帶著我橫跨全美國作巡迴演說，而且幾乎讓我送了命。

這一刻，當我打量著前門玄關的那個剪影，卻沒料想到這一切。我開了一盞燈，那個身影具體化為一個身長約莫六呎的老人。短短的白髮環繞著濯濯童山。他傾身倚著那不怎麼牢固的遮陽篷，不安地四下張望著。我將瑞斯拉到一旁，開了門。那人鬆了一口氣，露出大門牙。❷

「伯恩斯博士嗎？我來找博——理查·伯恩斯博士？」他結結巴巴地說。

「我是伯恩斯先生。」我說。紗門依舊關著。

那人試著擠出一點笑容，雙唇卻扭曲著皺起眉頭。他彷彿沉睡般地說著：「茱莉亞·布魯克告訴我可以來找你。她是教會的人。」

我揚起一邊眉梢。

「她說你在大學裏教書。」

我點點頭。

他的棕色眼睛對我表示嘉許，卻難掩失望之情。「你這麼年輕……」他想轉身走開，又改變了心意。「啊。也許你可以幫得上忙。我需要找個人談談……找個認識一位老經濟學家的人。」

這人帶著一點奇特古老的口音，因為滂沱大雨而更顯得混濁。他揚起聲音：「他並不老，我是說——他是很久以前的人。有個傢伙，叫做亞當·斯密（Adam Smith）。你聽過嗎？」

我漲紅了臉。「有個傢伙」叫做亞當·斯密？有個傢伙？大雨壓天蓋地。瑞斯在我身後搔抓著地毯，怪得很。他通常會狡猾地越過我，迎接每一個客人。

「亞當·斯密——那位經濟學之『父』？」我問。❸

「是啊，應該是他吧。」

我遲疑片刻之後開了紗門。他抖落一身的雨水，踏進門來。客廳的檯燈洩露這位老先生的本來面目，他的面孔潮紅，紋路深刻，有個顯眼的大鼻子。濡濕的白鬍鬚掩著兩片緊閉的薄唇。他癱在沙發上，我則暫棲在另一端。我瞥了一下手錶：最喜愛的電視節目再五分鐘就要開始了。

「過去兩個禮拜真是難熬。」他虛弱地說。他的黑色工作靴使得雨水緩緩滲入我的地毯。

我端詳著他，一邊好奇一邊不耐煩。他其貌不揚，卻有一股與外貌不甚協調的威嚴。如果不是茱莉亞要他來，也許他根本進不了這個門。但前些日子茱莉亞說，缺乏行動的道德姿態無異是空口白話。無論這是她自己說的，或是別人說的，重要的是這話很傷人，而忙碌如我，還是要強迫自己表現一點耐性。

他清一清喉嚨。「從哪裏開始呢？大概可以從四月開始說。三四個禮拜前，我開始做一些怪夢。說它們是夢，是因為夜裏我睡著後，那個聲音開始出現。但是我醒過來之後，它還是不停。」他的嗓子啞了。「嚇死我了！簡直像召魂一樣，在我耳邊響著。啊！」

他垂下頭，肩膀開始顫抖。

瑞斯在我腳邊狺然低吼。牠並沒有大聲吠，全都是因為我這位濕答答的客人。牠顯得小心翼翼，我也回應牠的謹慎，彎身摩挲牠的耳後。

「過去兩個禮拜真是難熬，」那人啜泣著，揉揉一隻眼睛。「我腦子裏這個喋喋不休的聲音，日日夜夜，這個聲音一直不停。」他翻尋著身上那件沾了油污的外衣。「介意我抽根菸嗎？」他改變主意，又把香菸塞了回去。「我一定是快瘋了。」

茱莉亞·布魯克上哪兒找到這種人的？我到廚房拿來一個碟子，充當菸灰缸。他點起菸，將帶著凹痕的齊波牌打火機上的餘火搧滅。他深吸一口。「這個聲音……完全沒意義，至少對我來說。什麼『修正這個世界』？這是什麼意思？伯恩斯博士，我是個卡車機械工人，我只會修理柴油引擎。我哪知道怎麼修理這個世界？但這聲音響個沒完。這時候我告訴自己：『哈洛，你得去求救了。』」

「哈洛？」

「我的名字──哈洛·提姆斯。」他伸出手來。他說話帶點輕微的歐洲口音，但從名字完全看不出任何線索；我是個經濟學者，不是語言學家。

「你哪裏人？」我問。

「羅馬尼亞，來這兒很多年了。」他回道，緊握住我的手。

我在菲德堡的赫斯特學院教書，現在是第二年的年底，我已經到了油盡燈枯的地步──因為有太多考卷要改而筋疲力竭，沒完沒了的教職員會議榨乾我每一分精力，和博士論文毫無止境的搏鬥令我腸枯思竭。我的小桌上有一堆聖誕卡還沒回。我的洗衣籃已經滿出來了。微波爐雞肉晚餐的香味從廚房裏飄了出來，我的胃開始咆哮。

哈洛．提姆斯又吸了一口菸，空洞的眼神望著一個角落。顯然他的故事不會短。他似乎錯認我是個醫生，讓他繼續下去不只是欺瞞，也浪費我寶貴的時間。管他的茱莉亞，我做了決定。

「很有意思，」我站了起來。我用那隻握緊我的手幫助他起身，「提姆斯先生，你知道，有些很不錯的藥可以治療你的困擾，這個年代什麼都有。」我領著他走向門前走廊。「但是我想這是個嚴重的錯誤；我不是醫生，也無法為你開什麼藥。」

他像是受到驚嚇，「但是你得幫幫我！」

「我相信茱莉亞可以推薦一個好醫生給你。找我只會浪費你的時間。」

我開了門，他踉蹌著走了出去。他兩腳岔開站在那兒，兩眼圓睜望著我，像隻被拋棄的寵物。電視機裏傳出罐頭笑聲，外頭的雨打進門裏。

「祝你好運！」我揮揮手，將門緩緩關上。

有個聲音徘徊不去。我重開了門。那個被拋棄的可憐身影寸步未移。

「這和亞當．斯密有什麼關係？」我問。

「就是他，」他說。「他接管了我的腦袋！他要整個世界非聽他說話不可！」

我搖搖頭，將這個瘋子關在門外。

2 遠大前程

在華盛頓市中心區的老艾伯特燒烤小館，羅伯．艾倫．賴堤瑪教授和我面對面坐著。他是亞當斯密經濟學講座（Adam Smith Chair of Economics）的主持人。賴堤瑪地位崇高，因此看來十分威嚴，六呎二吋的身高像要上達天花板，姿態挺立，頂著一頭豎立的灰髮。小平頭給他一種軍人粗獷的味道，極度守時與重視時程也很符合這個形象。

他和過去一樣四方遊走，有時在波士頓的學術崗位，有時到首都擔任那些決策制定者的顧問。這回則是到對街的財政部，他們今天最主要的議題，是印尼政府無力償還貸款的危機。赫斯特學院就在五十哩外的菲德堡，所以我常常必須填補他的空檔，賴堤瑪的期望也是如此：邊趕路抓個三明治，或是在機場喝個飲料。今天我運氣好，安安穩穩地坐在餐館裏和他共進午餐。

「你不會相信昨天發生了什麼事，」我點了一份三層三明治和一杯啤酒，然後說，「有位老先生在傾盆大雨裏，跑到我家來。」

他打斷我：「等等，伯恩斯，待會兒再聊這些閒話。你幫世化公司準備的東西怎麼樣了？」

賴堤瑪的率直一如以往，將應酬的俏皮話留給和他旗鼓相當的人。看來現在不是時候。他在我面前像是神一般高高在上，因為，他是我博士論文的指導教授。上了研究所的第二年，我就當起他的助教和研究助理。讓偉大的賴堤瑪選上是莫大的光榮，因為他是諾貝爾獎的候備軍，不過這也意味著我沒有自己的生活。任何事情都要配合他的時間表，必須照顧他的需求，他的盤算。今天他的議程是世化公司，也就是「世界化學與物質供應公司」。世化公司剛開始是位於舊金山的一個小型實驗室，在二次大戰期間製造化學物質，後來它開始多角化經營，從事多種產品與原料的製造，子公司遍及全球三十五個國家。賴堤瑪在國際經濟領域的知名度，使該公司的董事會視他有如珍寶。

賴堤瑪幻想自己是後冷戰時期全球經濟的建築師。做為一個創意十足的研究學者，他拿到的政府補助，擔任顧問的機會，以及邀稿的數量之多，正說明了他炙手可熱的程度。蘇聯的解體引發全球的骨牌效應，正需要像賴堤瑪這樣的理論家來填補難以避免的權力與思想的真空。他那人人耳熟能詳的重整口號「穩—自—私」（譯註：「穩定化！自由化！私有化！」，原文Stabilize! Liberalize! Privatize!，簡稱S-L-P），在全世界的政府縮編與解除管制政策中，扮演著能見度極高的角色。**S-L-P**要的是削減預算赤字，廢除補貼，以及開放市場，鼓勵競爭和自由貿易。社會主義的產業遭到瓦解，開放民營，全球化的跨國公司提供大量資金與技術，以重建轉型期的經濟。

這些政策處方使得賴提瑪無論在國際會議、在喬治城的內閣會議、或是華爾街金融業者在長島的週末聚會上，都是炙手可熱的人物。而在一些人們絕望的地區，如里約熱內盧、拉哥斯（Lagos）和雅加達，憤怒的民眾焚燒賴提瑪的照片。沒錯，賴提瑪手肘下就壓著今天上午的報紙，頭條標題就是：印尼首都的暴動民眾正在商家趁亂偷盜，以抗議政府不再控制食品價格。一張賴提瑪的照片附帶的標題是：「外國顧問的重建態度強硬」。有報導引用他的話，照例不帶一點同情：「前總統已逃離本國數十年，如今街頭的民眾要去責怪國際貨幣基金（IMF）❶嗎？嘿，天下沒有白吃的午餐。❷你在有所獲得之前，必須先吃點苦頭。」無論這些說法是真是假，賴提瑪這種不加修飾的抨擊，除了中央銀行與財政官員之外，沒有人會領情的。

有一天課後，我向賴提瑪提起我的博士論文最重要的理論基礎，也就是，在一個經歷快速重建的國家，甚至是像俄羅斯那麼接近社會主義的國家，其實有可能建構一個評量股市價值的動態模型。賴提瑪抓緊這個點子，不到一個月的時間，便得到經濟系所的暑期經費補助，而我則正式成為他的黨羽。

透過賴提瑪，不少跨國公司對我的研究頗感興趣，世化公司就是其中之一。當然，我的工作只是理論；我不懂俄文，沒到過俄羅斯，對它的歷史也只有粗略的認識。但我對財務與數學理論的了解，卻足以讓世化公司的計畫領導人對這個資產價值私有化的意涵大聲叫好。至少在理論上。

老艾伯特燒烤小館的瓦斯燈光線幽微，即使在午餐時刻也一樣，這是為了在這自我意識高漲的城市裏，營造一種隱密性，也為了逃避煩人的媒體。即使在這黑暗中，我的目光還是被一個約莫四十來歲的人所吸引，此人與我們相隔兩桌，點的是啤酒。他望向我們這一桌，似乎想要讀懂我們的唇語。我們目光接觸了一下，他便轉開了。

「伯恩斯，你有沒有在聽啊？」

「那邊那個人，你認識他嗎？」

賴提瑪轉身，迅速轉了回來。「馬克斯．海思，」他做了個鬼臉。「我的一個嚴重錯誤。如果你想毀了這一天，這是最好的機會。」

馬克斯．海思起身走近我們。身型短小，卻壯得像個被壓緊的彈簧。金黃色的頭髮披散在敞開的襯衫領口上。

「啊，偉大的賴提瑪博士。」他說。

賴提瑪充耳不聞。海思不以為意，站在我們桌旁，身體前傾。「自由市場之神，他今天還好嗎？」他問道。

「我正在開會，」賴提瑪說，「失禮了。」

「你有房子住，有東西吃，」他說，「而一無所有的孩童人數超過十億，對於他們，你又怎麼說？」

賴提瑪不發一語，眼睛搜尋著餐館經理的身影。

他說個不停，語氣帶著不屑。「穩─自─私。」他吐出這幾個音節。「窮人因為失業而挨餓，你卻稱之為**穩定化**！牛奶、麵包的價格飛漲，你稱之為**自由化**！菁英偷走國家的錢，你則稱之為**私有化**！」

賴提瑪的眼睛瞇成一條線。以他的海軍背景，我想等一下，海思就會遭受賴提瑪式的罕見而豐富的措辭攻擊。

「第三世界被出口利潤強姦了，」海思還沒完，「這又是為了什麼？只為了要付錢給那些貪得無厭的外國銀行家嗎？」

餐館經理來了，海思側身讓開。「你是個邪惡的人，賴提瑪博士。」海思冷酷的灰眼珠和我相遇。「這又是誰，你的新爪牙？」他離去時，一陣寒意穿透我的背脊。

賴提瑪搖搖頭。「GRE成績無法預測這個。他拿到結結實實的八百分。」

「是你的學生嗎？」我問。

他點點頭。「二十年前。一個德國男孩，完全正常。然後他在玻利維亞做了一個暑假的田野調查，回來之後就滔滔不絕談著切．格瓦拉（Che Guevarra）。」

「他的博士論文呢？」

賴堤瑪皺起雙唇。「都是關於階級鬥爭的胡說八道。整篇論文沒有一條方程式。我不可能讓它通過的。」

「現在呢？」

「他到處晃，老是侮辱人。我想他大概一直找不到工作吧。」賴堤瑪聳聳肩。「做這一行大概就得賭點運氣吧。不管他了，言歸正傳。」他攪拌著他的咖啡。「世化公司很喜歡最後那部分，伯恩斯。東西很不錯。我什麼時候可以看到最後一章？」

「差不多快完成了。」我撒了個謊，避開他的目光。掛在吧台上頭的海象布娃娃不吉利地瞪著我。

賴堤瑪高興得像要跳起來。「真該死，我告訴你的每一件事，市場上都傳得很厲害，可能連那個蠢蛋海思都聽說了。」他靠過來，壓低聲音：「世化公司要去標購俄羅斯的鋁製品工業。這也許是史上他媽的最大的一次民營化。」

我輕呼一聲。「所以他們才會對我的論文感興趣。」

「你猜對了。」賴堤瑪打算繼續，又停了下來。「你喜歡用自己的方法做事，伯恩斯，」他終於說了：「你總是這樣，像個喜歡惹事的少年，肩上扛著一袋子他媽的洋芋片。」他冷笑著。「只不過這回洋芋片上鋪了數不清的鯷魚。你的模型將會變成世化公司談判的有力籌碼。」他靠回那綠色的絲絨椅背。「對世化公司來說，這麼大的一筆生意，你的論文可能價值高達十億美元。」

我緊張地嚥了口氣。

「他們不能等上一輩子，伯恩斯。而且，你以為帕羅阿圖（Palo Alto）的克雷格・曼斯菲爾德和他的小組，會閒著沒事幹嗎？你的起步比較快，伯恩斯，如果史丹佛比我們早一步公開這個模型，我就該死了。」

賴堤瑪喝光他的飲料。「看到你完成的那些東西，這會是一篇他媽的令人刮目相看的博士論文。是我非常出色的一篇。」

賴堤瑪和許多教授一樣，將博士班學生的作品當成自己的財產。博士候選人發表在期刊上的論文，如果沒有加上賴堤瑪的名字，就有得苦頭吃了。賴堤瑪的傳奇就來自他那一群博士生；沒有這些人，誰來傳遞他偉大的薪火呢？誰來幫他做那些讓他佔盡功勞的工作呢？

「這年頭想找到最頂尖的學生真是難得要命，」賴堤瑪繼續說道。「美國的好人越來越少：他們都寧可去追救護車，當個為集團利益訴訟的律師。我們在中南美洲的資源越來越少，西岸則是吞噬了大部分的亞洲市場。」

他長吁一口氣。「伯恩斯，這提醒了我，我把你前面的章節交給了薩繆森委員會

(Samuelson Committee)。」❸我愣住了。他狡猾地笑了笑，彷彿我的不安不過是個玩笑。

「他們當然會把它送出去審核，但是在第一關，他們就已經他媽的驚歎不已了。恭喜你。」

我被提名角逐薩繆森獎，那是經濟學研究生所能得到的最高榮譽！我的腦子不停地轉，賴堤瑪接下來的話全成了耳邊風。我抓住一個句子的尾巴。

「九月八日。你辦得到嗎？」

我的大腦一片空白。

「醒醒啊，伯恩斯！你到底能不能趕得出來？」

「呃，當然。」

「很好。艾達會把細節告訴你。別搞砸了，伯恩斯，」他說，「我的屁股都上了火線了。」

一個談話如此粗魯的人竟然是個知名大學的講座教授，真令人百思不解。然後我想起尼克森總統的祕密白宮錄音帶，裏頭全是一些連船員聽了都會目瞪口呆的髒話。美國的社會結構如此浮動，人的成就並不能保證言辭的優雅。

服務生在為我們準備帳單時，我突然想起前一天夜裏的那位訪客。「對了，昨晚發生了一件最怪異的事。」我說。

賴堤瑪揚起眉頭。

「有一個人在傾盆大雨中出現，說他有種幻覺，說有個『聲音』盤據他的大腦！聽他說的，你會覺得很諷刺，」我輕笑著：「他說那是亞當·斯密的聲音！」

「好了，伯恩斯，我也很想和你閒聊兩句。」賴提瑪瞥了一眼他的手錶，從外套口袋裏取出手機。「我的飛機再兩個小時就要起飛了。我有些電話要回。」我起身的時候，賴提瑪已經在和別人講話，我覺得自己就像個僕人被打發了。我掏出錢包給了超額的小費，心裏想著，賴提瑪所犯的錯誤一定是正好相反。

* * *

我搭乘火車返回菲德堡，一路上有空細細思考與賴提瑪之間這段漫長的關係。他給予我的指導和幫助使我感到不安，此刻他突然對我修業完成的時間發生興趣，也使我如坐針氈。我是個「ABD」(all but dissertation)——一個修完所有博士班課程，只差博士論文的人。這使我在就業市場上毫無機會，而必須接受像奴隸一樣的薪資。這對賴提瑪大有好處，有少數其他教授也是如此，他們對待研究生有如期約僕役一般。❹

我見過許多與賴提瑪截然不同的教授，但我註定要跟從這位奇葩。受到他那崇高的聲望所惑，我幾乎從無貳心。我在衡量了成本與利潤之後便選定指導教授，卻忘了經濟學的第一課：真正的成本往往被隱藏起來。一直等到第五年，我才明白，我和賴提瑪的緣分是沒完沒了的。因此，我決定頑抗整個體制，放棄位居波士頓學術中心、長滿長春藤的劍橋，來到維吉尼亞州，以磚牆建造的赫斯特學院。在這裏，我可以將心思全放在學生與工作上。至少這是我的如意算盤。賴堤瑪對我的這個決定窮追猛打，絕不罷休。一日為他的人馬，終身都是他的人馬；而且由於他是指導我論文的人，我也只好待在他的船舷上，朝他要的方向航行。世化公司的計畫是一個心照不宣的最後通牒：若不接受，賴堤瑪就不再擔任我的論文指導教授。一個人研究所讀了這麼久，基本上是很難想像再另外找指導教授的。

火車慢了下來，汽笛聲悲鳴著，緩緩地穿越干提戈鎮。遠方有些海軍身著短褲T恤，沿著林蔭大道在慢跑。片刻之後，火車加快速度，沿著波多馬克河奔馳而去。穿過樹林之後是一片沙岸，間或豎立著圓形的沙岩。不久，火車攀向河岸，河流則敞開成一片廣闊的水域。午後的陽光閃爍著，一陣清風挑起白浪。右邊一棟殖民風格的雄偉建築在田野間絕然獨立，時序彷彿回到一七七六年，它抵抗著英國艦隊入侵波多馬克河。[5]

我的思緒隨著火車漫遊，我承認，我不過是順著賴堤瑪罷了。我沒說實話。我對真相的運用很「經濟」，就讓他聽到他想聽的話。但實情是，我距離完成博士論文的最後一章還遙遠得很。我一共寫了三次，結果每一份草稿都被我束之高閣。東西都有了，就是湊不起來。還缺了些什麼。也許我的材料已經足夠交差，而且也許賴堤瑪就是有本事去應付世化公司，我的論文根本無關緊要。不過當然我得把它寫完，否則是不可能得到薩繆森獎的。

回到菲德堡的辦公室，我撥了賴堤瑪劍橋辦公室的電話。響了第一聲，艾達．麥考瑞便接了起來。艾達是效率極高的祕書，同時也是經濟系的支柱。她記得大家的生日，送花給生病的人，讓你時時有依靠，聽你說話。我們友善地寒暄幾句之後，艾達問起我的近況。這一天來我二度說謊，向她保證一切安好，然後問起九月那個神祕的會議。

「九月八日嗎？」艾達頓了一下，我聽到翻動書頁的聲音。「那是世化公司的年度會議，就在他們舊金山的總部。賴提瑪博士要我為你預訂位子。你要給董事會做個報告。」

我抑制住驚訝。日期都訂好了，我的最後一章有了截止期限。我懊惱地瞪著桌上那一堆文件。正是該完成的時候，我卻搞砸了。

* * *

幾個小時之後，我在我的屋裏倒了一杯吉寶睡前酒❻，癱在椅子上，瑞斯窩在我兩膝間。牠那蜜色毛皮上的黑色線條，使牠看起來像是眼上畫了睫毛膏。白色的項圈也被片片黑色沾污了，尾巴上也有些黑色地帶；每一隻爪子都是一團白雪：牠實在是一條沒辦法帶出去炫耀的狗。

搔搔瑞斯的耳朵，我覺得輕鬆許多，牠也是。和賴提瑪共進午餐，已經夠讓我的胃翻騰半天了。其中最糟的就是撞見馬克斯．海思，那位眼中充滿怨恨的前研究生。而昨夜的訪客也似乎來者不善——哈洛．提姆斯，堅持亞當．斯密接管了他瘋狂的腦袋。過去這二十四小時裏，有許多怪異的角色入侵我的世界。

瑞斯打了個哈欠，用牠的棕色眼睛瞪我。我知道牠很能發明一些淘氣的惡作劇，否則我真會覺得這是一雙純潔的眼睛。這回我懷疑牠的眼裏似乎閃過一抹責備，怪我昨晚對待哈洛·提姆斯的方式。我又喝了口酒。全都過去了，我想。

3 危險任務

兩個星期之後，我和茱莉亞．布魯克在教會圖書館的休息室碰面。我們友善地握手寒暄。她的笑帶著一抹真誠，使我想起一年前的那段時光，我們好幾次共進晚餐。之後便很少見到她，除了在教會裏。茱莉亞和我年紀相當，將近三十，但當她挑動她的棕色長髮時，好似童稚般天真，也像個世故而深沉的女人。嬌小的身影暗藏著玲瓏的曲線。我總會被她吸引而全無戒心。

「謝謝你大駕光臨。」她說。綠色的眼珠像有歉意又帶著責備。

我一直在思索這次會面我該說些什麼，但看著眼前的她，我又沒什麼把握了。我倒了一杯咖啡，她則是茶加牛奶，我們在一張磨破的沙發椅上坐定。

「很抱歉把你扯了進來，」她說，她的口音洩露了她和英國的關聯。「牧師和我都束手無策。而你是我們認識的唯一的經濟學家。」

我試著對她微笑。「這個名叫哈洛．提姆斯的傢伙，我實在幫不上忙。」

「這個可憐的人已經接近瘋狂邊緣。那個聲音在他的腦子裏都快兩個月了。」她搖搖頭。「通靈可不是他自願的，他是著了魔。非常可怕。」❶她正視著我。「他需要和你談談。」

「或許他該去找大法師。」我眨眨眼，希望博得一笑。但她緊閉雙唇，於是我明白她對我的想法有多麼重視。

她深吸一口氣，吐出時卻成了嘆氣。「相信我，理查，這不是魔鬼附身，也不是發瘋。」

我悶哼一聲，抿著我的咖啡。她的雙眼浸滿了溼漉漉的哀愁，打轉了好半晌。「妳怎麼知道？」我問。

「我經歷過這種事，」她說著，聲音沉重起來。「你或許記得，我爸媽是傳教士。我們待過奈及利亞，和尤魯巴人（Yoruba）生活在一起。我能夠欣賞他們的世界觀，雖然我自己並不能接受。他們認為祖先是以靈魂狀態住在地球上的。他們會和這些神靈接觸，追求治療與引導。這種做法到了美國被貶為『巫毒』——真是很深的誤解。」

「妳怎麼和這些扯上關係的？」

「我在學藝術之前，沾了一點人類學。我的碩士論文甚至是寫坎東布雷（*Candomblé*）。聽過嗎？」（譯註：*Candomblé* 源於非洲，在跨洋奴隸交換當中，由奈及利亞和貝林的尤魯巴人帶到巴西，從此盛行於當地，其內涵包括巫術、醫藥與宗教。）

我搖搖頭。

「被帶到新世界的非洲黑奴，信仰也被剝奪了。人們禁止這些宗教，但它們不會真的消失，只是走入地下。鼓是用來召喚靈魂的，那也就是巴西森巴舞（Samba）的起源。在美國則有藍調音樂。」

「有意思，」我說：「不過這不屬於我的學術領域。」

「對我來說，這不是學術，而是切身之事。」她環抱雙臂。「哈洛去找牧師幫忙，牧師來找我。哈洛在替某個優秀善良的人發聲，迫切希望被聽到。」

「看來是如此。」

「他的妻子幾年前過世了。他很不快樂，很苦悶，有時會突然發怒——我想這表達了他的寂寞與恐懼。這附近他沒有親人，朋友也都離開了。再來是這個一天二十四小時在他耳邊咕咕噥噥的聲音。他沒法睡覺，也不能工作。」

「也許他是在唸經。」我說，一邊努力讓茱莉亞看到我做的鬼臉。

「唸經？」有個低沉的聲音從我身後傳來。我回頭一看，是牧師。他仰著頭，手插在腰上，站在幾公尺外。他的肩膀寬闊，一頭銀髮，戴著鋼絲邊的眼鏡。短袖的黑色襯衫上，別著一個神職人員的白色領口。

「我們在談哈洛·提姆斯，」茱莉亞說：「他在唸經，咕噥著經濟學。」

「唸經是聖靈的天賦。」牧師的嗓音有個男中音的共鳴腔，那是在芝加哥一個貧民區裏培養出來的。「我聽過美國的印第安人——巫師——和靈魂講話。聽起來會覺得很怪嗎，理查？」他拍拍我的肩膀問候我。

「是很怪。」

「喏，我剛聽到哈洛在我答錄機裏的留言。只怕是壞消息。他在車廠的工作丟了。」

茱莉亞拍打沙發的扶手。「哦，天哪！」

「你沒法抗拒改變，」牧師說：「只能面對它。」他轉身離開。「我得去看看他。」

「我不懂哈洛怎麼會需要**我**。」我向茱莉亞說。

「你有那樣的學術背景，懂得那個聲音在說什麼。哈洛說不出這些話的，一個只會替他開藥，讓他靜下來的醫生也不會懂。如果他能解決，哈洛就可以獲得自由，重新要回自己的生命了。理查，答應我，幫幫忙好嗎？而且，現在是暑假。你有時間的，不是嗎？」

時間就是金錢，我自忖著，但是我說：「我真的很忙。」

「誰不忙？」她用閃亮亮的眼睛望著我，我發覺自己很後悔這麼說。

我不是個外向的人，不會很自然地讓別人知道我生活裏的問題。因為這會讓我覺得自己很脆弱，尤其是面對一個曾經交往過的美麗女子。我從口袋裏掏出一張揉成一團的信。那是赫斯特學院校長寫給我的信。

「聽著，」我說，邊模仿校長誇張的抑揚頓挫：「下個學年度是否續約，端賴閣下學位之完成。」

「我看得懂那些字，」她靜靜地說：「但那是什麼意思？」

「我得完成我的博士論文，否則我就玩完了。」我站在那兒，沒等她回答，只是自言自語地咕噥著：「已經六月中了，我還需要有兩篇論文被接受，刊登在好的期刊上，否則我就得不到薩繆森獎。妳懂嗎？我沒有時間。」

她不為所動。然後她說：「也許你所擁有的時間多過你的想像。」她的回答一針見血，也顯示她看透了我。哈洛、我的研究論文、校長——這些都不是藉口，而是因為我害怕。更重要的是，她似乎都懂得這些祕密。

*　*　*

茱莉亞古雅的北方式房屋就在福茅斯（Falmouth）的拉帕漢諾克河（Rappahannock River）畔，屬於少數殖民時代留存至今的房子。木頭的外牆剛上過白色的新漆，紅色的錫屋頂也漆得整整齊齊。為數不多的傢俱則是折衷混合了古老與現代，在珍奇罕異當中，營造出溫暖的氣氛。

茱莉亞、哈洛和我坐在客廳裏。才一大清早，天氣就很熱了。我為什麼會出現在這裏，連我自己都不太清楚。我知道自己不了解茱莉亞，並不很懂她，即使當我再度被她吸引的此刻。我喜歡她似乎總能掌握自己的生命，和我截然不同。這分理解令我感到慚愧，卻也鼓舞著我。幾天前我才覺得像是流水衝進漩渦，今天我就依她的意思做她想做的事，也不只是為了她。

茶几上有個小小的錄音機，放在我和哈洛．提姆斯之間。我們是很不相稱的一對：血管排列在他彎曲的鼻子上，從過大的棕色眼睛下方一一垂降。巨大的顎骨上有長長的兩道短髭鬍鬚。相對地，我的黑色鬍鬚遮住我稚氣的臉頰，頭髮則是垂到領口的後方。龜殼型的眼鏡掛在鼻樑上。我的肚子不像哈洛的啤酒肚，比較結實，大多是因壓力而來。

茱莉亞坐在房間的另一端。她看著我努力向哈洛．提姆斯示好：「那麼我該如何稱呼你呢……斯密博士？或是斯密教授？」

哈洛．提姆斯遮住一聲咳嗽，閉上眼睛。當他眼睛再度睜開，一個新的嗓音令人毛骨悚然地出現了，一個穩重而沙啞的聲音。清脆的英國腔取代了原來的結結巴巴。

「叫我……斯密。簡單的斯密就可以。」❷

我坐直了身子，被這徹底的改變嚇到了。我搜尋著茱莉亞的反應，但她只是低著頭，凝神聽著。

「我們該從哪裏開始呢？」我說。「我從來沒做過這種事。」我的樣子很狼狽。

「讓我來吧，」他很有權威地說。「很多紀錄必須澄清，我得來做這件事。現代人對我的看法都錯了，真是令人厭惡。我變成了一個滑稽的漫畫人物！哦，這可不是我的自尊心作祟，我告訴你，我們的自由已經危在旦夕！」

自由世界將要崩潰？我不為所動。

哈洛將手握成拳頭，放進嘴裏。他的牙齒咬著食指的關節。我等著他開口，他卻不發一語。我用這片刻的寧靜環視這房間。每一面牆上都掛著茱莉亞鑲框的藝術作品，每一幅都是淺色明亮的畫，畫的都是巨大的花朵，上面有美麗的昆蟲。其中一幅是一隻黑寡婦停在一片葉子上，牠的腹部閃著亮光。我對著那些油畫點點頭，然後望向茱莉亞。她也對我點頭微笑。

那個聲音繼續響著。「我們的商業體系正遭受攻擊，人們只是像螞蟻一般地繞著一壺蜂蜜打轉，沒有人注意大的問題。就是那些**根本問題**。哦，你聽了也許覺得好笑，但是沒了這個，文明社會就會迷失，漂流。」他拍著椅子的扶手。「這些話是特別針對我的經濟學同行說的！」

「像地獄一樣。」我喃喃地說。

「你說什麼？」他瞇起眼睛。

「經濟學家們將亞當．斯密偶像化了，」我說，「如果我們是天主教，斯密就是我們的守護神。」

他搖搖頭。「經濟學家們也許口頭上尊敬我，卻言行不一。他們將自己的規條，當作我的道理去教導人，所以敬我也是枉然。」❸

茱莉亞偏過頭來。「那是馬可福音，是嗎？」

「經濟學家在自由市場煽風點火，提倡那隻『看不見的手』，」我說，「恐怕你對亞洲、非洲和其他地方的情況全不知情。每一個地方，就連俄羅斯，都在倡議民營化。」

「你們只對了一半。」他搖晃著站了起來，如高塔般聳立。他拖著步伐走到窗邊再轉過身來，巨大的手掌插在腰際。「你有了燈芯，有了蠟油，但缺乏氧氣，蠟燭還是點不起來。」

「意思是？」

「我很樂意看到自由市場的走向，別誤會了。我之所以回來——而且天曉得，這真是不容易啊，你得設法透過哈洛的腦袋！——因為你們漏掉了市場在社會上運作的精髓。在社會上，你懂嗎？」

我正想問問社會學和現代經濟學到底有什麼關係，茱莉亞卻走近這位「斯密」，若有所思地淺坐在沙發椅上。

「你知道，有件事……有件事似乎不太對勁，」她說。「你是英格蘭的口音，而不是蘇格

蘭。」❹

我挑起眉頭：「啊哈！」

此人不為所動地正視她。

茱莉亞繼續說道：「一般的美國人不太容易聽出來，但我是英格蘭人，你知道的。理查告訴過我，亞當．斯密是個蘇格蘭人。」

茱莉亞瞥我一眼，然後回頭看著哈洛。

他的嘴巴動了動，彷彿嚼著一團菸草，其實是沒有的。最後他（以蘇格蘭口音）說了：「你們想聽，我也可以模仿愛爾蘭的土腔。這樣聽起來會舒服一點嗎？你們想聽聽蘇格蘭高地的口音嗎？我是不是應該來跳個捷格舞呢？穿個短裙，吹著長笛？那就能證明嗎？」

茱莉亞和我聽得都呆了。

「我很懷疑，」他繼續說道：「人能夠忘卻過去，也不信他能預卜未來。」

「可是怎麼……」

「沒什麼神祕的，」他說，恢復他那知識分子式的英文。「我所有的蘇格蘭人老師講話都有英格蘭腔，我也一樣。畢竟，我如果老是捲著舌頭說話，在英格蘭讀書時，也會活不下去。任何一個講話聽來有蘇格蘭腔的人，都很可能會被亂棒毒打。你知道我們曾經有過一次內戰！詹姆士三世的擁護者在一七四五年——哦，這個年份對你們來說是沒什麼意義的——

起來對抗英格蘭人。」❺

他拍著沙發的扶手。「我是個實用主義者，不是傻瓜，因此我調適過來。使用具統治地位的母語，我就不會引人側目，那又何妨？我那個時代的蘇格蘭語是個腐敗的語言。用那些混雜的片語，哪會有什麼科學進步？」

斯密沉思片刻，接著說：「或許你們還有興趣知道，我剛開始是個修辭學老師——是的，甚至文學。那是在我從研究所畢業幾年之後。當時我失業，和我母親住一起，有個朋友建議我去愛丁堡，開些公眾課程。帶著那種牛橋（Oxbridge）的口音並不會減少我的收費，正好相反，那些課程使我在幾年後，在格拉斯哥（Glasgow）得到一個正式的教職。」

我望著茱莉亞。

「『牛橋』是牛津大學與劍橋大學的縮寫，」她說。「那是教育的魚子醬，知識分子的鍍金粉。」

我的眉頭皺成一團。我想像的通靈根本不是這樣。假如哈洛因為某種精神失常，而變出這種聲音，找出這些話語，那麼他這戲法可是相當高明。但是我推測，假如真正的亞當・斯密真要通靈的話，會和我一起哀憐稅率高漲，以及政府對我們生活的干預。結果，我覺得自己像在研究所的口試場上被質問。

「容我這麼說，」他繼續說道：「用巧妙的語言溝通時，最主要問題在於，聽者聽到的話，很可能和說者想說的內容不同。唉！這也就是我今天遇到的問題：現代經濟學者，即使他們用心聆聽，還是不了解我。」

「我們能不能回到你的重點，那個燈芯和蠟油什麼的？」我問：「經濟學者忽略了社會的什麼？」

他伸出一隻手指強調：「在人類**之間**，使其成為社會的，非常重要的互動，也就是一種『同情』，這是道德行為的根基。」

「之間？」我對茱莉亞眨眨眼。「斯密**博士**，」我特別強調這個頭銜：「在這個年代，臨床心理醫生處理的是情緒，社會學家憂心社會，哲學家辯證道德；經濟學者則是遠離這一切，研究市場。這就是所謂的『分工』，是你認可的，除非我弄錯了。」

他指著我。「我也說過，過度分工會使人變笨❻——而且人性之中比較高貴的部分會遭到遺忘。別耍小聰明，年輕人。我比你更清楚知道自己寫了些什麼話。」

我投降了。「你想說的是什麼？」

斯密瞪著我說：「市場不能脫離人群單獨存在。人是市場的黏著劑，也是它存在的理由。市場力量雖然不具備人格特質，卻不表示我們都不是人！」

「你在說什麼啊？」

「從大處著眼的話，感情其實是很重要的。即使市場機制是無私的，我身為一個人，卻不能，也不可以毫無感情。」

「這和商業又有什麼關係啊，我的老天爺？」

「你是個很沒耐性的傢伙，可不是嗎？」斯密道。

茱莉亞打岔說：「你們兩個都休息一下吧。」

「而且如果你是亞當．斯密，」我說，邊站起來：「為什麼要透過哈洛傳話？你又想從我這裏得到什麼好處？」

「夠了！我們暫停。」茱莉亞堅持道。

茱莉亞和我走進後院。「你覺得怎樣？」她問。

「他是個神經病嗎？」我兩手一攤。「我不知道該覺得怎樣。他是為他的英格蘭腔做了一個合理的解釋；想想哈洛那不流利的羅馬尼亞文，會覺得這還真是神奇。但我還是看不出這和我認識的亞當．斯密有什麼關係。」

「你可以停止攻擊，開始聽一聽——真的用心聽嗎？這對哈洛來說已經夠危險了。」

「對我來說更危險；我可能會變得神智不清。」

「我說真的，」她說，「艾格．凱斯（Edgar Cayce）用靈異解讀的方式治癒了成千上萬的病人，就在維吉尼亞沙灘市。❼結果心靈耗竭而死。通靈的人在訊息傳達出去之前沒辦法休息，不能睡覺，不能思想。哈洛就快爆發了。」

「那就帶他去看心理醫師。找個真正的醫生。」

茱莉亞怒目圓睜。「哈洛不是精神病患或精神分裂，他是在通靈。你可以看出其中的差別。」

「他既然是個機械工人，」我說：「他為什麼不去替亨利．福特講話？你瞧，我受的訓練就是要隨時懷疑。這件事實在不太科學。」

茱莉亞很是懊惱。「是這樣嗎？」她用手指亂抓著頭髮，也不擔心那些髮捲如何恢復原狀。「你覺得《奇蹟課程》（*A Course in Miracles*）如何呢？那是兩位哥倫比亞大學的心理學教授通靈的結果。❽這就是你能接受的科班出身嗎？」

「希望他們有長期聘任制。」

茱莉亞把頭髮挽了起來，這個迷人的無意識動作，突然勾起了我們曾短暫交往的記憶。

「他們花了七年時間謄寫那個聲音，」她說，「他們的書賣了一百萬本，改變了成千上萬人的生命。」

「那麼斯密為什麼不透過我傳話？」

「理查，這些事情由不得你。有可能哈洛和這個靈魂很契合，是心靈的相遇。你永遠不會知道這是不是真的斯密，但是你絕對可以從他的話裏聽出一些東西，不是嗎？」

她倚著門，陽光照在她臉上，有些陰影在她的鼻頭與眉梢。這時，有個念頭這幾天以來第二次出現：茱莉亞和我記憶中的她一般令人喜愛。並不只是外表的美，還有內在的特質。她的靈魂似乎能夠將我的反抗泡沫化，解除我的武裝。

她似乎也讀懂了我的心思。「理查，我在這裏，是為了哈洛。答應我，你會幫他？」

*　　*　　*

我們回到室內，聽到那個聲音充滿了整個客廳。

「我來回答你的問題：我為什麼選上哈洛？你也可以這麼問：哈洛為什麼選上我？」

茱莉亞和我面面相覷。

「你以為這是我第一次透過某人傳話嗎？咊！——才不是。我對著許多年輕的心靈悄聲說話，試著喚醒他們的意識，聽我傳授。我也零零星星有過一些成功的時候。還不算少。」

「我？」

他看著我微笑。「我曾經在你這裏成功過，有一段時間。」

「高中時代，大學剛開始，你很聽話的。但是到了研究所，你就開始否認自己的直覺。你開始學你的教授說話，假設他們一定什麼都知道。這真是悲劇一場，年輕的心靈卻這麼早就定型了，老一點的腦袋又像生鏽的鐵碉堡。」

我站起身，啞口無言。他拍拍我的肩膀。「很抱歉讓你覺得難受。」

我退開，他輕聲說道：「在你放棄你的價值觀之前，在那些自由自在的日子裏，你過得比較快樂。你願意承認這點嗎？」

「我沒放棄什麼。」

「你的心哪裏去了？」

「至少在我自己的身體裏。」

那人站起身，走到廚房的餐台邊。他拾起一只萊姆，若有所思地轉動著。「我為什麼選擇哈洛?因為我們可以產生共鳴，當然不是在智識層面。他是個好人，一個簡單的人。但是他倍受煎熬，心力交瘁。當我們互相需要時，進行起來就容易得多。」

「顯然他並不同意。」我說。

「等你看到事實再說。」

「你為什麼需要我？」

他聳聳肩。「也許你會需要我，更甚於我需要你。你得跟我保證，你會寫下我所說的一切，直到它出版為止。」

「我不保證，」我說。「為了茱莉亞，我會聽一聽你說的，如此而已。」

*　　　　*　　　　*

下游河畔有個小酒館，在我的提議之下，當晚茱莉亞和我在那兒共進晚餐。法式波爾多醬蜆肉細板麵，以及一瓶弗列斯卡提淡酒都在我的預算範圍之外，但在這種場合必須如此。我的感覺持續出現了一段時間，可不想讓它消失。我是在想辦法讓茱莉亞對我另眼相看嗎？當然囉！

我們聊得很愉快。她的笑聲很有感染力，一面述說著她在考古人類學研究所的經驗，最後她放棄了學術工作——太多自吹自擂的文章，她說。繪畫比較能讓人覺得充實，大眾的反應也比較快，比較有成就感。

「買主不會怯於表達自己喜歡什麼，」她說。「我知道什麼東西會賣得好，做點這方面的事，就可以讓我有時間做自己愛做的事。」幸運的是，茱莉亞說，大眾會學著去欣賞她比較好的作品。她的畫作很少在畫廊裏擺很久。

當晚的好氣氛，在茱莉亞給我出了個難題之後嘎然而止：「我請客。」

「是我邀你的。」我說。

「因為你幫助哈洛，值得讓我請這一頓。」她輕聲說道。她想公事公辦，而我覺得我雙頰泛紅了。

我們一起走回停車場。我送她上了她的車，她仰望著我，一抹甜美的微笑在她臉上。然後她開車離去。

我漫不經心地踩著一團碎石，將它們推散到該去的地方，心裏很滿足，因為我覺得掌控了自己世界裏的一個小小的部分。

4 真的亞當斯密請起立

「那麼，斯密博士，」我問：「你要給這個世界什麼迫切的訊息？你想讓人們知道財富的祕密？貿易所得？」

「當然，當然。這些是蠻基本的。」

哈洛此刻深深呼吸著，正在激出這個「斯密」比較渾厚的聲音。茱莉亞客廳裏的窗簾放下一半，陽光透進來，在他臉上形成了部分陰影。

「不過也許這是操之過急了，」他繼續說道。「人們只關心財富，也許他們應該問問財富是否就是最終目標？呃？」

「我們可以假設大多數人都想要財富。」

「是啊，我們可以做這個假設，」他嘆口氣：「但是得用點邏輯。假如某種事物正巧是一個重要的目標，它就非得是最重要的嗎？」

「花園裏有顆很重的石頭，這並不表示它是最重的。」

「因此我們可以明訂，增加財富是大家熱切的期望，不過也許有些其他的事物更令人想望，甚至是一些……無形的東西。」

「無形的東西是沒辦法測量或計算的。」我說。

「啊——你喜歡計算。那麼你又如何測量一個成功的人生呢？可以的話，請忍耐一下。你如何判定呢？」

我不以為然地說：「幸福嗎？」

「對。幸福是什麼的結果？」他期待地問。

「死掉的時候擁有最多的玩具？」我開玩笑地說。

他用拳頭上的關節輕敲著臉頰。「不，不，不是的，想一想！一些很根本的東西。」

我想到我那八年車齡的旅行車，它的變速箱已經不靈光了，需要仔細檢查。假使我有錢，我就會去換一台紳寶（Saab）的渦輪增壓引擎跑車。那不就是我的幸福嗎？然後就是我垂涎已久的拉帕漢諾克河畔的度假小木屋。頭期款我根本付不起，但是這個小木屋就可以為我帶來快樂：白天泛舟，夜裏帶著一罐冰啤酒，在門口閒晃。但是要談最根本的，還是贏得薩繆森獎，這可以讓我的事業平步青雲，輕鬆進入研究型的大學，裏頭有數不清的顧問工作機會。我還是得自己前進，不過那是獲得肯定與地位的一個小代價罷了。

斯密兩手一攤。「就是**平和的心境**。」

「啊？」我從白日夢裏醒來。

「存在的平靜！這是快樂的根本。」

「不管是我或是任何人，都很難用這個當作驅動力。」我反擊。

「啊，但這是必須培養的！除了物質發展所需的技能之外，人類還需要一些培養道德感的能力。」

我轉動眼珠子。「我們會在禮拜天滔滔不絕地宣揚和平與愛。但是這和經濟又有什麼關係？」

一陣微風吹動蕾絲窗簾，帶來木蘭花香，這附近到處種滿了木蘭。一時讓我想到，已經有多久我沒去留意這一年當中的美麗時節。此刻，一切都有個截止期限，我卻在茱莉亞的家裏浪費時間，而我其實應該在……嗯，就是不應該在這裏。

斯密踱著步。片刻之後，他放慢腳步，走近茱莉亞的一幅畫：一隻近距離特寫的大黃蜂，在一片苜蓿草地上徘徊。斯密舉起一隻手，作勢要拍打那個胖胖的肚子。

他突然轉身。「回答我，你幸福嗎？」

「這又有什麼相干？何苦把一個經濟問題搞成哲學地獄？」

他退縮了，開始呼吸困難。我霎時警覺，哈洛是個脆弱的老人。他臉上的皺紋是滿滿的支流遍布。青筋突起，長袖衫腋下有一大片汗水濕透的痕跡。他癱在一張椅子上。

斯密聲細如蚊。「用一句話說，我如何為我努力了四十年的想法辯解？我有一部重要的作品可以說明這一切。」

我嚇了一跳：「《國富論》嗎？」斯密的這本鉅著是我所受訓練的基石。即使我沒讀過它，我們都知道，這部斯密的著作有如聖經的使徒書一般，主張政府不干預的自由放任經濟學。如果少了斯密所說的市場那隻「看不見的手」，經濟學不知會變成什麼樣子。

斯密搖搖頭。「不對，不對，不對，不對。是我的《道德情操論》。那才是根本。」❶這本書我從沒聽過。

他伸出一隻手指，對著一群想像中的聽眾說話。「自由的危險就在於忘卻道德的意義。我必須在這個年代的今天，及時喚醒人們注意這點。」

「你是說，」我問：「亞當．斯密認為——你認為——他最重要的成就是在道德發展，而不是經濟發展？」

「可以這麼說。每一個人的貧富程度是根據他能夠支付生活中的必需品、便利與娛樂費用的程度而定。但是同樣的這個貧富程度，和他的幸福卻沒有絕對的因果關係。」❷他放鬆地坐下，以為我終於明白了。

在我這兩年的教學生涯裏，我始終在掙扎著，我必須將學生們浪漫的心硬化到現實世界，到企業無情地追求最後一塊錢利潤的事實，還有，國家必須毫不留情地增加國民生產毛額，甚至到了可能破壞環境與未來世代的地步。我想到亞當・斯密，想像他是個嚮導和啦啦隊隊長，引領這一片快樂而貪婪的自由市場亂象，只為了取得物質上的財富。此刻有個想法卻漸漸成形：我把我的博士論文丟在一旁，竟只是為了聽這個沒受過教育、任意狂想的老頭子胡說八道。

我被激怒了，脫口說：「你要我相信亞當・斯密比較關心道德，而不是市場？」

茱莉亞站了起來，雙臂交叉胸前。「理查……」

這個號稱斯密的傢伙張大了嘴，但我努力讓自己一口氣把話說完。「為什麼我在一分鐘之內，就得要相信你是真正的亞當・斯密！」

我拿起我的錄音機，走到門口。茱莉亞並未阻止我。

「你原本應該是個學者，」他在我背後吼叫著，聲音穿過開啟的門。「去做點功課！現在大家都不**讀書**了嗎？」

* * *

我心情沉重地走回華勒館的辦公室，華勒館是一棟喬治亞式的磚造建築，俯瞰著城裏一處具有歷史意義的山丘。一八六二年秋，菲德堡被包圍，這裏是一片血腥戰場。安布洛斯・伯恩塞將軍（General Ambrose Burnside）和北軍（the Union Blues）衝上這片山坡，南軍

（Confederate Grays）由李將軍（Robert E. Lee）帶領著，躲在一道牢不可破的石牆背後，將北軍掃下山丘。在伯恩塞無能的號令之下，成千上萬人遭到殺戮。他無法反應當天發生的事件，無法獨立思考，使得當年波多馬克的軍隊潰不成軍，而伯恩塞的工作也交給了好戰者喬・胡克（Fighting Joe Hooker）。我覺得自己就像北軍一樣，匍匐向上前進，無法反應這些事件。

散一散步會讓我放鬆，但今天例外。我好恨，立場的轉換使我成為被質詢的焦點。我對自己的生活當然不滿意。我假設，在未來的某個時候，只要我完成博士論文，然後在一所知名大學裏取得終身教職，就沒問題了。有了這些里程碑，就會為我帶來金錢、特權，甚至名望。之後，我就可以想幹什麼就幹什麼了。

我回到辦公室，聽過答錄機，收了電子郵件。現在可說是畢業後的忙碌時節，學生一窩蜂需要建議與介紹信。有個學生想要討論他的期末考成績。我溜進教職員休息室，希望不會撞見同事們。幸運得很，室內空無一人。我的信箱照常塞滿了東西，學校放假之後，流量只不過稍有減緩。有一份院長談論課程改革的報告，一家出版社要求我幫忙審閱一本教科書，還有註冊組提醒我，修改行事曆的截止期限已經過了一個星期。

一個厚厚的八乘十一吋牛皮紙袋引起我的震撼。信封上印著一個知名期刊的名字——半年前我曾寄了一篇文章去投稿。我坐在休息室的沙發上，覺得快喘不過氣來。每一次文章獲得刊登的機會都算數的，尤其是現在。我撕開封口。審稿人的評語無所不包，也很刻薄，但是總編輯的來信卻很令人振奮。我的論文需要大幅修改，但是她願意接受我修改後再寄。謝天謝地！太好了！這是一個接受率只有十分之一的期刊，「修改後再寄」已經是一個無名小卒所能期待的最棒的消息。

「咿哈！咿哈！」我對著除了鴿子之外一無所有的室內狂喊，而鴿子在我突如其來的喊叫聲中，拍著翅膀飛離屋簷。我衝進我的辦公室，撥了茱莉亞的電話號碼。在接通之前，我便掛回了話筒。我站起來，望向窗外的中庭，放暑假的學生穿著短褲，在那兒丟飛盤。還有些人拿著冰淇淋閒逛過去。我的眼神轉回我桌上那一大堆稿子——我的最後一章，談民營化。誰還有時間再去讀書呀？

我將審稿人的評語歸檔，然後靠到椅背上。想到那位通靈後的斯密的聲音，和它的相遇依然困擾著我。我還可以聽見他臨別所說的話：我**原本應該**是個學者！喏，我的確還沒拿到博士學位，這使我一碰到有關「資格」的問題，就覺得很敏感。我一點都不想再見到哈洛，但是我要告訴茱莉亞，這整件事真是個鬧劇。我對斯密的作品知道多少？❸我百無聊賴地站了起來，面對我的書架。

我把它擱到哪去了？這兒，被當成了研究檔案夾的書擋，正是亞當．斯密的《國富論》，一七七六年印行。我在某戶人家前院的拍賣會上發現它的，聽起來可能很奇怪，我在學校裏從來沒打開過它。何必呢？在我唸研究所的時代，經濟思想史是個式微的領域，裏頭盡是一些無法消化微積分和矩陣代數的人。老一輩的思想史學家不是凋零就是退休了，取而代之的是博奕理論、計量經濟學、以及總體經濟動力學。面對眼前知識的傳播，誰還有時間去處理過去的老骨董？沒有，教科書的封皮上會引用亞當．斯密的名言，那也就是今天任何人所需要知道的斯密。

我翻到編輯的引言：

> 因此，在進入經濟學之前，也許可以先參考斯密其他支系的作品，檢視其中的主要原理，並闡明它們之間的一些關聯……斯密本人是以哲學與歷史為背景來教授經濟學原理……他所關心的經濟學，遠多於今日普遍對這個名辭的了解……❹

其中的意涵不久便很明朗了。斯密的問題集中在：「道德存在於何處？」❺以及「這個關乎心靈的特質，給我們什麼啟示？」

「該死。」我用力闔上書。我想要簡單而可以量化的答案，而不是複雜而且捉摸不定的東西。一個十八世紀關於道德的演說，聽起來就覺得荒涼而浪費時間。但是哈洛．提姆斯又是怎麼知道斯密對道德哲學的興趣的呢？一個模糊的結論在我的腦海裏盤旋。這個號稱通靈的玩意兒，難道是個精心安排的玩笑嗎？校園裏有些人喜歡惡作劇，他們專門浪費時間進行這些勾當。他們會虛構一些充滿諷刺意味而複雜的鬧劇。我自己系上的副教授柏格思，外號「伯吉」就領導著這麼一群丑角；一點點蛛絲馬跡都逃不過他敏銳的耳朵和眼睛。這些滋事分子有一個共同點：在自己的事業上並不如意，因此會找上任何看起來很順利的人。他們滑稽的動作不限於紙上，有時蠻兇狠的。幾年前，一位校長即將離去，搬家的人星期一會來，他們卻在那個週末偷偷潛入校長的門。另有一次，有位同事剛要升上正教授當天，他們將他的福斯金龜車整台拆解，然後在體育館的地板上，再將它重新組裝起來。這些幫會式的玩笑，意味著這些人的手上多的是閒暇。哈洛的通靈是否也是他們製造的一個精巧的玩笑，做最後一次的戲弄，以確保我加入「學術擱淺」的行列？

這些搗蛋鬼會用他們的機智來測試我多麼容易受騙。我可以聽見伯吉的聲音迴盪在教職員休息室裏。「他玩完了！他……他……博士論文都寫不出來，結果他做的第一件事，是和亞當·斯密會面！」接下來是一陣叫囂，全體哄然。伯吉會更誇張地嘶吼著：「和我的車廠技工通靈！」整個房間爆出一陣大笑。

故事將傳遍整個教職員更衣室，然後從那裏擴大到變成電子郵件的諷刺寓言，難免要流傳到副校長和校長耳中，傳遍全世界。校刊可能也要嘲笑一番。就連教職員眷屬都會知道，然後社交場合就會成為痛苦的磨難，大家對著我點頭，掩住吱咯的笑聲，這些自認謙卑的人還要嘲笑我一番。

還可能有更壞的情形。薩繆森委員會如果聽到這個，後果將不堪設想。這個獎項是給年輕學者最崇高的榮譽，得獎人可以贏得一萬美元的支票，還可以在美國經濟協會（The American Economic Association）的年度會議上，對著五千名會員演講。論文將被刊登在期刊界的「聖經」，即《美國經濟評論》（*The American Economic Review*）上。這是我需要的機會，是我進入較好學校的跳板，可以有些研究助理和博士班學生幫我工作。這個獎是平步青雲的保證，只要這個「斯密事件」不讓我中箭落馬就行。

需要採取行動的時候，我卻在浪費時間做精神體操。我拿起背包，衝出門外。

* * *

穿過中庭時，我差點撞上一群人，是一些新生和家長來參觀校園。我踏上李氏圖書館的台階。該館於一九八五年重新整修，在它的喬治亞外觀上，附加了一棟玻璃與鋼鐵建築。新的側翼是以鎔接密封方式建造，帶來陳腐的內部循環空氣，加上濃濃的地毯、窗簾與油墨的氣味。細長的金屬椅是九十度的垂直椅背。任何建築師或大學行政人員都不能忍受這個糟糕的地方，但他們卻想像學生和教職員可以受得了。

我走進舊樓的大理石大廳，穿過安全檢查處，進入電腦室。敲擊鍵盤幾下之後，我的搜索結果就躍上螢幕。我走下迴旋梯，進入地下室的館藏區。地下二樓不過七呎高，書籍全擺在有天花板高的鐵架子上。那種令人窒息的幽閉恐怖感和潛水艇沒有兩樣。日光燈閃爍著；古老的通風系統嗡嗡作響，偶爾發出一個呼的聲音或打個嗝，更添如夢一般的水底幻覺。

我在這陰暗的幽閉之中遊走，尋找檢索號碼。在「BJ 1000s」的地方，我右轉進入一條狹窄的通道。不久，我的食指停在一冊厚厚的書上。就是它！《道德情操論》。棕色的皮套已經褪色且出現裂痕。我將它輕輕舉起，拭去表面的灰塵。

我找了個位子坐下，小心地翻開第一頁。卡紙上顯示它只被借出過一次，但它的書脊依然堅固，書頁還沒被切開。這本書還沒有任何人讀過。我從口袋裏搜出一把小刀，開始割開書頁。標題頁立刻引起我的注意。副標題是個十八世紀的難題：「本文旨在分析人類據以自然判斷其鄰人與自身之行為個性的準則。」

我翻到第一章，立刻開始讀，邊眨著眼，邊喃喃自語。我本來預期這是一本談道德哲學的乏味而毫不相干的論述。結果這個想法和我讀到的竟有天壤之別，從書頁上躍現的是靈活的觀念，珠玉般的文字。我迷惘了。我在研究所裏受到的經濟學訓練都是單調的文體，僵硬的方法論，這本書卻帶給我新鮮而愉悅的感覺。半個小時之後我將書放下。

「哈！」我的新發現為我帶來等量的不安與懊惱。我重讀了令我心緒嚴重失衡的一段：

> 幸福存在於平靜當中……❻當一個人已經擁有健康，沒有負債，有著澄明的良知，你

還能給這個人增添什麼樣的幸福？對一個境況如此的人來說，任何附增的財產都可以算得上是多餘的……❼比起他們住的茅屋，他們會想像，如果住在皇宮裏，他們的胃口會更好，睡得會更安穩嗎？我們看到的往往正好相反，而且，的確，情況非常明顯……❽

哈洛．提姆斯這個轉動螺絲起子、拉緊汽車皮帶的羅馬尼亞機械工人，他哪有可能去知道亞當．斯密這個並不知名的論述？他怎麼可能去想像這舉世最受崇敬的經濟學家，竟同時也是個未出櫃的反物質主義論者，一個徹底浪漫的、反經濟成長的狂熱分子？為什麼我竟從來沒聽過斯密有這個面向的理論？它是在反駁《國富論》？經濟學定理？更重要的是，這和今日的商業活動與社會究竟有什麼關係？

如果我不知道這部作品，我的同事們呢？他們知道斯密的《道德情操論》嗎？假如哈洛．提姆斯是某個精巧的惡作劇的一分子，我就得去揭穿他。我站起來，回到書架旁。一定有什麼方法可以辨別他真的是那個蘇格蘭人——如果真是他的聲音——或者只是個惡作劇的傢伙、冒牌貨、或是瘋子。不久我就發現我需要什麼了，然後我穿過蜿蜒的迷宮，走到借書櫃台。

「伯恩斯先生，」圖書館員微笑著：「你剛錯過了一位崇拜者。如果你在這裏，你的耳朵一定燒起來了！」

「哦？」

「他說他是你以前的學生……他人很好。他問了你所有的相關資訊，你做了些什麼研究。我和他談起你研究俄羅斯的作品。」

我不喜歡閒聊。「他看起來像什麼樣子？」

她思索片刻：「像……像一般的學生。你知道的，太陽眼鏡，藍色牛仔褲，一頭金髮。不過看起來比大部分學生年紀大些。他說他五年前畢業的。」

「皮巴迪太太，五年前我沒在這裏教書。我怎麼可能有這樣的學生？」

她顯得有些狼狽。「對不起，我整個暑假都沒見到你。」

「我不常來這裏。」我回道。我還想說，圖書館已經越來越過時了；比起那些藏在圖書館地下室、找都找不到的大部頭書籍，從我家或辦公室連上線上資料庫可以找到更多的資訊。這當然不是事實，因為此刻我手裏正抱著斯密的《道德情操論》、兩本斯密的自傳，以及三本思想史書籍。但我的耐性幾乎已到了盡頭。

但我沒吭聲，只說：「謝謝妳惦記著我，皮巴迪太太。我這兒找到了一些寶貝。」

＊　＊　＊

一個小時之後我打電話給哈洛。響到第四響，他接起來。

「哈洛，今天早上的事很抱歉。那時候你說的話我一句都聽不懂。」

他吵雜地咳了一陣，清清喉嚨。

我繼續。「我還是不知道你是誰。但你說的話我已經確認過了。」

「那不是我說的話。」哈洛深深吸了一口菸。「我不知道你和那個斯密在談什麼，但我的襯衫全部給汗濕透了，好像我把馬達從船上拖出來一樣。然後就睡了一個早上。你知道那聲音，聽起來像是遠處收音機的聲音？既然你已開始和它說話，就少來煩我了。」

「你可以把那個聲音叫出來嗎？」我問。

「我先坐下來。」他發出低低的咕嚕聲，我只聽到他的呼吸。然後：「哈囉？哈囉？」

那不是哈洛的聲音。

「『斯密』教授嗎？」

「是啊，是我，可以繼續了。我記得我剛談到……」

「對不起，」我打斷他。

「……要闡明道德情操的理論……」

「對不起，」我更大聲重複。

「……否則社會……」

「可以請你安靜一下嗎？」我大吼。

電話的另一頭安靜下來了。

「我一共有十個問題，」我說。「每個問題給你五秒鐘回答。否則，我就會當你是冒牌貨。」

「到底是怎麼了——問題？你是說考試嗎？」

「一個簡單的考試。通過了，我就把你當一回事。否則，這整件事我就不管了。」

「這太奇特了！」電話裏的聲音大叫著。「你知道你在跟誰說話嗎？」

「我知道你自稱是誰。現在你有個證實的機會。立刻決定吧。」有一部分的我希望他會拒絕，那麼這齣鬧劇就此結束。我可以告訴茱莉亞，我揭發了一個很精巧的，雖然頗具說服力的，惡作劇。

我靜靜數到八，這個聲音才回答。「呸！浪費我們寶貴的時間在這種蠢事上頭。來吧！」

我從口袋裏取出一張紙條，上面列著我的問題。

「一，你的出生地和生日？」

「一七二三年，在寇克卡迪（Kirkcaldy）。」最後幾個音節很模糊，在我訓練不足的耳朵聽來有點像客爾考地（Kir-kaw-dee）。他繼續說：「蘇格蘭的一個小漁村，和愛丁堡隔著一個峽灣——海灣。」

「二，你母親的名字和出生地？」

「我親愛的母親名字是瑪格麗特（Margaret）。生於斯特拉森利莊園（Strathenry Estate）。」

「我是說她的本姓。」

「道格拉斯（Douglas）。」他的聲音越來越小。

「三，你父親的名字與出生地？」

「亞當・斯密，生於西頓（Seaton）。」

「他過世時幾歲？」

「幾歲？喏，我從來不認識他；他在我出生之前就走了。我是個遺腹子。讓我想想。」

「注意時間！」我說。

「他出生於一六七九年，所以這表示他……」

「你的時間到了。」

「當時他四十三歲！」

「我們繼續。四，你有沒有兄弟姊妹？」我問。

「那是第五題！」

「好吧，就第五題。回答來。」

「有個同父異母的哥哥，呼！是我父親第一次婚姻留下來的。恐怕他和我一樣多病。我還很小的時候，他就夭折了。」

「這不重要，」我說。「第六，你在哪裏受教育？」

「我的文法學校是在希爾街（Hill Street）上的。然後去上格拉斯哥大學。我深造的學位是在牛津大學的貝利歐學院（Balliol College），那真是個可憐的毫無生氣的地方！」

我從容地提出第七個問題。「你什麼時候結婚的？」

「陷阱題！你明明知道我是個單身漢。」那聲音聽起來像是受傷，又有點渴望，但我沒慢下腳步來思索這個。我正要進入攸關勝負的題目。

「八，是誰說你『醜如惡魔』，而且是她見過最『漫不經心的動物』？」

「啊，那應該是……那應該是瑞考伯尼夫人（Madame Riccoboni）。」❾他的聲音變輕了。「我是她在巴黎的情人。她真是愛我。我可不是像卡薩諾瓦那樣的情聖，但是提醒你，有人說我像書呆子，並不表示我沒有風光的時候。」

「別管了。九，誰的妄想症形成了一樁國際事件，使你和杜果（Turgot），這個法國的經濟改革者連成一氣？」

他毫不遲疑。「你是說那個可惡的盧梭（Jean Jacques Rousseau）！他對我那最親愛的朋友大衛．休謨（David Hume）找麻煩，很沒來由的。我們試著把這件事情壓下來，最後還是爆發了。我和杜果都束手無策。真是一件很不愉快的事。」❿

我把最棘手的留到最後。「十，你對吉普賽人有何了解？」

「吉普賽人？」片刻的寂靜，然後是一陣年輕的歡呼。「那些吉普賽浪人？哈！當然了，我的綁架事件！當時我才三歲，在斯特拉森德利城堡（Strathendry Castle）後頭的田野裏玩耍——」⓫

「夠了。」

「我在那兒玩鬧著，丟石頭，抓蟋蟀，研究雲朵。一群吉普賽浪人在附近的山坡上紮營。我看得入迷了，或許也讓他們覺得我很討厭。第二天早上，他們一行人經過城堡，我還來不及反應，就有個老太婆把我抓起來，丟到一輛馬車上。然後用一張厚厚的毛毯壓住我。我大吼大叫，但是裏頭的空氣不夠，根本無法發出任何聲響。他們帶著我上路，朝北方走。」

他多吸進了一些空氣，我讓他說完。

「三個小時之後，我才聽見後頭有些馬蹄聲與喊叫聲。我發現自己被拋到路邊。我的頭撞在一塊石頭上，還好沒事。吉普賽人逃進森林裏，那個老女人對著來救我的叔叔罵髒話，威脅他。好個歷險記，我得這麼說，真是好個歷險記。」

我坐在那裏沉思著，一陣尷尬的沉默，最後他終於開口了。

「喂，我通過考試了嗎？我通過了嗎？哦，真該死，這還用問嗎？」

*　　　*　　　*

那天傍晚我坐在門口淺酌我的吉寶甜酒，腦子裏轉著這些瑣事。假如那些吉普賽人綁架成功，會有什麼後果？假如，撫養他成長的，不是那個溺愛他的，有學問的母親，而是一群不識字的流浪者，用石頭和破布取代他的筆和書本的話呢？假如沒有斯密的諄諄告誡，說政府不該干預，說不切實際的社會改革主義可能帶來什麼令人意外的後果，假如沒有他來反對特殊利益團體與壟斷行為，活躍的商業世界是否會有不同的發展？

我迷失在這些思緒之中，而我的柯利狗瑞斯卻在舔我的手，提醒我該去搔抓牠的耳朵。我打個哈欠照做了，然而，我的腦袋還在繼續玩味著那天的新發現。其中之一是個殘酷的諷刺，亞當．斯密和約翰．梅納．凱因斯（John Maynard Keynes）竟是同一天生日，也就是明天，六月五日。⓬凱因斯是個才氣縱橫的經濟學家，大力提倡政府干預，他在經濟大蕭條時期建議政府採行的政策，和斯密提倡的有限政府理想正好相反。凱因斯後來甚至不再支持自由貿易。⓭

凱因斯相信：「實際的人，相信自己可以不太受到智識影響的人，通常都是某個已故經濟學家的奴隸。」⓮我認為自己是個實際的人，我揣摩著，如果我現在就淪為一個竊聽者，偷聽一個來自十八世紀的已故經濟學家說話，會有什麼後果？我深深陷進椅子裏。這個亞當·斯密對我的博士論文到底會有什麼看法呢？

電話鈴聲驚動了我。

是茱莉亞，邀我第二天共進晚餐。

5 違禁品

茱莉亞做了豬肉捲，還有馬鈴薯泥和肉汁，四季豆和蘋果醬。我買了一罐加州夏多娜白酒（California Chardonnay），不貴，但至少是木桶發酵的。她的小房子沒有正式的餐廳，所以我們在露台上用餐。她安置了一張牌桌，桌上舖了一面紅布，點上蠟燭。六月的空氣舒爽而怡人。

「哈洛打電話來，」我們坐定之後，茱莉亞說：「你肯聽他說話，真謝謝你。」她這麼誠心誠意道謝讓我不太自在；我聽哈洛說話是有雙重動機的。

我告訴茱莉亞我在圖書館做的研究結果，以及我給斯密考了個試。今天是亞當．斯密的生日，我附帶一提。

茱莉亞表示謝意，接著皺起了眉頭。「我很擔心哈洛必須付出的代價。」她瞧著我。「還有你。我知道這會干擾到你的工作。」

我用一個微笑蓋過自己的罪惡感，並搖搖頭。「我是很想責備自己對哈洛的消極態度，但我沒辦法。我有我的博士論文剋星。」

她靜靜望著我。我無法判斷自己讀到的是認可或是遲疑。

「妳的人類學，」我問，換了話題：「對妳從事藝術有沒有幫助？那個坎東布雷的事現在怎樣了？」

「兩種事業都需要觀察和分辨的能力，」她回道。「坎東布雷幫助我看見事物的精神，而非形式。」

「可以幫助妳看到人的內心？」

她研究著我：「例如，你的內在？」

「哦，當然。」我點點頭，覺得很狼狽。

她舉起我的手，假裝在研究掌紋。她和我嬉玩著。「讓我看看，」她凝神片刻，說：「我說啊，你是個有魅力的男人。一個聰明而太有成就的人。嗯……好像對自己從來都不滿意。你的工作是個避難所；你的精神太過集中，很少有空間給，呃，任何東西……」她的聲音越來越小。

很有意思。「妳還看到什麼？」

她的雙頰泛起紅霞。「哦，我什麼也沒看到，理查，」她說，邊放開了我的手。「我們來談點別的。敬——亞當・斯密！」

晚餐之後我要求看看她的花園，我們漫步到她種的一棵蘋果樹下。燈光很暗，我很想擁她入懷，或是，至少牽她的手。但我克制住自己。

我們以前也曾經這麼接近過，但是我逃走了。就在一年前，很類似現在這個階段。我被茱莉亞的善心與美所吸引，她的聰慧，她的藝術。那是我們第四次約會，我們看了一場電影，回來喝杯酒，笑談那部喜劇片的內容。我們對彼此都有相當的認識，至少在表面上，認識到我們都很清楚，我們之間那麼強烈的吸力會需要某種決心。其中一人必須有所表示——為了進展到某種更深更豐實關係的告白——或是退回安全與掌控。對大多數人來說，我假設這樣的選擇應該不難。她心裏也似乎毫無疑問。但對我來說，就有很多的不確定。如果這種事情可能發生，我就太喜歡茱莉亞，我會被捲入太深而失去理智。我並不怕和女人在一起——我會一路開著玩笑，扮演好自己在這短暫羅曼史裏的角色。但是，我有一種幽閉感，理解到眼前的關係非比尋常，它需要投入更多親密的情感。我將自己的遲疑合理化，細數著這種依戀的關係將變得如何糾纏不清，以及我是多麼喜歡自由，它讓我可以為所欲為，況且失去自由還可能帶來痛苦。

因此，我會撤退，有個方便的藉口，就是我的博士論文；這是個障礙，可以保住面子。然而，我還是覺得自己是個徹頭徹尾的傻瓜。今夜我的心再度糾結成一團，但這一次……我決定走第一條路。茱莉亞背對著我，舉起手來檢查一隻飄浮在蘋果葉上的蜘蛛。我將手搭在她的肩上。她轉過身，面對著我，讓我吃了一驚。她拾起我的手，然後輕輕將它放在我身側。

她轉過身去。我彷彿聽見夜晚的翅膀上上下下輕移著，貓頭鷹俯衝而下。最後，她說：「我不是邀請你來這裏回憶我們的過去。我只是想謝謝你幫助了哈洛，如此而已。對不起，理查。」

她掙扎出這個答案，另一陣沉默之後，她回過身來，片刻之間我獲得鼓舞。然後她說：「你知道，也許這不是什麼好主意——我們有那麼一段過去，我卻要你來幫助哈洛。我不想變成你幫他的理由，但你是我唯一認識的經濟學家。」她的眼睛越過我的肩膀，看向遠方銀色的月亮，或是星星，我不知道。我看到茱莉亞眼中光的反影；她並不是在看我，因為我已經變得越來越渺小。

微風輕寒，應該令人覺得舒服才對。我掙扎著有一堆話要說，但發覺每一句都像是油腔滑調的自我辯護。

她笑了。「好了。我們來享受那瓶酒吧。」

* * *

「到教職員俱樂部一起吃午飯，好嗎？」一個星期之後，我在電話上問哈洛。他拿到最後一筆薪水至今已有一個月，現在他已經是個救濟對象。茱莉亞和其他人幫他做砂鍋菜，牧師幫他申請暫時傷殘。教職員俱樂部是個方便的地方，有人補助，在這個時候總是半空著。

「我請幾位同事和我們一起。」我說得很含糊，不想讓他知道全部真相，說我如果介紹這位斯密的靈魂給我的經濟學同事，會覺得很尷尬。取而代之的是兩位相關領域的左傾分子，冷戰時期在開發中國家戰鬥而延任至今的人。他們受過正統的馬克思訓練，任何事情都逃不過他們的法眼。在比較嚴厲的審查之下，這個斯密的獨腳戲還能支撐得住嗎？

「還有一件事，」我強調：「我會說你是斯麥博士，退休教授。今天你是斯麥博士。」

正午時分，我將車開到哈洛那小小的盒狀屋。零亂的雜草在風中搖曳。他的老車正在拍賣中，三捲報紙散落在草坪上。我拾起報紙，將它們擺到大門口。哈洛來到紗門時，正用一塊破布擦著手，唇上叨著一根菸。充滿血絲的眼睛因為陽光而瞇了起來。茱莉亞警告我，他因為通靈而快被榨乾了，但我還沒有足夠的心理準備：一眼望去，哈洛衣衫襤褸令人沮喪，他的襯衫少了一粒釦子，露出一件破爛的T恤，長褲上沾了一些草漬。哈洛丟掉香菸，溜進車裏。我忍不住為這個人覺得難過，無論這算不算瘋狂。

過了幾條馬路之後，我轉頭看他。他睜著眼睛，正襟危坐。

「理查，你想道個歉嗎？」那不是哈洛的聲音，是斯密。

角色的快速轉換令我十分氣餒，我回頭看他時，幾乎闖了一個紅燈。我將皮革包裝的

《道德情操論》遞給他，一邊細述自己想要證明他的虛假卻一無所獲的經過。「看起來這本書才被借出兩次，」我說。「上一次是一九二三年。」

他露齒笑了。「我出生之後兩百年！」

我沒提到書頁並未被切開；作者不需要知道這種最糟的事。

校園裏有許多庭園設計師、油漆工和木匠在建築工地上往來忙碌著，但我很快就在教職員俱樂部門口找到一個停車位。裏頭等著我們的是社會學家卡蘿．諾頓博士，以及韋恩．布朗博士，他是國際關係教授。兩人都不覺得哈洛那隨意的、不很乾淨的服飾有什麼特別：教授的出世形象本來就是大家公認的。互相介紹幾句寒喧之後，我們走向一張餐桌。這是夏天，沒課，所以我們點了飲料加餐點：卡蘿和韋恩喝白酒，我喝啤酒，斯密喝蘇格蘭威士忌。

「我不知道你喝這玩意。」我說。

「我親愛的母親是個虔誠的長老教派信徒，」斯密回道。「不過我在酒這方面總是支持自由市場的。我個人很喜歡法國酒，也許有人會說我喜歡得過頭了。」❶他笑著說。「但我今天很想來點家鄉味的東西。」

我們客氣地微笑著，正當此時，我瞥見一幅惡夢般的景象：薩繆森委員會的蘇珊．米契爾和外號伯吉的柏格思一同走了進來！薩繆森委員會的慣例是，會和參與決選的候選人的同事面談，但是上帝幫幫我——不要是這個伯吉——這個頑皮分子，他是任何有點野心的人的死對頭。這真是太巧了，我真想立刻人間蒸發。太晚了！我被看見了。我們揮揮手，交換了微笑。我不安地轉身面對我的客人們。

韋恩啜了一口酒，對斯密說：「理查告訴我們，說你離開學術工作，成了政府官僚。」斯密點點頭。「沒錯，我是海關關長。」

「算是一種退步，不是嗎？」卡蘿說。「我的意思是，理查警告我們，說你是個主張自由思想的人——自由放任政策等等——然後你卻成了稅務人員。❷多麼諷刺啊。我估計這個年代的退休金也沒法讓你頤養天年。」

「我的老天爺，我這麼做並不是為了錢！我賺的錢，大部分都捐出去了。」❸斯密品嘗著他的單品麥芽威士忌。他低頭看看自己穿的衣服，彷彿第一次留意到它們的存在。「嘩！」他驚奇的喘著氣。「我今天穿的衣服就和我變成海關關長那天一樣破舊！」他哈哈大笑起來。「你看，我有一整櫃的漂亮衣服，但它們都是走私進口的。我一直到看見正式的表列之後才曉得這回事。我得去燒掉這些違禁品，才能樹立一個典範。這顯示貿易設限實際上是徒勞無功的。」

「可不是嗎，」卡蘿同意地說，「我們想盡辦法將毒品阻擋在外，卻總是辦不到。」

「我提醒你，海關的工作並不可恥，」斯密解釋道：「我們迫切需要好的文官。事實上，這件工作很有意思，甚至很有挑戰性。每個政府都需要來自普通關稅的財源。」

斯密責備似地瞥我一眼。「我們理查可能給你們一些正好相反的印象，我從來不認同像『自由放任』（laissez faire）這類烏托邦式的幻想。❹比起這些極端思想，我實際得多了。我的天，那個名辭我甚至沒用過一次。」

我吃了一驚，只是卡蘿和韋恩還沒有足夠的背景資料，無法意會他所謂的「我的可能說法」。「但是你有關政府的思想也離此不遠啊，不是嗎？」

「沒錯，」斯密說道：「在提倡人類幸福這點上，任何政府都比不上社會本身的普遍智慧與德行。」❺他舉起他的平底杯，然後繼續說道：「當這一切有所不足，政府不過是個不完美的補償方式。但我得這麼說——缺乏一個有限政府，商業制度將無法完美運作，但一個社會若缺乏道德基礎，它也一樣無法妥善運作。過去幾個星期以來，我一直在試著說明這一點給理查聽。」

我轉頭瞥見遠方餐桌上的米契爾和伯吉，他們正聚精會神交談著。伯吉的鬍子上有些麵包屑。很好。我希望他把自己弄得像個傻瓜。

「我不認為資本主義會有道德元素在裏面。」卡蘿邊說，邊做鬼臉，讓我們知道她並不關心資本主義或是它的大祭司——經濟學家。❻

韋恩表示贊同。「不只馬克思主義者會這麼想。國際貨幣基金在亞洲給予財政支援，就再度顯示這個制度受到操縱。」他環顧我們，以確定我們都在注意聽。「出了狀況的時候，大企業就期待政府給他們拯救方案，但是在一切順利的時候，如果你要求他們放棄自己的一點利益，就可以聽聽他們是怎樣的在大喊大叫！我們將風險社會化，他們卻將利益私有化！」

斯密喝著他的酒，耐著性子說道：「我向來都說，人們會為了自己的利益，而試著去濫用市場制度。畢竟，我這一生大多數時候都在指出這些不良後果，政府不該認可不合理的壟斷和特權，以嘉惠少數人。這一切都只會讓我更想說，」他一一看著我們：「沒有了道德，尤其是在上位者如果不重視道德，經濟自由不可能倖存。」

韋恩點點頭。「共產主義和法西斯主義都同意，要有嚴格的道德規範。毛澤東打擊中國的道德之惡：在文化大革命時，小孩子甚至會告發自己的父母。」

斯密注視著韋恩良久。「你一定沒聽懂我的意思，」他說，「社會需要**內化**的道德根基。」

「少來了，」卡蘿尖銳地說：「柏林圍牆都倒了，共產主義也死了，你卻在擔心自由市場的存活問題？」卡蘿環顧大家，一臉的難以置信。「除了赤軍旅（譯註：Red Brigades，義大利的左派恐怖組織）、光明之路（譯註：Shining Path，祕魯的左派團體，經常發起血腥攻擊事件）和少數其他古怪的恐怖分子，像那些……那些……『民重於利組織』（People Over Profit，簡稱

ＰＯＰ）之類的。」

看著她，我的前額皺出一條橫線。

「你還沒看報紙吧？」卡蘿從手提箱裏取出一份報紙，攤在桌上。標題很醒目：「刺殺失敗：俄羅斯駐聯合國公使成為暗殺標的。」副標題寫道：「ＰＯＰ團體宣稱主使爆炸案。」

「ＰＯＰ？」

韋恩挑起一邊眉毛。「過去這一年你上哪去了？」

我無力地微微一笑。「想辦法甩掉我背上那隻叫博士論文的猴子。」

韋恩頓時容光煥發。「喏，大家都聽過『民重於利組織』。他們三年前在德國成為矚目的焦點，他們抗議國際貨幣基金的新自由經濟政策，就像綠色和平組織抗議捕鯨一樣。」韋恩目光炯炯地瞪著卡蘿。「比起其他為正義而戰的人來說，他們並不會特別古怪——畢竟，大多數美國人在我們革命成功之前，也並不支持革命。這道理是一樣的。」

卡蘿繼續說道：「反正啊，半年前ＰＯＰ從消極反抗升高為進行破壞。現在他們已經進步到謀殺了。」

主菜送來之後，斯密似乎鬆了一口氣，切開他的羊排，若有所思地嚼著。然後他放下叉子。「我現在擔心的是自由的韌性，」他說，「這個概念發生至今還不是很久的時間，從歷史上看是如此。人類暴力與不公正的領導行為是古早以來就有的邪惡，正如商人和製造商想要壟斷的欲望。❼兩者都不是人類的規則，也不應該是——但是你能期待他們會停止這種嘗試嗎？」

「你讓『憂鬱的科學』（譯註：dismal science，即經濟學）更憂鬱了。」我說，引來韋恩和卡蘿一陣笑聲。

「你們看，」斯密繼續說道：「制度並不會單單因為它們可以行得通，就可以持續存在，即使運作良好也不夠！制度會反映社會環境，它們之所以能夠留存，是因為有道德支撐這個潛在結構在維護它們。❽美國也許是建構在孟德斯鳩（Montesquieu）的權力分立原則之上，但是孟德斯鳩也提醒我們，共和的精神在於德行（virtue）。」

「公民意識。」卡蘿插嘴道。

「這不是很有道理嗎？」斯密拿起自己的叉子：「民主和自由市場都是十八世紀的產物，當時的領袖們都感染了啟蒙時代的思想。『個人』這個概念上頭堆疊了層層的相互權利、責任與義務等等觀念。道德觀念不僅承認個人的尊嚴，還有他們的社會互聯性。假如人類無法普遍尊重道德規範，社會就會崩解滅亡。」❾

「現在是有史以來市場和民主最強的時候。」我說。

斯密的額頭浮出一滴汗珠。疲憊使他的話更有力，正如每一次呼吸都很重要。「市場是由人性的基本要素刺激而來，」他說，「你必須用博愛和正義來平衡這一切，才能形成文明社會。」斯密提高聲調。「但是如果行為的道德檢驗標準被丟在一邊，那該如何？假如貪婪的心態橫行，人們還會支持自由貿易制度嗎？假如利用與人無關的邏輯和理性做為盾牌，將每一個不公正的結果合理化呢？」

「邏輯除了減少迷信之外，還能破壞什麼呢？」我脫口而出。❿

兩個影子落在我們桌上，我心裏呻吟一下。

「這是打招呼的好時候嗎？」蘇珊．米契爾的聲音從我背後響起。我起身為他們介紹，當我提到「退休教授，斯麥博士」的時候，舌頭不太聽使喚。

伯吉在名義上是我的同事，精神上卻從來不是，他繼續追問，開始說了些話，接著停了下來。他像是X光一樣地檢驗斯密。在這尷尬的時刻，蘇珊．米契爾微笑了：「斯麥博士，我們對理查都覺得很敬佩——一個薩繆森獎的決選人物。你對他的著作還熟悉嗎？」

斯密嘴巴一陣開闔，遲疑著。「既然你在這裏，那麼它一定是好的。」

伯吉逼問他：「你沒有自己的意見嗎？」

斯密用力瞅了我一眼。他聳聳肩說：「他的著作和許多現代著作一樣，都沒有看到大局。他從自己的內心吐出複雜的理論，使用荒謬而未經檢驗的假設編造高雅而合乎邏輯的方程式。有人也許會說，那只不過是黑板上的塗鴉，和這世界毫無關係。」⓫

「我老是說經濟學家只看得到肚臍。」韋恩說道。

我垂下頭，其他人則是張大了嘴。斯密似乎渾然忘我，繼續說道：「哦，我敢說今天很少有經濟學家是讀書的，更少有人去讀歷史。科學之父培根（Francis Bacon）說得最好，他說：要像蜜蜂一樣，到大自然裏尋找你的素材。⓬應該研究人類這種動物在他自己的自然環境裏的行為——在社會裏，我是說。」

「好了，好了，」卡蘿點頭。「社會學者始終都是這麼說的。」

「這就是為什麼經濟學家和社會學家一百年前就分道揚鑣了，」我喃喃地說。「太多雜音卻沒有理論。」

6 自利不等於自私

在我們享用過主菜之後，斯密還在繼續閒扯，我真想把他勒死。他在蘇珊．米契爾面前嘮叨個什麼！她的臉上寫著失望，伯吉則是喜形於色，後來他們兩人就離開了。如果因為朋友而使我入罪，那就毀了。一些聲譽最高的經濟獎都是頒給理論的演繹、複雜的數學模型！只要預測行得通，假設根本不重要——諾貝爾獎得主米爾頓．傅利曼（Milton Friedman）就讓我們看到這點。❶斯密那愚蠢的蜜蜂說，完全無法幫助我贏得薩繆森委員會的青睞。

「全都是為了他們自己，而不為別人。」❷甜點上來了，斯密還在高談闊論，那已經是這場全然的午餐災難之後的二十分鐘了。「這是我們每一個時代的統治者最卑鄙的信條。」

「看來你是我們的同志。」韋恩說，邊用湯匙挖著他的巧克力慕斯。

斯密對這反應似乎頗感高興。「多奇怪啊，真的。你知道卡爾．馬克思對亞當．斯密敬若神明——在《國富論》的有些章節裏，斯密抨擊不誠實的貿易商、製造商和地主，說他們是剝削者和工人的壓搾者。❸老天爺，地主是其中最糟的，懶散怠惰，無知得可以，他們唯

一的動機就是滿足自己最幼稚的虛榮心。」❹

卡蘿附和著說：「中美洲也是如此。先是種植咖啡和香蕉，這偷走了原住民的土地，接著又剝削原住民勞工。西班牙的征服者簡直就是吸血蟲，他們的後代五百年來也沒有任何改變。」

斯密變得有點喪氣。「這真是非常地不公平，沒有一個制度來保護他們的資產不受侵犯。」

咖啡和茶的到來填補了這個回應的空間。侍者離去之後，斯密繼續說道：「大家都知道，在每一個社會，大部分有用的勞力都是用來**尋求**利潤。但有個驚人的發現是，儘管薪資和租金會隨著繁榮攀升，利潤更是因**貧窮**而增長——沒錯，最好的利潤存在於那些迅速敗亡的國家。」❺

韋恩使勁地點著頭。

「好像說反了，」我說：「利潤因貧窮而增長？」

「道理很簡單，真的，貧窮的國家會有獨占事業和同業公會來限制貿易。」斯密環顧一下四周，然後把頭湊近我們。他壓低聲音，好像要洩露國家機密一般。「你知道，同一種行業的人很少見面，❻也不常為了休閒娛樂——就像我們現在一樣——聚在一起。但是在陰謀對付公眾的時候就不同了！他們會想盡辦法提高價格！」

他向後靠，聲音放大了。「且聽我說。這些離譜的利潤壟斷會減少窮人或提升產業嗎？差得遠呢！」他深吸一口氣。「在經濟不景氣的時候，社會階層裏受害最深的就是勞工，他們依賴薪資維生，而且往往僅能養家活口，經濟走下坡的時候，連生活都成問題。如果有人以為雇主們不會想方設法減低工人的薪水，那麼這些人對這個世界和這個主題本身都是一樣無知。」

「我的研究結果證實這點。」卡蘿同意地說。

斯密似乎有些感觸。他輕聲說道：「當一個社會裏的大多數成員都過著貧窮悲慘的日子，這個社會就不可能繁榮快樂。」❼他舉起湯匙，指著收拾碗盤的服務生。「更何況，讓人民全體來分享他們自己勞力的產出，這不是比較平衡嗎？那麼他們至少可以得到溫飽，有個棲身之處。」❽

韋恩舉起一隻手指，說道：「我一定要給你一本我最近出的書《國家與世界社會》。裏面我們看到第三世界國家那些貪污腐敗的領導人，都不過是跨國企業的傀儡。」他的臉上泛著驕傲。「唯有當利潤與資本都被徵收——私有資產都被廢除——一個充滿道德的社會才能繁榮。毛和費德爾（譯註：即毛澤東和卡斯楚—Fidel Castro）都讓我們看到，在這方面，一個單一的個人就能夠有些什麼樣的成就。」

「廢除私有資產？」斯密大吃一驚，從夢幻中醒來。他環顧全桌，試圖找出一些話來，彷彿那是他生命之所繫。「那個……那個卡爾．馬克思是亞當．斯密的魔徒！走上一條錯誤的死路。我的天，妄想在地球上創造一個『烏托邦』！」

韋恩的嘴角垮下來；眼睛變成了黑色的小碟子。

斯密並未留意，他輕敲著桌子。「壓制的解決方法不是更多的壓制；唯有競爭能夠解決壓制！薪資因經濟成長而提升，經濟成長來自於人們喜愛物物交換的天性——只要賦予他們這樣的自由。自由的交易讓勞工可以換個地方出賣他們的勞力。有**選擇權利**的勞工就是殺死傲慢地主的利刃！」

斯密揮舞著他的手臂。「至於道德，你無法強求！它是需要培養的。比較起專制體制來說，自由的社會比較有能力做到這點。**一個專制體制……**」

斯密突然停下，第一次留意到韋恩的臉越漲越紅。「哦，天啊。」他伸出一隻手。「原諒我，我真是有點身不由己了。根本不由自主。通常我的態度都是很從容的。但是我必須借個腦袋，借個人，你知道的，借用別人。」

我在桌子底下踢了他一腳，他硬是把話吞了回去。

斯密仔細打量著韋恩的臉。「聽到這個，我就無法控制我的脾氣，」他說：「一個居於高位的人，一個所謂的『溫和的獨裁者』，他建立起所有道德與商業的規則。這樣一個人，一個建立他自己的『完美』體制的人，他一定以為自己非常的英明！如此的鍾愛自己的理想

計畫，他無法忍受一絲一毫的偏頗！」❾

斯密兩手各拿一個鹽和胡椒罐，開始有規律地將它們放在棋盤式餐桌上的不同方格裏。「過去的毛澤東——或是今日中國的共產黨領導者——想像著他可以安排大中國社會裏的各個不同成員，就像我的手在安排棋盤上的棋子一樣。但是在人類社會的大棋盤裏，每一個單一的棋子都有自己的行動原則，迥異於那個專制者想要強行施加的準則。」

調味料在斯密的巨掌之下，在桌上不斷移動。「這個專制者，要他來判斷最高標準的對與錯，就會用上最高程度的傲慢，當然就會給那個社會帶來最嚴重的悲劇！」斯密做了這個結論之後，用手臂橫掃整張餐桌，將兩瓶調味料掃開。鹽和胡椒灑了滿地，吸引了其他食客的目光。米契爾和伯吉暫停用餐，朝我們這邊看來。米契爾緩緩搖了搖頭；伯吉晃動他的食指，露齒而笑。他看起來簡直是欣喜若狂。

* * *

我想盡快結束這場慘劇，因此建議到外頭的露台上喝杯咖啡，那裏可以俯瞰校園。露台空著，我們找到一把傘下的涼蔭。韋恩靜靜坐著，滿臉怒氣，斯密則是坐在那兒謙遜地挑著牙。我設法讓我們從斯密壟斷談話的方式裏解放出來。這時有個經濟學的高材生出現在走道上。

「嗨，瑞吉。」我喊出聲。

瑞吉膽怯地走了過來。「哈囉，伯恩斯先生。我已經讀完你給我的作業了。我們什麼時候碰面？」

我正打算回答，斯密愉快地插嘴說道：「年輕人，過來這兒一塊坐坐！我有一兩個問題要問你。」

我縮成一團。

瑞吉拉了一張椅子。「什麼事？」

「你在有關亞當·斯密的課堂上學到些什麼？就是那位《國富論》的作者。」

瑞吉想了一想。「貪婪是好的。自私的行動可以改善社會，即使人們並不是存心這麼做。」

「你看！」斯密得意洋洋。「他以為他從**我**這裏學到的就是**這個**！」

韋恩和卡蘿互望一眼。瑞吉在探尋我的反應。

我的腦筋必須轉得很快。「斯麥教授教過我們一些學生，」我說，「他很難記得有哪些。」

「我是說從亞當·斯密身上學到的！」斯密自我糾正。「你以為《國富論》是在提倡貪婪？」

「不是嗎？」瑞吉問道。「我們的老師要我們牢記這句話：『我們每天有得吃喝，並非由於肉商、酒商或麵包商的仁心善行，而是由於他們關心自己的利益。』」❿

「哦，真該死，如果你以為這表示**自私**就是好的，那就是全然的詮釋錯誤！」斯密整張臉漲成紫色。「你怎能從斯密一共一千兩百頁的兩本書裏，找出這樣一句話，推斷出這樣的東西？」

瑞吉呆若木雞，看起來很沮喪。

我阻止斯密繼續說下去。我和大多數老師一樣，幾乎在每一本經濟學原理的教科書上都背到這句話。「沒錯，」我宣稱：「斯密確實有說，商人運用自己的資本，以便促進他們自己的最大利潤……也因此『被一隻看不見的手引導著』，比較能夠增進大眾的利益，這比他們真的有意去做還更有效。」⓫

斯密搖著頭。「這句引言很可愛，但是你不能光讀《國富論》。《新約全書》如果沒有了《舊約》，《新約》還有意義嗎？還有嗎？」

終於，是瑞吉說話了：「我想是沒有。」

「因此，為什麼人們只是引用《國富論》裏的一個段落，而完全忽視它的基礎？《國富論》不過是個續集而已。」他悶悶不樂地說。「《道德情操論》寫得那麼清楚。」

瑞吉愁眉苦臉地想引起我的注意，斯密卻繼續攻擊：「我的天哪，你們全都把亞當・斯密和曼德維爾（Mandeville）弄混了。『私惡創造公善』（private vice makes public virtue）這句話是他說的。斯密終其一生都在反駁這個論點。」[12]

卡蘿用手掩著嘴，忍住笑，終於引起韋恩的注意。我用兇狠的眼光叫他們住嘴：即使他是個瘋狂的老人，難道他們的自我就不能暫時迴避一下嗎？這整頓午餐簡直就是一場屈辱。

斯密放下杯子，懇切地說：「人類社會就像個雄偉巨大的機器，道德是它輪子上精美的烤漆。[13]邪惡是一種惡質的鏽蝕，會讓輪子互相摩擦，發出刺耳的聲音。任何人只要知道他寫了些什麼，怎麼還能說亞當．斯密認為**自私**是好的？」[14]

斯密往後靠，用眼角覷著我。沒有人說話，最後他帶著滿意的神態繼續說道：「不過，斯密確實說，『愛己』（self-love）是自然的德性，而且在有限的範圍之內，還是一種令人喜愛的德性。」

他看起來得意洋洋，而我們卻是眼神空洞。我的腦袋一片混亂。斯密領航行走的智慧水路比我認識的任何人都難走得多。

此時斯密的論點佔上風。他輕敲著桌子。「愛自己，不了解嗎？耶穌不是說『愛鄰如己』嗎？談到愛你自己，會有任何人以為他贊同自私嗎？」

「不會，」瑞吉說：「因為這顯然是很離譜的。」

「正是如此！」斯密微笑了。「如果要認為亞當．斯密會有別的想法，那也是很離譜的事。在《國富論》裏，愛己是一種激發努力與生產力的方法。如果我們倒果為因，就會帶出自私。」

「這又有什麼差別？」韋恩發出不平之鳴。「兩者在資本主義來說都是一樣的。」

「正好相反，」斯密嗤之以鼻。「我們必須先了解任何行動發生之前的心態──這就是整個道德或邪惡的根源──以及它和引起這項行動的動機之間的關係。」⓯

「但是在實際上──」

「在實際上，」斯密打斷他：「愛己和貪婪並不相同。」

「有多不同？」

「愛己的意思是你可以採取謹慎的步驟，去供給你自己的需求與安全，而不是成為社會的吸血蟲。」斯密在椅子上換個姿勢。「畢竟，在經濟問題上如果太草率，就談不上道德。每一個人都首先也最主要的必須關心自己，而且每一個人當然也都比任何人更適合，也更有能力來照顧自己。」⓰

「難道這不是自私？」

「當然不是。自私是當你的需求和別人的法定權益發生衝突時，還自我中心地固守自己的需求。」斯密站起來，開始踱步。「自私會造成對別人的傷害或疏忽。沒有人會喜歡一個自私的人，至少我就不喜歡。」斯密朝我一瞥。

「肉商和麵包師傅——他們不自私嗎？」我問。

「不必然自私，」他回道。「他們是在促進自己的利益而沒有傷害到別人。在我那個時代的教會教條都是說，**全然的**自利（**self-interest**）是一種罪惡。我的說法是，人在為自己設想的同時，別人也可以獲益。自利就狹義上來說，也是合乎道德的德性。」斯密夢遊般地四處張望，兩眼無神。「當然沒有人會想要自己烤麵包或自己縫製衣服。每一個精明的人都會認為，如果在家裏自己做比用買的貴，就千萬別自己做。」[17]

斯密搖晃著身體，誦經一般地說著：「每一個家庭謹慎的行為，對一個偉大的國家來說，也不會是愚蠢的行為。但是謹慎並不見得需要自私。」[18]

斯密似乎凍結了。

我問：「但是自私不是人的天性嗎？」

「是的，但人性也會想要去平衡這種感覺。」他喘著氣。「善良的人必須培養這個習慣，必須培養這種意識……」

他的眼光集中在我的前額。搖晃著，他歪身滑向餐桌。我們想要扶住他，但是來不及。他的雙腿軟倒，沉重的身軀轟然倒地。

7 與亞當斯密一同上路

「病人怎麼樣了？」

茱莉亞說：「好多了。在那裏待了三天。他要找你。」

我想在她的語氣裏找到一點責怪的感覺，但是沒有。她似乎很高興我終於來了。哈洛在教職員俱樂部病倒之後，茱莉亞接他回家，把她的客房整理出來。她拆下床尾板，好讓他的長腿可以伸直，她把皺褶邊的窗簾換成了百葉窗，還裝了一台小電視機，讓他伸手就可以碰到。

我們進門時，哈洛正漫不經心地看著電視。他的臉腫脹著，眼睛看起來像小小無光澤的鈕釦塞在一隻填充玩具虎身上。我借給他的睡衣穿在他那龐大的身體上，顯得太小，鑽石型的花色令人眼花撩亂。

「啊……是你啊！你為什麼會想要殺了我？」哈洛迷迷糊糊地說道。

「我沒想要殺你啊。」

「你給那個斯密一杯酒……你以為我臉上這些皺紋是因為修理汽化器得來的嗎？在此之前，我已經戒酒，有十五年沒碰酒了。」

「我並不知道。」

「我——我——我的肝臟可清楚了。」

哈洛對一兩杯酒的反應如此劇烈，可見在他壯年時，一定飲酒過量。茱莉亞或許也得到同樣的結論，因為她看他的眼神帶著一種了解的關懷，讓我覺得自己很不懂事，或很無能，或兩者皆是。

「醫生給我開了這些藥。」他舉起一個處方藥罐。「這個藥和電視讓我不會再聽見那個聲音。我需要的最後一件事是你們兩個走開去。你們離我這麼近真是要命。」

「離得這麼近讓我沒法得獎。」我咕噥著，說給自己聽。

哈洛轉頭看他的電視節目，藥物使他處於半睡眠狀態。茱莉亞和我離開他的聽力範圍。我和茱莉亞說了斯密在午餐時，對蘇珊·米契爾說了些什麼後果慘重的話。

「這會害你拿不到獎嗎？」她問。「這可讓我覺得糟透了。」

「本來是有可能，但是結果並非如此。我們扶著哈洛到車上時，蘇珊·米契爾就在停車場。這會兒我成了好好先生，設法幫助一個衰老的人。」

「他並不衰老。」她眼簾低垂。我真想告訴她，她看起來好迷人，但我忍住了。我們是朋友，她說的，就是這樣。

「很抱歉，」我說，「我正忙著修改那篇期刊文章。你知道我現在壓力很大。」

她抬起雙眼，我再度懾服於她原諒的能力，也充滿感激。她努力擠出一抹笑容，就像是瑞斯因熱情洋溢而打翻東西時，我會給牠的笑容一樣。「不對，我應該要道歉的。帶哈洛去教職員俱樂部是很冒險的事。」

她繼續說道：「我太擔心了，所以也太過堅持，都忘了我的幽默感。你值得感謝，而不是讓我抱怨。你做的事是需要很多勇氣的。」她說這些話的方式，以及她閃現的笑容，暗示著某些情況稍有不同。不過微妙的暗示總會立即飄過我的腦袋。或許她也感覺到了什麼，因為她很快就轉移話題。「你現在對那個通靈的聲音感覺如何？」

「我慢慢習慣它了，」我說。「有一半的時候，我不知道該為它覺得遺憾，還是應該把它掐死。不過我會想念它的。我猜現在哈洛已經有好醫生在照顧……沒再聽見那個聲音了。」

「是啊。」

我看著茱莉亞，想從她的回答裏找出線索，接著說道：「我……我要去西岸待幾個星期。」

「你要走了？」

「妳聽我說。我在幽勝美地附近租了一個小木屋，想一邊休假一邊工作。我人在外面時，寫作的情況最好。」

哈洛一定是聽到了，因為他抬起頭來。「你要走了嗎？」恐慌爬進他的聲音裏。

我走近哈洛床邊。「我必須這麼做，」我說，「我會在席拉山區（Sierras）騎單車，在半圓山（Half Dome）露營，甚至要看看我能不能登上船長山（El Capitan）的山頂。如果這樣還不能擠出一點博士論文，我也沒轍了。」

茱莉亞忍住笑，看著哈洛。

我將手搭在哈洛肩上。「我開始喜歡你的那個聲音，哈洛。它並不像我想像的那麼無厘頭。它很有條理，很有遠見。」

「韋恩幫忙把他扶出來時可不是這麼說的。」茱莉亞說。

我大笑。「哈洛的高談闊論讓韋恩很沒面子。哈洛，你應該聽聽你自己都說了些什麼！」

茱莉亞陪我去開車。

「可憐的哈洛，」我說，看著她早先的溫柔從眼裏消失。「那些藥會對他有幫助；他看起來已經好多了。我非走不可，妳了解我的需要，是嗎？」

「當然。」她毫無表情地說。

「還是朋友嗎？」我問。

她兩手交叉胸前，給我一個微笑。「當然。謝謝你做的一切，理查。也祝你好運。」

我遲疑片刻，靠向前去，在她臉頰上輕啄了一下。

＊　＊　＊

接下來幾個星期我都在忙著準備出遠門的事。到了最後一天早上，我把我的「修改再寄」的期刊文章做了最後一次整理。我依照他們的要求印出三份，寫了一封信，隨後將它寄出去。然後我在滿面瘡痍的餐廳裏巡視一番，我把它當成了家庭辦公室。稿件充滿了我的世界：我的博士論文的舊稿和那令人討厭的最後一章堆成一座小山。我將它們全撿了起來，扔進我的垃圾桶，然後將它們帶到外頭。那些文件落入回收桶時，一聲結實的悶響在我腦海裏是雙手互擊的喝采聲，是對著過去重重摔上了門。

午後的向晚時分，我還在露營專賣店流連，和那些玩具為伍。最後我決定了一個半月形的帳篷——容易組裝。我又增加了一些附帶用品：睡墊、睡袋、手電筒、爐子、急救包、還有各式各樣脫水食品。在食品店裏，我加了一些花生醬、餅乾、糖果、湯、以及我的小瓶裝的吉寶甜酒。然後在冰筒裏塞滿了乳酪、蛋和柳橙汁。

出發前夕，我的旅行車已經整個塞滿了。四大箱的書、期刊和研究論文佔據了最後面，我的筆記型電腦和手提箱就擠在它們旁邊。後座是露營器材、食物和一個小旅行箱。我給瑞斯留了空間，加上一條皮帶繫在後座的安全帶上。我旁邊的座位放著冰筒，下方地板上則是我的刮鬍組合和一盒光碟片。旅行車的里程表數字，已經超過十萬哩，再加上這一車的行李，要越過落磯山脈恐怕會有問題。近來變速箱不太靈光，但我不想花上好幾千元去換個新的。我會把定速器定在六十五哩，接下來就隨時祈禱吧。

瑞斯在屋裏吠個不停，也許是因為這一陣混亂而不安。我回頭瞻仰自己的傑作，扭動酸痛的肩膀。我期待明晨開始的這趟旅程，可以讓我放鬆、單純一點，而忙碌的準備工作也讓我把茱莉亞或哈洛拋在腦後——一定是因為我太累了，否則為什麼我竟毫無感覺？

我回到屋內打些告別電話，把狂吠的瑞斯抱在膝上。我打了電話給我父母親；沒人接。我打給茱莉亞，同樣沒人回答。我拿出我的電話號碼簿，一路尋找我的朋友和同事，看有哪些人可能因為我的離去而受到影響，然後開始撥電話。我的最後一通電話是打給一位已經退休的鄰居，法蘭西絲，問她在我離去之前，是否有任何需要的東西。

「你不在隔壁，我會覺得很害怕，」她說。「我們這附近又來了發瘋的浣熊。你看牠們把你的垃圾桶翻成什麼樣子了，現在天都還沒黑哪！」

「我的垃圾桶？」

「灑得整個巷道都是，」她說。「一定是我半個鐘頭前開車進來把牠們嚇跑了。」

我忍住了一聲咒罵。「我會把它們撿起來的，謝謝了。」

我抽出一隻手電筒，帶著瑞斯踱到後門，此刻牠搖著尾巴，帶著「早告訴過你」的驕傲。浣熊真的來過——垃圾桶被推倒，蓋子被丟到一邊。但奇怪的是，我的資源回收桶也一樣，桶裏的東西灑了一地。我一肚子怨氣，這裏撿個瓶子，那裏收張報紙。至少沒有風再把這些垃圾吹得到處都是。

浣熊為什麼要跑進資源回收桶？瓶瓶罐罐都沖過水，報紙也不能吃，再瘋狂的動物也不會吃的。我把所有躺在地上的東西都放了回去，接著站在那兒，一手插在腰上，一手用手電筒的微光去檢查那些垃圾桶。有點不太對勁。資源回收桶只有半滿。似懂非懂地，我咬緊了牙關。我的博士論文草稿不見了。

* * *

我回到屋內已經九點半了，倒了一杯吉寶甜酒加冰塊，跌進塞滿雜物的躺椅裏。我將腿抬起，熄了燈。這是辛苦一天之後的儀式：坐在黑暗裏，瑞斯在身旁，品嘗著舌尖喉頭的甜酒，釋放一整天的繁瑣事務。

竟然有人亂翻我的東西，帶走我的草稿。我感覺到被侵犯的震撼，同時自責著，怎麼會這麼笨，將它們留在門外。真是個白痴！我曾聽過學術上的欺騙行為，彼此對立的教授剽竊別人的構思，搶先發表。這類事件大多發生在像劍橋（譯註：Cambridge，指麻省理工學院）或帕羅阿圖（譯註：Palo Alto，指史丹佛大學）那種地方。在菲德堡這種昏睡之地，實在顯得太遙遠，壓根沒想過要去防範這種事。

我思索著各種可能性。或許只是個惡作劇——游手好閒的青少年亂翻垃圾桶。我搖搖頭：無論拿走那些文件的人是誰，都是有備而來。這表示今天下午我丟棄它們的時候，有人在監視我的房子。他們有了好幾個不同版本的稿件，就可以追蹤我的思考過程。另一方面，我距離完成還遙遙無期。我有些零零碎碎的構想，但缺乏一個整體性的理論，那些稿件根本幫不上忙。我的著作權有偉大的賴提瑪為證，有分量的期刊都不會接受任何使用我的材料去投稿的人。那麼動機可能是什麼？

我突然想到，賴提瑪和我在華盛頓共進午餐時說的：「對世化公司來說，這麼大的一筆生意，你的論文可能價值十億美元。」我的腦筋快速轉動：這就是產業界的間諜活動嗎？想賺俄羅斯盧布的大財團不會只有世化公司一家——會有十幾家公司想得到這個機會。真傷腦筋。我只想寫個博士論文，從來不想讓整件事情複雜化。我呷了一口酒，靠回椅背，不甚安穩地小睡片刻。

當我又醒來，一陣微風從花園飄進來。是橄欖樹叢開花的芳香。遠方傳來呼呼的爆裂聲，帶著煙火的光芒。我猛然想起今天是七月四日，結果卻哪兒也沒去。的確，除了瑞斯之外，沒有人可以和我一起慶祝。沒錯，我覺得自己真可憐。

我又飄回夢中，月光照在我身上。半夢半醒之間，一團雲霧喚著我的名字，它的霧氣籠罩著我。我聽見一陣沉悶的腳步聲，一陣靜寂，然後是疾走的嘈雜聲。我重新調整一下身子，但是那片雲飄了回來，對著我說話；但我聽不懂。

我猛然張開眼睛。一個巨大的身影在窗口凝視著我，它的外形被窗櫺框住，月亮在它的背後打光。彷彿永恆，我癱瘓於夢境之中，直直瞪著一個魔魘的險境。我所謂的守衛犬瑞斯完全沒有發出警告；牠只是警醒地站在那裏，豎起耳朵，尾巴搖晃著就像參加獨立紀念日遊行的旗幟。

「我要跟你一起去。」那個巨大的身影在窗口說道。

「你是誰？」我結結巴巴地說。「哦，是你！哈洛！天哪！」

「不是他——是我，」那個聲音粗啞地說，「斯密。」

我跳了起來。「你真把我嚇壞了。」

「我要跟你一起去，」斯密說。「我帶了一個背包在身上，都是他的東西。」

「你站在我的灌木叢上！你會毀了我的橄欖樹！」

另一個聲音從窗口傳進來。那是茱莉亞的聲音。「理查，我攔不住他。」

半晌之後，我們都在我的客廳裏：斯密穿著他的黃褐色夾克面朝我站著，抓緊他的帆布袋，茱莉亞在我們兩人之間。瑞斯好奇地聞著訪客的大腳。

「這太瘋狂了，」我咆哮著。「妳不能替哈洛做決定。」

茱莉亞自己也不太冷靜。「我今晚從畫室回來，就看見他帶著背包坐在我家門口。」

「上次哈洛看起來很好，很正常。」我說，對斯密視而不見。

「他堅持要我帶他來這裏，」她說。「我不知道該怎麼辦。」

「讓我們都冷靜下來，」斯密說。「所以如果是我呢？你帶著我走是在幫哈洛的忙。那些藥會傷害他的身體。讓你們聽到我的聲音，他會覺得比較好。」

「我不能這麼做。」我說。

片刻的寂靜。

然後茱莉亞嘆了口氣，抬頭望著我。「這太為難你了，理查，但是我思前想後，越想越覺得有道理。如果他不和你去，哈洛就得另外找人和斯密溝通。你知道這幾乎是不可能的。一切不會就這麼消失。」

「這並不完全是我的問題。」我的聲音裏透著睡意與不悅。

茱莉亞面對著我，懇求著。「你總是這麼輕易就棄他人不顧嗎？」

「我沒有空間了，」我說。「妳自己看看，我的旅行車都塞滿了。」

「我不用看，」她反彈回來。「我們總會在生活中為一些重要事物預留空間的。」

茱莉亞很擅長迎頭痛擊。

她說完後，臉立即紅了。「我又管不住嘴巴了。對不起，理查，我不應該這麼說的。我們對你要求太多了。」她挽起斯密的手臂。「來吧，大傢伙，我們走。」

斯密聳聳肩膀，望著我。「那麼我懇求你，即使不是為我自己，那就是為哈洛吧。他唯一的姊姊住在一個名叫奧克蘭的區，就是你要去的地方。」

茱莉亞緩緩點著頭。「我忘了這點。現在他當然得找他姊姊幫忙了。你知道他的健康保險已經沒了嗎？」

這些全都不是我的問題，面對這麼一個荒謬的要求，我有絕對的權利說「不」。整件事情都很瘋狂。

瑞斯冷靜地坐在斯密腳上，好似等著一頓狗食。斯密親切地撫摸牠的耳朵。「好一隻牧羊犬。」斯密說。

茱莉亞彈指說道。「對了，哈洛是個機械工人！如果你的老旅行車半途拋錨，他可以幫你的忙。」她看我的眼光溫柔起來。「哦，理查，說你會帶他走好嗎？」

瑞斯附和著叫著，他們全部望著我。

就這樣，在清晨七點鐘，我帶著一個大骨架的老先生出發穿越美國，這個疲倦的羅馬尼亞人，正在消逝的身體升起一個自稱亞當．斯密的聲音靈魂。我帶著荒謬前進，被引誘、被哄騙著離開了自己命運的駕駛座，變成了乘客，走上一趟自己無法定義的旅途。我可以說，這麼做只是為了茱莉亞，或是為了有個機械工人在身邊，但是並不只是如此而已。那個聲音吸引著我——有一部分的我，渴望著聽到更多。

8 創造財富

我們在黎明出發，草坪上露水仍重，清朗的天空在頭頂正漸漸透出亮光。茱莉亞站在那兒按快門拍照，向我們揮手，直到我們轉過街角，從她的視線消失。我的行程很輕鬆，要去芝加哥找一個大學室友，到落磯山脈看一些具有歷史意義的景點，然後在八月初抵達席拉山區的夏日小木屋。帶個乘客確實讓我不舒服，不過有個人在單調的旅行中陪伴，這趟路會走得快些。等我到了加州，我就會把哈洛丟給他姊姊，自己一個人到幽勝美地享受孤獨。除了在心裏默算距離我那空蕩蕩的家已有多遠，我什麼也懶得去想。

我選了一條迂迴的路線，可以看到稍微崎嶇的地形，比那些大型的州際公路少了一些人為的破壞。我們離開菲德堡，往西北方向走，不久便來到有馬兒在地上打滾的鄉間。小馬與母馬悠閒地吃草，背後是一片整齊的白牆與古樸的紅色穀倉。一路上只有我們，我的同伴和我很少交談。

到了梅納瑟斯（Manassas），我們往西走，海拔也升高了。不到三十哩，我們就進入了藍脊山脈（Blue Ridge Mountains）。過了山頂，我們走了一段陡峭的下坡路，來到雪蘭多河（Shenandoah River）南支。夏日的乾黃染遍了田野和樹葉。緊接著的是馬沙諾頓山脈（Massanutten Mountains）的恐龍背脊，於是我們再度爬入涼爽的空氣中，隨後墜入廣闊的雪蘭多山谷。小而繁茂的農田在平地上綿延數哩——豐美的五穀雜糧、蘋果、玉米、家禽、牛隻與乳酪製品。這裏是南軍（the Confederacy）的穀倉，內戰早期，「石牆」傑克遜（Stonewall Jackson）就從這裏進行他的牽制突襲。就在同樣這塊土地上，謝立敦（Sheridan）的部隊在最後幾年，遭遇潰敗而從此一蹶不振。

到了新市（New Market），雪蘭多河的北支從山區下降，我們只好離開安靜的鄉間道路，轉進繁忙的八十一號州際公路。早晨隨著時間過去，車輛越來越多。一輛輛十八輪的拖車呼嘯而過，掛著亞歷桑納、佛羅里達和俄亥俄州的車牌，裝載著各色各樣的貨物。我們遇到一場雨，路上一片溼滑，但也沒有人慢下來。

「越來越惡劣了，」我說。「每個人都以為路是自己的，還有該死的天氣！」

「太神奇了！」斯密像個小男孩一樣大叫，他的膝上放著一本地圖。「我們穿越那些山區，沒有任何阻礙。我們進入一片新的土地，連停都不用停下來！」

路上的標誌寫著：「歡迎光臨馬里蘭州」。

斯密指著繁忙的公路說：「還記得我們第一天的談話嗎？你提到財富的問題是吧？這就

是重點！像這些驚人的道路，可以將你的市場規模擴展到將近三億人！」他打破先前的沉默，如洪水衝破堤防。我啟動了錄音機。

「創造財富沒什麼神祕的，」他繼續說道。「你可以改善工人的技能、靈巧度與判斷力。❶但是社會要怎麼做到這點呢？我們的朋友哈洛，這個來自羅馬尼亞，身無分文的移民——我現在寄身的這個人——他要如何增進他的生產力呢？嗯？」

斯密警覺地瞪著我，就像牛蛙在蓮葉上偵測到一隻蒼蠅。「就是交換！」他呼叫著。「人性有種天然的交易傾向，以一物換一物。交換可以帶來**專門化**（specialization）。人們天生的才能並沒有太大的不同，但是習慣、風俗與教育卻可能不一樣。我們的朋友哈洛喜歡柴油引擎，時日既久，哈洛變得特別擅長這玩意兒——至少在他……呃，最近生病之前。專家比一般人的動作快。勞動分工所提高的生產力不是只有一點點，而是以十倍或百倍計算！」

斯密滔滔不絕。「那麼，現在，是什麼讓哈洛可以專門化的？祕密在這裏：他是在一個大城市裏進行他的交易。一個廣大的市場讓他可以輕鬆地將他的精力導向修理這個——柴油引擎。他在這個小行業裏，知道所有的預熱塞、壓力比，和所有的細節。他有特殊的工具，為了完成這件單一的工作，一切都準備妥當。哈洛會把那些馬達整個拆開來，天哪！而且這件事對哈洛來說是真的，對這個廣大市場裏的其他工人來說也一樣——不論是農夫、醫生、老師和工廠工人。」

「你怎麼會知道預熱塞這種玩意兒？」我問。

「在哈洛腦袋裏的東西我都可以借用，」他說。「現在讓我把話說完。當我們做到徹底分工，人本身的勞力就只能供給自己的一小部分需求。要滿足其他需求，比較容易的方式，是用自己多餘的勞力去換得別人的產出。每一個人都是用交換的方式生活，社會本身就成長為所謂的商業社會。」❷

我只用了一半的精神在聽，一邊從照後鏡留意那一長串超速的聯結車。有一輛半拖車載了滿車的牛，就跟在我車後二十呎的地方，我急轉換道之後，它還在加速之中。我們的車子一陣踉蹌，瑞斯狺然吠著。

斯密對這一切視而不見，他繼續說道：「相對來說，如果哈洛的生產力被限制在一個小小的村落裏，結果將是如何呢？為了得到足夠的客戶，他不只必須修理柴油引擎，還有其他所有的馬達，或許不只是馬達，還有消音器和剎車，甚至變速箱。他會需要多少其他的工具，而有多少是必須被閒置的？這將變得何等複雜而混亂啊。」

斯密兩眼盯著地平線。「不行……一個有限的市場，無論是肇因於政治或地理上的孤立，都沒什麼好處，只會讓人民貧窮。」他轉向我。「這就是我為什麼會厭惡我那個時代的同業團體（town corporations）。他們會限制交易，讓本地製造商免於競爭。我敢說他們是重商主義者，窮人將因他們的愚蠢而付出沉重的代價。」

另一列半拖車呼嘯而過，掀起一陣強風，將我們颳到路的邊緣。風雨塵垢濺到擋風玻璃上。一部藍色轎車憑空冒了出來——這是駕駛者的心腹大患。它毫無預警地超過我們，我扭動方向盤，以免被他擦撞。「白痴！」我大吼一聲，話一拋出便超過了他。我回頭一看，那部藍色轎車又換了車道，來到我們旁邊。這個瘋子！我搖下車窗。那輛車前座的車窗已經放下。有一把槍對著我。

手槍擊發的時候，我緊急踩剎車。車子打斜了，超載的旅行車車尾向左穿越兩個車道。我覺得時間停住了，車子和周遭的景物都以慢動作旋轉起來。貨櫃拖車一邊按著喇叭，緩緩逼近。霎時間，惡夢結束了，離心力猛地將我們拋到路旁，撞上一道護欄。旅行車搖晃著停在一片菊苣田裏。我和斯密都無法動彈，安全帶緊緊綁著我們，震驚使我們凍結在原地。

不久，一個粗壯的卡車司機躍過護欄，開了我的車門，扶我出來。然後他將斯密抱到草地上。我一邊顫抖著，打開後座車門。瑞斯將鼻子埋在座位上，腳爪抱著頭。皮帶還綁著牠。我們都受了驚嚇，但沒有受傷。

路人的好奇使得交通慢了下來。另一個卡車司機快步跑來。「你們別擔心。我打電話給警察了。」

我們一邊等著協助，那兩個人幫我們檢查旅行車的狀況。「這裏有點擦撞，但是好像不會太糟，」第一位說。他指著前方儀表板上的彈孔，追蹤它另一端的出口。「真是他媽的幸運，沒打到油管。」

另一個人走到旅行車後面，看著旁邊的配電盤。「骨架都還好。車子拖出來之後，應該還開得動。」

「對方呢？」我問。

「那個藍色四門小車啊？他甚至沒減速。嘿，條子來了。」

一個州警穿著一件透明塑膠外套，千里跋涉的模樣朝我們走來。他在他的金屬寫字板上振筆疾書，邊向我和卡車司機問些簡單的問題。他檢查過彈孔，給我一份他寫的報告複本說：「今年我在這路上看到的暴行，比過去十年加起來還多。」他搖搖頭。「真希望有人記下他的車牌號碼，或甚至清楚一點的描述都好。路上有成千上百輛藍色轎車。沒什麼好說的了。」

十分鐘之後，兩部拖車來到公路旁。

「土狼來了。」一位卡車司機說。

兩個司機都下了車，從他們揮動的手臂與漲紅的臉孔，可以看出雙方吵得很厲害。終於，其中一位走回他的拖車，發動引擎，走了。幾分鐘之後我們由另一位司機拖上路邊。機械工人徹底檢查過車子，然後發動引擎。它咳了幾聲之後終於醒了。

「情況不錯，你們可以走了。」他說。

我付過錢給拖車司機，還想給兩位停車幫忙的卡車司機一點啤酒錢。他們斷然拒絕，因此我想我的這個舉動是不是破壞了他們的榮譽感。我們互相揮手道別，我緩緩進入車流裏，車速始終在速限以下。我還在渾身顫抖著，於是我在下一個交流道出來，住進一家汽車旅館。斯密也一路沉默，和我一樣震驚於死神的擦身而過。我們瞪著麻痺大腦的電視，沉入不安的夢鄉。

* * *

「我們這趟路開頭的運氣不太好。」第二天早餐時我說。

「不算什麼好運，」斯密說。「不過我們都沒有受傷，除了是個不好的回憶之外。謝天謝地了。」

八點鐘，我們又回到公路上，保持著謹慎。我緊抓著方向盤，不斷地看照後鏡。最後，開長途的單調感覺佔了上風，昨天的事件開始褪色。假如因為一次莫名的攻擊便使得我們一路騷動不安，這趟旅程就毀了。是同樣的一回事嗎？自從我的博士論文草稿被竊之後，這件事並不會顯得太突兀。但我沒什麼興趣胡思亂想。就讓它過去吧。

我終於放鬆到可以和斯密重新談起意外發生前的話題，用一種我的學生慣常對我使用的攻擊性說法。

「我同意專門化可以增進生產力，」我說，「但你是不是忘了什麼？那是日復一日單調的重複工作，修理同樣的引擎。如果哈洛寧可做比較有變化、需要技巧的工作呢？」

「這點說得好。」他回道。「勞動的分工，會將一個人的工作縮減到只剩幾個簡單的操作，而不用去創造，去克服困難。一個人想要讓自己在工作上駕輕就熟，就必須犧牲他的智識與社交上的長處。」❸

「反對這種勞動分工論的，」我說，「例如馬克思不是譴責說，資本主義制度下的工人是被疏離、異化的嗎？」

斯密等一輛卡車經過，然後舉起一指說道：「要進步，社會就必須付出代價，但是有個補救的方法——給予最窮的孩子公立教育的補助。」

「補助，用教育券（voucher）嗎？」

「我是說，政府可以補助老師的一部分薪資，但不是全部。如果老師的薪資全部由政府支付，他們很快就會學會怠忽職守。」

我決定再度扮演魔鬼代言人：「自由貿易也許對富人有利，」我說：「但是工會說，關稅和其他的進口障礙可以讓窮人保住工作機會。」

斯密還擊：「交易越少，生產力就越低，也就表示可以流通的貨品更少。而真正用來衡量財富的，是貨品，不是做為貨幣的金子或銀兩。」❹他眺望遠方的景色。「在我的時代，英國和法國打仗打得沒完沒了。敵意使得便宜的法國小麥——我們稱之為「玉米」——無法進入英國市場。這使得英格蘭的小麥業成了獨占事業。我承認，受惠於保護，小麥方面的工作機會會增加，但這個商品並不適合在英格蘭生產。我們這些必須購買麵包的人——也就是其他所有的人——必須為那些『特意製造出來』的工作額外付出代價。」

他越說越快。「所以根據推論，英格蘭本地的製造業工作應該比較少，但都是英格蘭比較適合生產的商品。當別人也來模仿我們對進口設限時，我們就很難出口到其他國家去。在貿易戰爭中，你必須隨時問，你會因此而失去多少工作，而不能只算你留住多少工作。」

他揉揉眼睛。「有些國家的天然優勢強過另一國太多的時候，和他們競爭是無濟於事的。❺例如，在蘇格蘭，我們可以在溫床上生產很好的葡萄，並且製造出好喝的葡萄酒——價格大概是進口價的三十倍。那麼我們是否該為了鼓勵蘇格蘭生產葡萄酒，就禁止進口葡萄酒呢？比較一下成本和利益吧！這種限制似乎很難使我們致富。」

我正打算回答，他卻繼續說道：「而且葡萄酒在國防上並非必要……國防因素常常是補助本國產業的理由之一。」❻

「我想，糧食生產也是同樣的理由吧？」

「水手與船！」他眼睛亮起來。「如果我們有交通和貿易，就可以隨時買到食物——那是一種迂迴的消費方式。」

我提醒自己，經濟思想中最重要的一個觀念就是透過貿易，以迂迴的方式消費。這個主題太過重要，因此幾乎每一個經濟學的初級課程裏都會提到它。亞當．斯密針對貿易的論述在幾十年後，由大衛．李嘉圖（David Ricardo）的比較利益理論凌駕其上。❼然而我始終很敬佩斯密的解釋方式，他總是用簡單的常識說明一些包容廣泛的主題。雖然我的理性的腦袋無法解釋，但我已不再認為他是個通靈的騙子，而是個真正的智者。我發覺我已經開始接受這個愛說教的人——他已經不再是「斯密」，而是簡單明白的斯密，引號不需要了。

我們在黑格斯鎮（Hagerstown）轉進六十八號路向西行，平行於波多馬克河（Potomac River）和它那用挖泥機疏浚的確斯匹克與俄亥俄運河（Chesapeake and Ohio Canal）。確斯匹克與俄亥俄運河在坎伯蘭（Cumberland）結束，我們在那裏轉向古老的四十號路，不久便進入休息站休息。❽我做了一些乳酪三明治夾芥茉，我們就坐在草地上吃。瑞斯還是一隻小狗，玩著牠最喜歡的放牧遊戲，順時鐘繞著我們奔跑，不斷吠著想引起注意，維持在我們抓不到牠的距離。最後牠累了，突然趴在斯密旁邊。

有個古老的歷史紀念碑引起斯密的注意。「這裏說，」他指著那個標誌：「坎伯蘭公路是沿著一條印第安小路建的，它穿越阿帕拉契山……喬治．華盛頓在法國與印第安的戰爭中，就是走這條路！嗯……然後，身為一個總統，他就將它變成第一條州際公路，開啟了通往俄亥俄山谷的貿易。」斯密揚起聲調。「老天爺，難道你不知道這就是我所說的嗎？這是通往市場的路！」

「我還記得一點歷史，」我說：「華盛頓修這條路並非單單為了經濟。山裏的農夫很難將沉重的玉米運到市場上，因此他們將它發酵而製成酒。但是他們又不願付給聯邦酒稅，因而發動了『威士忌叛變』。華盛頓修這條路是為了讓這些居民保持忠誠，不去接近法國與印第安同盟（French and Indian Alliance）。」

「我從來沒說過，好的政治作為不能促進一些經濟發展，」斯密回嘴。「的確是的，這是一次公眾金錢的明智運用。」

我們邊吃三明治，一邊看著南方形成暴風雨。不久，太陽躲到雲裏，一絲寒意提醒我，暑假不會沒有盡頭。再過大約兩個月，我就得去面對世化公司的董事們演講，我這麼一路閒晃著穿越美國，工作卻不能一直這樣拖延下去。我躺了下來，將它拋到腦後。打個盹，這是我此刻最需要的。

* * *

瑞斯輕吠著吵醒了我。牠將鼻子抵在地上，繞著熟睡的斯密。我想叫牠安靜，但斯密翻身了。

「啊……你們在討論我嗎？」

那已經不是斯密輕快的語調，而是好奇的羅馬尼亞人哈洛·提姆斯。

「哈洛？你回來了！我的天哪！」

哈洛四下張望，看著車水馬龍的高速公路，停著的車，我們兩人癱在一片碧綠的山丘上，旁邊一隻狗對他叫著。

「我們在哪裏？」他問。

「賓州。剛過州界。」

「你要帶我去哪裏？」

「哈洛，聽我解釋。」

我倒帶述說過去幾天發生的事——斯密如何出現在我家，要求我帶他去奧克蘭找哈洛的姊姊。

哈洛的下巴動了動，卻沒能發出聲響。

「很抱歉，」我說。「我覺得這件事從一開始就是件蠢事。這算是綁架，我無話可說。」我站起來，拍拍膝蓋上的草渣。「我們走吧，我送你回維吉尼亞。」

我幫瑞斯繫上皮帶，信步朝車子走去。

哈洛終於說話了。「但是……我不想回去。」哈洛躺回地上，有一根草黏在他的嘴唇上。他說：「我會很想念茱莉亞，但我需要我姊姊。我老是想走這趟路，但我一個人做不到。也許這就是為什麼……」他的聲音越來越小。

很快地哈洛走了，斯密又回來。瑞斯迷惑了片刻，狺狺低吠著，爬上他的背。

「你以為我是會綁架人的人嗎，啊？」斯密不滿地說。他拍拍瑞斯的肚子。「你一定覺得我的人格有問題。綁架！」

「否則我還能怎麼想呢？」

「首先，那個哈洛是有自由意志的，」他說。「我只是透過他的大腦通靈，卻沒有改變他的腦袋。我無法做任何違反他本性的事。」

哈洛的短暫出現扭轉了一切。斯密逼我做的事，結果對哈洛卻是好事一樁。斯密獲得了好處，但他的用意卻更深遠。我開始思索自己的行為。有一條傀儡線在引導著我，線的另一端是一隻看不見的手嗎？

*　　*　　*

我們沐浴在陽光裏，原本沒打算留在休息站那麼長的時間。斯密著迷地看著路上川流不息的大卡車經過。我窩在那兒捧著我的《國際經濟》（*International Economy*）雜誌。有篇關於俄羅斯經濟崩潰的文章吸引了我。在所有的金融改革重整之中，令人痛心的是，他們從國際貨幣基金、世界銀行和其他多邊借貸者手上借來數十億的資金，結果這些錢卻被偷運出口，跑到紐約、百慕達或其他洗錢之地。這個國家被一個強大的黑手黨——也就是欽選幹部（Nomenclatura）——把持著。貪污腐敗是家常便飯，餵食者就是頑強的官僚體系。❾

我一邊翻頁，斯密一邊看著那篇文章的背面。

「你沒在生我的氣吧？」

我咕噥著不置可否。

「很好。那麼，你要我簡述一下通往財富的關鍵嗎？」

我放下雜誌。

「聽你同代人的言論，」斯密說：「你會覺得他們不是很了解我——不完全了解。」他指著雜誌上那篇寫俄羅斯的文章。「要創造財富，並不是單純地允許市場存在就夠了，還要更複雜一點。重於貿易，重於一切的是，社會必須讓每一個個人享有充分的權益。」

他停下來吹走唇上的一片草葉。「如果人們隨時都可以互相傷害，這個社會就無法存在。❿政府第一個最主要的功能，就是要避免人們侵犯他人：保護弱者，約束暴力，懲罰罪惡。」⓫斯密揉揉額頭。「司法是支撐社會架構的擎天之柱。假如它無法發揮功用，假如它從社會的混合物中被抽離，那麼人類社會的偉大建築將在剎那間崩潰於無形。」⓬

他的舌燦蓮花使得談話的內涵生色不少，而且我知道許多國家都符合這種令人沉痛的無政府景象。「法治**乃是**社會秩序的先決條件。在這個基礎上，你才能建立商業活動。用其他方式躁進都是很愚蠢的。」

「我不是律師或哲學家，」我說。「告訴我，我們有了法治之後，財富呢？」

斯密有點受傷地看我一眼，像是我吹熄了他的慶生會蠟燭。「假如你符合了法治的先決條件，通往財富的關鍵就很簡單：擴大市場交易的範圍，促進專門化與競爭。」

「透過完全自由貿易嗎？」

斯密搖搖頭。「我不是理論派的空想家，記得嗎？政府多少必須增加收入。除此之外，」斯密將頭一偏，沉吟半晌：「富裕的國家最可能遭到攻擊。政府必須設法保護人民，否則它的人民天生的習性就會讓他們無能防衛自己。」[13]

「那是在保護財富，不是創造。」

「任何有大量資產的地方，就會有嚴重的財富不均。這就是為什麼富裕的社會更需要政府來保護每一個成員，免於受到不公正的待遇，或遭到迫害。」

「否則，窮人會發起暴動？」

他大笑。「不是的。富人的貪婪與野心會使他去傷害別人，不輸窮人的嫉妒或怨恨。」[14]

「你還沒有提到，」我說：「有什麼政府角色會和私人部門有直接衝突。」

「我們就要談到了，」他說。「針對公眾的工作與機構進行投資對社會的好處也許最大，然而，其本質是，其中的利潤無法直接彌補任何個人或小團體所付出的成本。因此我們無法期待任何個人或私人團體，來進行這類投資，或維持這類投資的數量足敷使用。」

「像什麼？」

「例如交通——你可以看到公路橋樑與港口可以如何擴張市場，瓦解壟斷。公立教育也是這類投資。」

「簡單說，」我建議：「國家的財富端賴於此：社會得先透過政府建立法治制度，保障窮人與富人。政府投資一些無法看到直接利益的事業，但是這些事業對社會整體，乃至終極而言，對商業本身都是有價值的——例如基礎設施和教育。最後，政府保護人民免受外侮。除此之外，就是自由囉？」

斯密點點頭。「每一個人，只要他不違反正義的原則，就應該可以用自己的方法，自由追求自身的利益。⓯這意味著他可以投入資金，讓自己的產業和任何其他人競爭。長此以往，資本的**儲蓄**與**累積**就可以繼續形成更長足的進步。」

他凝視著天空。「正是如此，每一個人生而具有追求改善的力量，這個原理之強大，單單是它，就足以帶著社會走向財富與繁榮——而超越數百種愚蠢的人為律法堆疊而成的阻障！」⓰

9 窮人之子

「這裏有個矛盾，」我們一邊回到公路上，我一邊對斯密說。「你談到擴張財富是說得活靈活現的，但是我們第一次談話時，我說財富是目標，你差點咬掉我的頭。」

「我是個經驗主義者，」斯密說，輕敲著儀表板。「我喜歡將觀察到的事實記錄下來。因此，我的任務就是要看清物質上的一切是否能夠帶給人們快樂。我承認這問題很複雜，但今天的經濟學家真的這麼心胸狹窄，覺得這問題並不重要嗎？」

我有一種被指責的感覺。「人們通常總是認為，當一國的產出或國內生產毛額（GDP）有在成長，就是一個『健全』經濟的表徵。」我回道，「哦，是有些比較邊緣的人會談《小即是美》（*Small is Beautiful: A Study of Economics as if People Mattered*），以及實質進步指標（Genuine Progress Indicator; GPI）——這是用國內生產毛額減去污染、犯罪、日益嚴重的貧富不均等等的負面效應所得的結果。但是大多數經濟學家並沒有時間去考慮這些問題。基本上，我們所有的模型都假設，較高的產出就是唯一的目標。」❶

「我先勾勒出藍圖，」斯密說：「細節稍後再說好嗎？」他的談話包容廣泛，我不知道自己是否有足夠的耐性，或者他是否有足夠的精力說完。無論如何，我點點頭。

「在我看來是很明顯，」他說：「人生命中的物質區位絕不是說明你幸福與否的最主要因素。這是經過若干觀察而證實的，即使是零零星星的觀察，卻絕對足以讓你那些未經檢驗你就輕易接受的概念黯淡無光。不，」他稍作停頓，加重語氣說：「財富多寡無關幸福。」

「你認為心境的平和可以決定人是否幸福？」

「最終而言是如此。」他說。

「難道財富不會影響你的心境是否平和，你對未來的安全感？」

「某個程度上來說，是的。人的存在需要很多身外之物。悲慘的餓著肚子是不太會帶來心境的平和；就這方面來說，財富的用途不言可喻。所以必須除去這類的酷刑，因為如此一來才能緩和真實的、身體的負擔。也許這世上還有三分之一的人是需要這個的。」斯密敲敲自己的下巴。「但是對於那些已經超越這種窮苦境地的人來說，富人與窮人可能得到的幸福就不會有什麼實質差異。」

「但是如果其他條件完全相同，不就會有差異了嗎？」我問。

「有一點，但不會太大。而且你真的可以讓其他所有的條件完全相同嗎？」

斯密看著我。「我可以說一個故事嗎？那是取自我的《道德情操論》，我非常喜愛的一則故事。」

我點點頭。

「那就是『窮人之子』的寓言。」他閉上眼睛，開始背誦：

有個窮人的兒子，上天在盛怒之下帶給他野心，於是他開始環顧四周，艷羨富人的景況。他發現父親的茅屋小得容不下他，幻想著自己住在宮殿裏會覺得比較安適。他不滿意自己必須徒步而行，卻看見富有的人都有馬車代步，盤算著自己如果有這麼一部馬車，行動該要方便許多。他判斷，若干隨從僕役可以令他省去許多枝節瑣事。他想著，如果他能獲取這些便利，就可以心滿意足，平靜詳和。他沉醉在這些遙遠的幸福裏。

斯密的聲音變得深沉渾厚，我察覺自己被他的故事深深吸引，彷彿那正是我自己不幸的命運。

為了取得這些便利，他投入第一年，不，是第一個月，在比較耗費體力、消磨精神的工作上，歷經的苦難超過他原來一生應受的總和！他拼命想要在自己所痛恨的勞力工作上出人頭地，強迫自己去奉承那些他原來輕視的人，長此以往，他終於得到企求已久的物質上的豐足。但是如今他已經走到生命的終點，他的身體受到勞苦與病痛的磨損，他的心總因為憶起過去的千般傷害與失望，而感到懊惱。於是他終於開始明白，名利不過是瑣碎的小裝飾品，它使人得到身心安定的能力，並不會強過愛玩具的孩子的百寶箱。❷

「什麼是百寶箱？」我問。

「一個裝小工具的小盒子。有閒情逸致的人會帶著它們。」斯密說。他等著這問題沉澱下來。「總之，窮人的兒子拋棄了他始終帶著的通往幸福的鑰匙。通往幸福的絆腳石就在他自己心裏，而不在那些奢侈品。」斯密看著我，好像我應該從中萃取一些特別的意義。

我沒有反應。這是一則很刻薄的寓言，但我努力接受它所說的，金錢無法買到心境的平和。

* * *

第二天下午一點過後，我們將車停在西維吉尼亞惠林市（Wheeling）郊外的「桑尼運動小吧」。那天晚上我們投宿一家破舊的汽車旅館，裏頭的床墊鬆軟，窗簾陳舊。我們去用午餐時，旅館主人允許瑞斯待在她那建了圍牆的院子裏。這天早上的體育版，讓我想跑到外面的餐館吃飯，因為棒球季正如火如荼地展開。國家聯盟中區匹茲堡和辛辛那提的激戰，吸引了我的目光，而且最近我都抽不出時間來看球賽。翻遍電話薄之後，找到矗立在我們眼前的這個地方：一棟低矮的建築，骯髒的外牆，以及一個V型屋頂，只是為了建築上的美觀。窗裏亮著的霓虹燈寫著「開放中」。

鋪著碎石的停車場只有半滿，都是些風塵僕僕的老車，大多是小卡車。從它們的側面就可以看到各種不同的行業：水管工、屋頂工、園丁。我停在一部亮眼的八〇年份雪佛蘭旁邊，它頂著高高的輪子，車身是閃亮的檸檬綠金屬噴漆；照後鏡上掛著銀質獎章。

我們從豔陽下走進陰暗的冷氣房。那是個寬敞的開放式空間，我們信步走到大螢幕前。

「小伙子們來點什麼？」一位笑容滿面的女服務生問道。三十來歲的黑髮女郎，身著藍色牛仔褲，短袖襯衫和球鞋，曲線玲瓏。

「有酷爾斯啤酒嗎？」我問。

「當然，親愛的。」

「給我汽水。」斯密說。

她轉身回吧檯去，經過一個男人，他伸出手來拍她的臀部。女服務生一個大轉身。

「吉米，你少來了！」她在他手上重重打了一下。「你再這樣，我就打電話給你的假釋警官。」

女服務生轉身去迎接另一個進來的顧客：「賴尼！你來了，達令！查理呢？」

「隨後就到，密莉。」

客人陸續進來，這幕場景一再上演，有人叫密莉的名字，互相擁抱，開始點餐。那位女服務生花蝴蝶般地穿梭來去，送上一瓶瓶的啤酒，外帶親切的問候，效率極高。那個叫吉米的坐在那兒一臉鬱卒，在他的棒球帽下冷眼旁觀現場的一切。

有三對男女坐在我們前面，斯密向他們頷首問好。從他們面前空著的啤酒罐可以看出，這些匹茲堡海盜隊的球迷們在數小時前已開始等待這場比賽。兩位男士都是四十來歲，大大的啤酒肚，手臂如樹幹一般粗。他們嗓門很大，卻很和善，身上穿戴著耀眼的橙色與黑色絲質大手帕與眼罩，使他們有勇氣也有名目去對著室內的每個人咆哮著一些俏皮話。其中一人轉身向著我們微笑。「你們不是這裏人，對不對？」

「是啊，只是經過而已。」我說。

「你們會需要這些的。」他給我們一些報紙上的折價券，上頭裝飾著一些匹茲堡海盜隊的標誌。「每一瓶啤酒可以省二十五分。付錢之前拿給密莉。」

我謝過他。

「沒什麼。」那名海盜取出一包菸，丟在桌上。斯密看著那包香菸，我揣摩他體內的哈洛是否正渴望著一點尼古丁。那海盜抽出一根菸，在口袋裏摸索著火柴，卻沒找到。他四面張望。

斯密挺身而出：「需要火嗎？」他翻翻口袋，取出哈洛那已有凹痕的齊波打火機。

那海盜稍一遲疑便伸出手來。他翻開那凹凹凸凸的蓋子，按著打火石，一打便著。「很不錯。」他說著，邊還給他。

「也許你想留著它？」斯密說。「我好像再也不需要這個了。」

「真的嗎？你確定嗎？嘿，謝了。」

斯密可以看見我的懊惱，悄聲說道：「慈善是哈洛的天性，也是我的。我不會做任何他反對的事。」

這時候，海盜的妻子們圍著一疊照片，一面指指點點的。她們和她們的先生大不相同，有刻意打扮一下：她們的頭髮上過髮捲，有一位戴著垂吊式耳環，另一位配戴人造珍珠。桌上的另一對比較年輕，二十來歲。他們的椅子只隔幾吋，兩人的手臂和雙腿都交纏在一起。年輕男子俏皮地戴著牛仔帽和靴子，燙過的藍色牛仔褲，還有一件薄棉布花格子襯衫，雙袖捲起。女子則是單薄的身子，染過的金色長髮披到後背。兩人渾然忘我。

「你猜他們是新婚嗎？」我問斯密。

「看起來像是，」斯密點點頭，沉緬於自己的思緒中。「回首過去，你知道，在愛丁堡有個甘寶爾小姐。她很可愛，有一回我還以為……呃，算了。」

有個海盜發現我們正在觀察那一對，告訴我們：「他們已經訂婚七年了。她要等到他買了自己的房子才要嫁給他。他二十七歲，還住在家裏。」他開懷低聲笑著：「他那麼一點薪水，哪能攢出一棟房子來？」

國歌充塞了酒吧裏的每一個角落，一場大賽即將開始。辛辛那提紅人隊是地主隊，因此沒有人料想得到，這場對匹茲堡海盜隊的比賽竟會是一場苦戰。斯密看得兩眼發直，偶爾打岔問些問題。「哈洛對棒球一竅不通。」他說，聳聳肩表示歉意。

裁判的喊叫聲，球棒擊球的聲音，外野手接住一記高飛球，觀眾全跳了起來，一路叫囂怒罵著。酒吧裏海盜隊和紅人隊的球迷人數相當，不帶惡意地互相開著玩笑。所有的眼睛都黏在螢幕上，除了吉米這被遺棄的人，他孤單地坐在遠遠的牆邊，對著一杯啤酒，吐著菸圈。兩眼如雷射般彷彿要射穿杯底。

觀眾又是一陣鼓噪。三壘裁判兩手一伸判跑者安全上壘，有個戴黑色塑膠邊眼鏡的中年人對著我們前方的海盜隊球迷咆哮著。他抽出一張紙鈔，摔到桌上。「付錢叫裁判走路。」他咧開大嘴炫耀他殘缺的門牙。酒吧裏的同黨發出一陣喧囂以示響應。

我回頭看看遠處的牆邊；愁苦的吉米已經走了。

「辣椒上了！」密莉拿著一只大鐵壺，從廚房裏大步走出。終於輪到我們取得一個冒煙的碗，幾枚餅乾，玉米麵包上塗著奶油。在這冷氣過冷的酒吧裏，餐點來得正是時候。燃燒的嘴巴需要冷卻，於是來杯啤酒的喊叫聲此起彼落。密莉這女子真不是蓋的。

電視攝影機掃射球場上的五萬名球迷。玻璃隔板後面，奢華的本壘後方的貴賓包廂裏，穿著燕尾服的服務生正侍候著幾個嬌客。

「嘿，那是布雷森・柯爾（Prattston Coal）的包廂，」有個粗壯的男人這麼喊著。「那是管理階層正在花要給你加薪的錢！」群眾對著螢幕譏笑著。

「那些貴賓席要花多少錢？」斯密問道。

「五千美元，以上。」我說。「公司出錢。」

「它能夠讓人在看球賽時，得到更多樂趣嗎？坐在那裏，有這裏的這種同悲同喜的感覺（fellow-feeling）嗎？」

我聳聳肩。

到了九局後半，緊張的氣氛沸騰到了最高點。雙方攻守都可圈可點。越來越多鈔票被甩到我們前方的海盜桌上，做為賭局的籌碼。球賽似乎必須進入延長賽，因為雙方打成四比四平手，兩人出局，唯一的跑者站上三壘。

紅人隊派出一位代打，據說他打出去的球速可達時速九十哩。他沉住氣，將球數打到兩好三壞。餐廳裏人人屏氣凝神，連密莉都放下她的餐盤。

「投手已經做好準備動作……」播報員說。

打者揮棒擊中了球，將球遠遠送到中外野，游擊手撲過來卻差了幾吋。外野手衝上來接應時，跑者已經登上三壘。一記漂亮的中央長傳，球到達本壘板時，幾個身體撞在一起。跑者與捕手躺成一堆，裁判在他們的上方等待，結果球溜了出來。整個酒吧爆出了一陣震耳欲聾的尖叫聲與低沉的哀號。海盜們嫌惡地搖著頭。

酒吧開始空起來。我在桌上丟了一張二十元鈔票，還有今天拿到的折價券。我們還沒走到門口，就看到一個海盜衝了進來。

「密莉！妳最好趕緊出來一下！」

一群人圍著停在我們隔壁的雪佛蘭小跑車。頭燈和尾燈都被砸破了。玻璃碎片散落在碎石子地上。一條裂縫橫過擋風玻璃。密莉站在車邊，一手掩住了嘴。她哭叫著。「這個雜種！出獄還不到一個月。」

對我們很和善的那個海盜踱了過來。

「情人吵架嗎？」

「不是。他們結過婚又離婚了。她的前夫——吉米——不滿意他自己，也怪命運不公平。五年前在磨坊那邊被裁員——所有鋼鐵相關的工作都搬到韓國去了。」他搖搖頭。「你一旦加入鋼鐵工會，媽的，你怎麼還能去洗車過活，哪還能照鏡子？洗洗車輪哪能養得起一個家？」

旁邊有幾個人都表示贊同地點點頭。

「一個失去自尊心的人，生命裏就沒剩什麼了。就是這時候，吉米開始動手打密莉。離婚之後，他和一群游手好閒的人混日子，接著你就聽到他因為偷竊被抓了。而且你相信嗎？」他指指那部車：「離婚之前，那輛車子就是他的自尊，他的快樂。每一片都是他自己改造的。」

我們回到車上，我對斯密說：「我想這問題大概解決了。缺錢造成密莉失去了婚姻，還有不為人知的不幸。你還不承認金錢可以帶來心境的平和嗎？」

10 歌劇之夜

斯密的臉上浮現謎樣的笑容。「吉米這個人衣食無虞。你聽懂了沒？受傷的是他的自尊心。他對這點的情緒上的依戀超越了他在物質上所受到的剝奪。除了他之外，那個地方坐滿了還算幸福的人——住有屋，食有魚，周遭朋友圍繞。他還要什麼？」

「多得很，」我回道。「我們必須假設，那些坐在包廂裏的有錢人一定要更滿足一些，因為他們可以選擇到酒吧裏看球，但他們決定到現場去。他們的選擇不可能是不理性的。」

斯密一聲輕笑。「人們隨時都在自我欺騙，但是別談這個吧。」他忍住一個哈欠。「我睏了。」

我們回旅館帶了瑞斯，開車回到四十號路，越過俄亥俄河。斯密在一路上嘈雜的聲響中沉沉地睡著。晚餐時刻我們停下車子，我打了電話給一位大學時代的室友，他住在芝加哥。他正等著我的到來，但沒想到多了一個客人。

「怎麼樣？」斯密在餐桌上抬眼看我。他一向吃得很少，一臉沒精打采。

「沒問題，他有足夠的空間可以容納我們兩個。」我說。「他是個公司代理律師，上層社會裏的要人。我們就看著辦，等到了那裏之後，再決定要做什麼吧。」

斯密皺皺眉頭。「事前做點計畫不是比較妥當嗎？」

* * *

我們連夜趕路，只停下來一次打個盹，加個油。最後，在膠著的車流裏，芝加哥的地平線隱約浮現。這個城市真是令人難以招架，不只是大小的問題，還有許多刺耳的聲音，人們無情地將人性推到鋼鐵與水泥的邊緣。我們走走停停地過了一個半小時，才抵達市中心區交流道。二十分鐘之後，我們將車開進傑得．惠勒位於密西根路上的公寓車庫裏。我們拿著行李，搭上令人發暈的電梯。

「理查！」

我們還沒按門鈴，傑得便開門了。他領著我們走進寬敞的客廳，白色的沙發和椅子，白色地毯與白色燈光。落地窗可以俯瞰二十五層樓下方的密西根湖。我介紹斯密是「退休教授斯麥」。

斯密望向窗外，水面上一丁點的小貨船。他微笑著。

「對一個來自南喬治亞州的男孩來說，這樣還不壞吧？」傑得笑著。「還記得我在大學時代有多窮嗎，理查？好大的變化，不是嗎？我和莎麗有了孩子之後，就會搬到郊區去，但現在沒什麼道理去面對那種往返的交通問題。」他彎下腰，張開雙臂。「來吧，瑞斯，讓我抱抱。」

瑞斯的尾巴像在模仿指揮家的指揮棒，跟著生動的諧謔曲的節拍。

「你確定牠在這裏可以嗎？」我問。

「你別鬧了。我在成長的過程裏，家裏的狗從來不少於四五條。至少需要那麼多才夠打獵。」傑得站直身子，給瑞斯最後一陣輕拍。「談談你們這趟路如何。」

我大致說了一遍，省略斯密通靈的部分。

「你們來芝加哥想做些什麼？」傑得問。

「我想看看這裏的文化，」我說。「一些有益身心的。你知道，可以融入這個風城的上流社會的。」

傑得大笑。「那我妻子最拿手了。莎麗會有辦法的。」他拿起電話，按了個鍵。「莎兒？理查和他的朋友剛進來。他們需要一點建議，去看些藝文活動。」傑得聽了一會。「太好了！」傑得說，掛斷電話。「星期六晚上，芝加哥歌劇院有場大型歌劇上演。」

「好極了！好極了！」斯密說。

「我們有季票，但莎麗知道我寧可待在家裏。她也不知如何是好。」

斯密拉拉我，悄悄地說：「問他那些票要多少錢。我們的預算很緊。」我們的預算確實是個問題：斯密完全破產，而我靠著上學期的薪水過活。

傑得搖搖手。「沒關係。我們也許根本就用不到那些票。我寧願待在家裏看電視上的勇士隊比賽。」

我瞧一眼斯密的帆布背袋，裏頭肯定沒有一件他能穿到歌劇院的衣服。傑得看穿我的心思。「我有一件燕尾服，他也許適合穿，」他指指斯密。「你只要有套西裝就行了。」

* * *

接下來幾天我們都在休息，或至少斯密是在休息。我從來沒見過有人睡得這麼久，又這麼斷斷續續。正如茱莉亞所說，通靈是很費力的。他每幾個小時就會搖搖晃晃起身，帶瑞斯去散散步。「我們在這裏時，這就是我的工作。」他堅持。「你有更重要的事情要做。」

我急著想聯絡茱莉亞，和她分享我們的歷險記：我們的對話，以及駭人的車禍。我經常撥她的號碼，讓它響。沒有人接。藝術家為什麼對一個像答錄機這麼簡單的機械裝置如此反感？第一個沒事的下午，我將旅行車重新整理一遍。我們的車子衝到路邊之後，書籍、衣服和露營用具撒了一車。我和斯密的對話錄音帶全被拋到最後頭去了。我把這些都收起來，做好標籤，裝在一個盒子裏。

第二天早上我拿出博士論文的檔案，坐在傑得的廚房餐桌旁。這些文字看起來好陌生。這是我寫的嗎？果真是我寫的，那麼當時我一定腦筋不清楚。我的兩手在鍵盤上就位，瞪著電腦螢幕五個小時，接著我收起文件，離開公寓。我將自己埋在博物館裏，在藝術中心的禮品店裏，我發現了一幅喬治亞·歐姬芙（Georgia O'Keefe）的複印畫，於是買了打算寄出。這幅畫名為「黑色十字架」（Black Cross），是歐姬芙早期造訪新墨西哥州時的作品。黑色的十字架上斜劈了粗粗的光線，佔住了大部分前景，因此只能看見一小部分的十字架。背景裏則是光禿起伏的山丘沐浴在陽光裏。這幅畫深深打動了我。我取出紙和筆。

「親愛的茱莉亞，」我開始寫道：「這寂寞的十字架象徵著，在最荒瘠的沙漠裏，也能感受人性的存在。我希望妳……」

我撕掉那張紙，重新開始。「親愛的茱莉亞，這幅畫讓我想起妳那些美麗的畫，外形雄偉，細節簡單。它帶出了美的根本，同時……」

我呆坐半晌，然後也揉掉了那張紙。最後，我寫道：「茱莉亞，想你。理查。」我將那張紙條放進信封，塞進包裹裏。

* * *

這是週六夜晚，斯密心情愉快得令人訝異。我們晚餐吃得很早，他一直用他在巴黎歌劇院的經驗回饋傑得、莎麗和我。

「我整個藝術季都在那裏，真的！那是春天……噢，別管它是哪一年。」他用指關節敲著桌子。「沒有任何一樣事物——我說沒有——比嚴肅的歌劇更能感動人。詩、音樂、表演——全部加在一起，那是最美味的歡愉。」

傑得和莎麗點著頭。我無法放鬆心情，隨時在注意斯密老是要忘記他在哪個年代。擁有充足的睡眠讓他滔滔不絕，真是說個沒完。

「哦，還有那個政治真是太逗了，」他說。「你知道嗎？皇后比較喜歡義大利歌劇，國王卻偏愛法國歌劇。結果就成了『歌劇大戰』——一場愉快的鬧劇！」❶

傑得眉頭打結了。「我對歷史也許不太靈光，但是法國好久都沒有國王和皇后了，自從……」

「哦，那不打緊的。」斯密快活地揮揮手，好像要趕跑一些瑣碎的犯規行為。「我個人總是覺得喜劇最好。戲演得比較好。」斯密含著茶，彷彿吟詠一般。「當然，這麼說是有點不太禮貌，不過閹人歌手當演員真是平淡乏味，令人難以忍受。雖然我想像今晚的女性角色是由女人來唱的。」

傑得與莎麗很困惑地面面相覷。我們同時悶哼一聲。「你又說了一個難聽的笑話。」我試著掩飾他的失態。

「什麼？我說了什麼？」

「來吧，我們去準備出門了。」

傑得和我一同幫斯密穿上借來的燕尾服，即將展開我們的文化之夜。市立歌劇院入口擠滿了小轎車與加長型禮車，附近繞了一圈還找不到停車位，只好找泊車服務。這花了我十五塊錢，外加三塊小費，做為預防嘮叨與車被刮傷的「保險」。

斯密瞪目結舌地看著那些價格。「這太不節儉了。真是的。」

表演大廳富麗堂皇，是個全廳鍍金的藝術結構，興建於十九世紀的全盛時期，冠頂飾有精雕細琢的金葉天使。入口的走道有巨幅油畫、青銅雕像與粉紅色的大理石圓柱。我們踏著寬巍的樓梯，走上一樓包廂。斯密看起來像個青少年參加大學生的舞會，手腳都比借來的燕尾服長上一吋，因為鞋子太窄而顯得蹣跚；領口勒緊了他的頸子。

走道上擠滿了人，我們帶著莎麗那一張八十元的票，被領到一樓包廂的第二排。左邊的一名男子正在研究節目表，我轉身看著他：「你曾經看過《尤金．奧尼根》（*Eugene Onegin*）嗎？」

他的妻子靠過來。「看過一次，你呢？」

「沒有，它在我的時代之後一個世紀才出來。」斯密說，一邊拉拉他的領口。那名女子的頭向右斜了四分之三吋。

「我從沒看過。」我迅速接口道，將她的注意力引到節目表上。「妳喜歡這齣戲嗎？」

「它棒極了！」女子回道。「柴可夫斯基的音樂捉住了普希金文字的神韻。但願你帶了手帕來！」

指揮進場，全場立即報以熱烈的掌聲，燈光暗了下來。他的指揮棒切割著空氣，我不需要看節目表，就知道這是柴可夫斯基——熱情洋溢、浪漫誇張而總是有些預告的前兆。尤金．奧尼根這個虛榮浮誇的主角，出現在花園裏，帶著都市人的自信與傲氣。他遇見了塔提雅娜（Tatyana），一個單純但顧家的鄉下女孩，她深深愛著他。但他卻辱罵她，在很無聊的一節裏，還無恥地和好友的未婚妻調情。面對如此這般的羞辱，他的好友只好向他下戰書。這是典型的俄式作風。決鬥的槍響結束了第二幕，奧尼根懷抱著他將死的朋友。我們隔壁的女士回頭看我們。

「我說對了吧？」

我點點頭：「我需要一條手帕。」

「結束的時候，提醒我告訴你一件事。」這位多嘴的女士說，一邊往走道移動。

我們擠過人群，到了接待區。四周嗡嗡的聲響，我的心還留在第一幕。我發現自己就像奧尼根一樣，對一個好女人的愛不屑一顧。我就是這麼對待茱莉亞的嗎？有多少次我無能去愛，去回報這最基本的人類情感？

在酒吧裏排隊等著，斯密將頭偏向我們前面的兩位少女。

「好棒哦！」身形較小的那位微笑著說。「我一定要去買這張CD。」

較高的那位不以為然。「比起帕華洛帝在紐約大都會歌劇院唱的差太多了。妳只要聽過世界級的演出，遇到這個就會覺得聽不下去。」

斯密轉向我，臉上泛起微笑。「那個女人真難伺候！」他悄聲說道。「她比任何她擁有的東西都要優越！她就像《憨第德》（*Candide*）裏面那個疲倦的維也納人，珊娜托．波卡可倫絲（**Senator Pococurante**），伏爾泰（Voltaire）把她寫得很有意思。❷你曉得《憨第德》嗎？」我搖搖頭。「不知道？」斯密皺皺眉頭。「我以為像伏爾泰這樣的天才是人人必讀的。」

附近有兩對衣著優雅的夫婦相互大聲問候著。他們談得眉飛色舞，我們忍不住要聽它一聽。其中一位女士問：「感恩節如何？一定要到亞斯本來找我們，一定很好玩！」那個看似她丈夫的男子說：「莫伯瑞夫婦也會來。還記得羅傑和希莉亞嗎？」

另一位女士迅速回道：「謝謝你們的盛情，但是我們恐怕想都不敢想。法蘭西斯不曉得什麼時候才會從安多佛（譯註：原文Andover，麻州的一個私立中學）回來。安德魯則是被他的朋友威廉拉去南非打獵去了。法蘭克也在那時候要去歐洲，所以我們估計可能要在倫敦會合。實在太複雜了。」

「哦，我完全可以了解，」第一位婦人揮揮手故作輕鬆地說。「我們今晚也差點來不了。瑪希亞今天一早六點就有馬術的課，接著我帶著菲立普，從那裏趕到聖史帝芬市去參加一場球賽。最主要的是，我們上星期非得讓艾爾莎走不可。」

斯密凝神聽著，臉上泛著光采。他向我眨眨眼，好似我應該要從這場閒聊中，拾得一些重要的意義。

我到了隊伍前頭，點了一杯啤酒。

「我們沒有啤酒，」調酒師說。「白酒、香檳、雞尾酒。就這些。」他的眼光越過我，看著下一位客人。

「好吧——嗯，那麼給我白酒。」我一見到價格就面色慘白。

我聽到斯密在我背後的聲音。

「麻煩你，給我一小杯達蘭。」

「什麼？」調酒師問道。

「蘇格蘭威士忌。純的，不加水。」

我猛然轉身，袖子上濺了些酒。「你不可以！」

斯密做了個鬼臉。「呃，真蠢，我忘了。給我水好了。」

調酒師遞過來一杯皮爾水。我丟了一張十元鈔票在櫃台上付我們兩人的錢，心裏嘟囔著。我們碎步穿越人群，聽到一些片段的對話：

「……六點半開球。再晚一點球道就都滿了。」

「市場有在動，但是方向呢？香港跌了五％。」

「我們會在英屬維京群島停留一天，接著航向百慕達群島。」

「傑瑞在離婚的過程裏，被狠削了一頓。光贍養費就把他搞得慘兮兮。」

「詹姆森這次合併臉都綠了。他的降落傘和弗萊契的根本不能比。」

斯密輕輕抓著我的手臂，好像是他用我的錢剛贏了一回。他靠過來，想說點什麼，但是鈴聲響了，燈光暗下來，於是我們開始回座。

最後一幕和第一幕一樣都是華麗的悲劇。奧尼根由於哀悼亡友，流浪四年之後重新出現，一臉哀傷憂鬱。他回到聖彼得堡之後，參加了一場由他的表弟格雷民（Gremin）王子所舉辦的舞會，結果發現塔提雅娜已經蛻變為一個雍容高雅的仕女，而且已經成為格雷民的妻子，也就是王妃！王子以低沉的男中音誓言他對塔提雅娜的傾心之愛，如今她已經因為她的純潔慈愛與溫好的性情，而使他成為一個幸福的男人。奧尼根沮喪之餘，仍垂涎他曾經不屑一顧的愛。他以他一貫的虛榮心追求著塔提雅娜，以為一定能贏回她的心。她依然愛著他，但仍維持對丈夫的忠誠。在高潮時刻，她奔向後台，留下心碎的奧尼根。落幕。

觀眾起立鼓掌，演員兩度謝幕。我坐在那兒無法動彈。

斯密可以了解我的想法。「這大家都知道的，」他在掌聲中大吼著：「大多數遭致噩運的人，都可能只是因為不知道自己其實很幸福。❸他們其實應該安住於斯，滿足現狀。」斯密悲傷地搖搖頭。「你知道彌爾頓（John Milton）說什麼嗎？……『心靈是自我做主的地方，光靠它就可以將天堂變成地獄，地獄化為天堂。』」❹

我們的鄰座準備要離開。

「對不起。妳有話對我們說嗎？」我問。

那位女士轉身。「柴可夫斯基因為奧尼根的命運而深受感動——也因為迷信而被嚇壞了——所以娶了一個他不愛的女人，只為了避免冷落了她！」

「哦，天哪，」我說：「人生也會模仿藝術！但是結果如何？愛情勝過一切？」

她笑了。「我的天，才不呢！他可慘了！」

* * *

我們一路推擠著人群來到外頭。水泥地冒出熱氣；天氣又濕又熱。路上塞滿了一群群寒暄閒聊的人，我們慢步走向泊車服務處取車。

就在我們排隊等著取車的時刻，我聽見了第一聲槍響——就在我右耳邊轟然一聲巨響，聽起來像是一塊二乘四吋的木板打在潮濕的水泥牆上一樣（譯註：這是一種常見的建材尺寸，二吋厚，四吋寬，通常至少六呎長）。斯密和我嚇得縮成一團，因為子彈震碎了停在我們旁邊的汽車車窗。安全玻璃散落在人行道上。

「小心點！」有人尖叫。

第二聲槍響擊滅了我們身側的街燈。人群作鳥獸散，形成一道撤退的浪潮。我將斯密推到一棵樹幹後面。後方十五呎處，有個安全人員正和一個身型矮小的黑髮男子扭成一團，搶奪一把槍。警衛的帽子躺在地上。槍手的體型較小，但爭鬥激烈，也比較訓練有素。困惑的人群在二十呎外圍成一個圓圈，但是每次槍朝著的方向，人群就急速後退。斯密和我則是緩緩向後撤退。

歹徒踢向安全人員的鼠蹊，飛撲上去。他舉起槍托，重重打在警衛頭上，後者癱了下來。歹徒一個迴轉，群眾又縮在一起。他消失在一個巷子裏，一邊跑著，黑色的頭髮隨著跳動。一分鐘之後，街上塞滿了警察，受傷的警衛被抬進救護車。

「真險，」我邊開車回家，邊對斯密說。「現在外頭真危險。一天是公路上有人找碴，第二天就遇上強盜。」

一直到後來，我們經歷的這些事件沉澱之後，我的思緒才轉向比較黑暗的、通往真相的路徑。不過無論如何，當天晚上我睡得很安穩。

11 財富與幸福

第二天一早我們離開芝加哥，再度往西前進。暑熱難當，因此我選了一條偏北的路，穿過愛荷華和南達科他州的平原，越過蒙大拿和愛達荷州的落磯山脈。之後我們往海岸前進，順著海岸線抵達舊金山，在那裏，我會把哈洛留給他在灣區東岸奧克蘭市的姊姊。這不是最直接的路，但我不需要去趕什麼截止期限。幽勝美地的小木屋不會讓我多住兩個星期。

伊利諾的天空晴朗無雲，薄霧懸掛在我們身後褪去的城市地平線上。一天裏的這個時刻，車潮是流進市中心，而非流出，一個小時的郊區密集交通之後，我們駛向鄉間。我伸直腰桿，轉轉我的肩膀，放鬆緊抓著方向盤的手。

到現在，應該可以來談談我們在運動酒吧和歌劇院的經驗了。我壓下錄音鍵，看了斯密一眼。他會意過來，說：「有關邊際報酬遞減的問題，你一定教過你的學生了？」

「當然，」我點點頭。「在一個炎熱的午後，為了解渴，我喝的第一杯冰水效果一定大於第二杯，第二杯大於第三杯。到了第四杯，我得到的邊際效用一定很少，如果我覺得太脹了，還會有負面效用。這就是邊際效用遞減。」

「好，那麼，這也可以應用到財富上頭，」他說。「就是這樣，過度重視貧窮與富裕之間的差別，結果似乎就造成了人生的悲慘與失序。❶這是很科學的：光靠我們的觀察就夠了，不是嗎？要和大家同悲同喜，得到甘苦與共的感覺，並不需要大量的金錢。告訴我，我們花了多少錢才得到這些經驗？」

「在運動酒吧裏花了二十元，」我說。「歌劇，包括門票的價格，停車和飲料，大概花了兩百元。」

「我的重點是，」斯密說：「看歌劇花的錢是在酒吧花的錢的**十倍**。我們得到的報酬有多十倍嗎？如果沒有，那麼財富就有一種報酬遞減的效應，而且在我看來，它的遞減速度非常快。」

我聳聳肩。「蠻有道理的。」

「那當然。你不覺得，在普通人的生活裏，一個正常的腦袋——以那些海盜隊的球迷來說——也可以很冷靜愉快，也可以很知足，就和那些歌劇院裏的上流社會人士一樣？」

「這麼說倒沒有科學根據。你當然是寧可有錢，也不要貧窮的吧？」

「財富當然值得人們去追求。但它並不值得用那麼激烈的熱情去追求，那樣的熱情會驅使我們去違背審慎或正義的原則，或是腐化我們心靈未來的平靜。❷假如財富成為一個單一目標，你就會看到，總是有人比你有錢，而你如果沒有得到『最多』，那麼『擁有』就變得一文不值！富人的愉悅，多的是虛榮心與優越感，很少帶著全然的寧靜詳和。」❸

我暫時接受這些想法；其中是有些道理存在，然而我還是有一點懷疑。

「我的第二個重點是，」斯密說：「財富的增加只能使你**暫時**產生良好的感受，因為我們遲早會讓自己習慣於這些財富。幸福感會恢復到它最初的——就讓我們稱它為『天然的』——水準，就像鐘擺會自己找到平衡。」❹斯密搖搖頭。「權力與財富可以擋住夏雨，卻無法讓你遠離冬日的風暴，它們一樣會讓你感覺到——有時情況還更嚴重——焦慮、害怕與哀傷；一樣會讓你遭遇危險，與死亡。」❺

* * *

我們匆匆駛過愛荷華州一片長方形農田。豔陽高掛，我們繼續談下去。

「你不可能用絕對的方式去比較富人與窮人的幸福，」我說。「何況，行動勝於空談。窮人得到財富之後，他們就不再上運動酒吧，而會開始去買本壘板後方的貴賓席，去聽歌劇。他們不再去打保齡球，改打高爾夫球。他們的**顯示性偏好**（revealed preference）都是一些富人的玩意兒。」

斯密點點頭。「是的，這就是我所謂的人類心靈的大『迷惑』，窮人總是不斷追逐著富人的優裕。這種崇尚——幾乎可說是膜拜——財富與權力的意向……」❻他暫停一下，強調說：「是使我們的道德情操腐化的最重要、也是最普遍的原因。」

我在我的位子上蠕動著。頭頂有一對兀鷹慵懶地盤旋。我們經過一個看板，是一家鬆餅屋的廣告。

「好，我會設法理解你所說的，」我說。「但這又怎麼會腐化人的道德感呢？」

斯密的回答彷彿將了我一軍：「競逐財富的人往往都會捨棄道德的路。這點很不幸，因為通往財富的路，和通往道德的路，有時正巧是背道而馳的。」❼

我們將車子駛往鬆餅屋，幫瑞斯找到一個蔭涼有水的地方。我買了一份報紙，找到一個座位，斯密則去上洗手間。娛樂版有一則簡短的新聞，標題是：「歌劇因槍擊事件蒙塵」。這則新聞很不起眼，顯然是後來附加上去的。警方沒有報告任何攻擊動機，也沒有指出任何可能的攻擊對象。警衛受了輕傷，已離開醫院。在一條巷子的垃圾桶裏，發現一頂黑色假髮，但調查人員不願再透露其他線索。

我喝了一口咖啡。有些事情不太合理。這個強盜——我假設這是強盜事件——選了一個奇怪的地方來執業。❽一個更偏僻、沒有安全人員的地方不是更好嗎？然後我想起劇院裏的那些有錢人。也許經濟學家說的有道理：風險越高，取得的報酬可能也越高。單單用腦袋推斷是很合理，但我的直覺告訴我，好像有什麼東西我遺漏了。

用過午餐後，我們回到高速公路上。我對斯密說：「這個……你之前說的這個心靈的『迷惑』——說人們會很不智地自我腐化——將人的行為說成迷惑，你是在否定許多現代經濟學的理論基礎。」我稍作停頓。「大多數經濟學家在談到經濟模型時，都會認為人是『理性的』。」

斯密似乎不動如山。我決定溫和地激怒他。「你敢說你比群眾聰明嗎？那豈不是太勢利了？」

斯密伸伸懶腰。「我打擾了你的平靜了，是嗎？道德哲學可以檢視動機，至少我可以做到這點，」他說，「那是這個謎團的關鍵。然而，你卻只注意外在的行為，而忽略了動機。這世界的種種苦難，紛紛擾擾，到底都是為了什麼？貪婪與野心都是所為何來？人們會有興趣去追求一些事物，其實只是為了虛榮心，或是那種追求的愉悅，而不是為了安逸。❾富人在自己的富裕當中發光發熱，因為這些財富會很自然地使整個世界注意到他。」❿

「但是這一切又怎麼會造成迷惑呢？」我問。

「在人類的生活裏，窮人追求幸福的本事毫不遜色。⓫乞丐在高速公路旁曬太陽，他們擁有的安全，是做國王的人夢寐以求的。」⓬斯密轉身向我，確定我有在注意聽。「假如人類的幸福，最主要是來自於意識到『被愛』（我相信是如此），那麼財富的突然改變，其實很少對幸福有什麼貢獻。」⓭

我們接近一個人口密集的地區，路邊的廣告看板上琳瑯滿目的商品，從豪華車系到絲襪都有。斯密做了個鬼臉。「要建立一個偉大的，只為了餵飽一群消費者的帝國，這樣的計畫只適合滿腦子生意經的人民！」[14]

「有可能，」我說，「但至少它讓我們可以找到睡覺的地方。」下午四點鐘，該是瑞斯出門溜達的時候，看得出來斯密長途旅行下來也累了。我從下一個交流道出來，幸運的是：這家旅館可以接受寵物。

吃過晚飯洗過澡，斯密和我穿上睡衣，瑞斯則睡在我的床腳。我習慣性地轉遍有線電視的頻道。這些頻道讓我們覺得很不舒服，每一台都比前一台更大聲，更嘈雜。斯密看著電視，臉色越來越陰沉。有個購物頻道，女銷售員生動地叫賣著人造鑽石手鍊。斯密皺起了眉頭：「有多少人把金錢花在這些沒有價值的玩意上，而毀了他們自己？呃？」[15]

我調低音量，斯密繼續說道：「想想這些瑣碎的便利品轉移了人們寶貴的注意力，而它們總有一天要化為碎片，和它們那不幸的擁有者一同化為廢墟！」[16]

我大笑。「這種說法真是戲劇化。」

「更重要的是，這一切有哪一點談得上節儉？人們有在自我要求拖延一下酬賞自己的時間嗎？不為將來省一點，這個國家的未來哪有繁榮的希望！」

斯密這個辯論的大法師，似乎隨時都在預期著下一步，調整一點語氣，甩落一根毛髮。

「但這些對於物質幸福的虛榮的追逐，其實是有它補償性的一面，」他繼續說，邊打著哈欠。「就是這種迷惑激發了人類勤奮工作的動能，不斷地向前邁進。」⓱

「所以我們會更努力？斯密教授？」

沒有回答。斯密已經熟睡過去了。

我按按遙控器，找個芝加哥的電視台。晚間新聞快結束了，從主播開著輕鬆的玩笑就可以知道。我的吉寶甜酒讓我心情愉快。我打起瞌睡，就是不願意花力氣爬到床上。

帶著塑膠笑容、外表光鮮的新聞播報員，對著另一位主播說：「布蘭達，有關歌劇院槍擊事件的最新發展是什麼？」

我睜開一隻眼睛。

「馬克，槍擊事件發生的時候，市長的競選對手正在人群裏，他把這起事件轉變為競選議題。他今天發布了一則聲明，攻擊說：『本市最公開的場所都不再安全。』市長辦公室否認這項指控，說芝加哥的街道是——我引用他的話：『比以前任何時候都安全。』」

她說話的同時，鏡頭轉到一捲黑白錄影帶，那是歌劇院門口的監視攝影機錄下來的畫面。一名身形矮小的男子頂著濃密的黑色假髮，圖謀不軌地大步走著，一隻手插在防風夾克裏。他的臉看起來很眼熟，使我再度感到不安。他的眼睛骨轆轆地左右張望，細小的鼻子輪廓清楚，線條僵硬。錄影帶又重播了一次。

我把音量開大，斯密在床上輾轉翻動著，遮住耳朵。

「布蘭達，這則消息為什麼會引來媒體的關注？假如它是個失敗的強盜事件，又沒有人受到重傷。這在這個城市裏顯然不是什麼大事。」

「馬克，這起事件一開始是不太起眼，但現在官方已經一片混亂。市政府裏沒有人願意針對這捲錄影帶發表意見，但是本台已經確認這個消息——聯邦調查局已經介入了。有一個證據是警方還沒公布的，那是在現場找到的一張傳單或海報之類的東西。」

播報員露出愉快的笑容：「有祕密消息來源說，這裏頭包含了一些恐怖組織的資料，也就是『民重於利組織』（POP）。這個組織在今年稍早曾自稱炸過俄羅斯大使館。他們還信誓旦旦地說要毀了下個月在舊金山舉行的貿易高峰會。」

男主播挑起眉頭。「有任何嫌犯的消息嗎？」

「馬克，調查人員正試著找出那頂黑色假髮是哪裏買來的。還有另一件事。警方訪談過若干目擊證人，說他們看到嫌犯搭一部車逃離現場。那是一部舊型的藍色轎車。」

part 2 轉型 *Transformation*

「誠摯而認真地留意自己的行為是否合宜……就是道德的真正精髓。」

——亞當．斯密，《道德情操論》（FIXXX p. 244）

12 追求利潤

親愛的茱莉亞，

正如妳在這張風景明信片上看到的，這片平坦之地讓我可以快意奔馳，也讓我的心可以漫遊，徜徉。有太多話想問妳。斯密大多數時候都在睡夢中。謝謝妳將我的郵件轉寄到蘇族瀑布市，我們今天稍後會抵達那個地方。想妳，

理查

我們繼續向北開，慢慢進入南達科他州。我將車停在蘇族瀑布市的郵局，去郵件招領處領取轉寄來的信件。有兩封信，其中一封只有卡片大小，信封上的筆跡是藝術字體。我立即將它打開。

親愛的理查，

沒有你和哈洛的日子真是安靜。我想著你們一路上情況如何。我的鄰居告訴我，我電話響個不停。連一個答錄機都沒有，這真是讓我想踢我自己（這問題現在已經解決了）。最近我都在忙著將畫送到畫廊。星期五就要開幕了，祝我順利吧！

還有很多話想說，但我希望你回來之後，我還有機會告訴你。牧師要我替他問候你。

親切的，

茱莉亞

另一封的信封看起來很正式，寄件地址是麻州劍橋的亞當斯密經濟學講座。我打起精神來。很典型的，沒有問候語：

伯恩斯：

你他媽的在幹什麼？這對你來說也許是芝麻小事，不過世化公司預計你上個星期就會給他們一個報告呢。我甚至連你的最後一章都沒見到。你聽過電子郵件這玩意兒嗎？或是電話？給我打個電話。

又：我想我該告訴你，世化公司受到一個白痴布爾什維克（Bolshevik）組織的死亡威脅。他們似乎很反對世化買這家俄羅斯公司。我簡直是屁股長了針眼，安全人員整天跟著我。我猜這就是他們給我的回報。

＊　＊　＊

羅伯・賴堤瑪

蘇族瀑布市已經在我們後頭一百哩，寬闊的平原伸展到地表彎曲的地方。斯密和我沒什麼話說。他很疲倦，椅背也放了下來，大部分時間都在小睡。瑞斯模仿斯密筋疲力竭的模樣，拿鼻頭靠著後座。斯密這樣也好，我不太有心情說話，也不想讓他分擔我的恐懼。

我追索著昨晚在電視上看到的歹徒形象，如此熟悉怪異的畫面：模糊的黑白錄影帶裏，一名男子在防風夾克裏抓著一把手槍。我在哪裏見過他？「民重於利組織」一辭，使我想起和韋恩、卡蘿在教職員俱樂部的午餐。假如賴堤瑪是POP的一個目標，那麼我呢？賴堤瑪受到死亡威脅，而我則是在馬里蘭州被逼下高速公路，在芝加哥又遇到槍擊，這實在是個詭異的巧合。我那些被偷的博士論文草稿又怎麼說？這些線索該如何組合在一起？

為什麼有人會想殺死我？我根本不是像賴堤瑪那樣的名人，至於我要提供給世化公司的公式，應該才是綁架我的原因，他們並不想殺我。假如我不是目標，那麼是哈洛嗎？誰會想去殺死一個失業的卡車技工，他甚至連個親近的朋友都沒有？他過去曾經和人結仇嗎？是討債公司來逼債嗎？一點也不像。我得到無可避免的結論：世化公司的公式就是線索。人家不是要等到我完成公式之後才來竊取，因此我需要找出他們想殺我的原因。首先，我得讓自己活下去。

哈洛目前的情況很脆弱，他因為通靈而變得沒有行為能力。身邊的斯密頭往後靠，雙眼緊閉，每一次的深呼吸都釋出一聲細微的鼾聲。我直覺地瞥了一眼照後鏡，確定沒有別的車子會對我造成威脅。我扭扭脖子，猜測POP下一次將如何進行攻擊。各種排列組合快速變換。我沮喪地搖搖頭：也許，我只是得了妄想症吧。

* * *

我們當晚在距離高速公路數哩外的一家汽車旅館過夜，第二天早上又開了幾個小時。我們在寬廣的密蘇里河邊，找到一個休息區，我取出一個近午的早午餐，包括花生醬三明治、胡蘿蔔棒與新鮮水果。斯密顯得比較有活力了，痛快地吃著，午餐快結束時，我按下了錄音鍵。

「我這麼說也許聽起來像在批評，請原諒，」我說：「但是我覺得，如果人們不了解你，似乎你也要負一部分責任。假如財富不能通往幸福，那麼你在《國富論》裏為什麼不說清楚？還有為什麼你說自利可以當成一個指引方針，使得今天的人只能將自利詮釋成自私？」

「理查，冷靜一點。」斯密一邊啃著一顆桃子當甜點。「長達四百頁的篇幅——我在《道德情操論》裏，花了這麼多工夫來解釋人類行為的動機。我那個時代的人，都不會那麼迷糊地認為我只重視財富或自利。如果大家不來讀我的作品，那難道是我的錯嗎？」他拉出桃核，將它輕輕丟在一旁。瑞斯追了過去，開始認真地啃了起來。

「大家對《道德情操論》好像都沒什麼印象。」我說。

「正好相反，它是一部隨處可見的經典，翻譯成法文、德文，甚至還譯成俄文。所有偉大的哲學家——尤其是大衛．休謨——都給它很高的評價。」❷斯密的聲音越來越小，若有所失地思索片刻，然後轉向我說：「你知道嗎，我想你如果見到我的朋友大衛會很高興的。我真的應該讓你們兩人認識。」

「很好笑。」我說。現在我還蠻喜歡這個壞脾氣的傢伙。他那突然爆發的吊書袋已經不再使我覺得困擾。瑞斯專注地望著隔壁野餐桌上用餐的一家人，無疑是在等著一小塊三明治掉到地上。

斯密嘆口氣，躺在草地上，兩手撐著頭。他研究著天空的變幻。「我那本《道德情操論》是我真正的聲望之所繫……使我能夠從學術界退休；當時我才剛四十歲！是啊，我放棄了在格拉斯哥大學的終身教職，接受邀請去歐洲，教一個家境富裕的少年。這是那個男孩的成長儀式，而我自己以前也沒去過那裏。」

從他的聲音可以聽得出來，這是個可以讓你眼睛一亮的經驗。他說：「是啊，那本書，還有我和休謨的友誼，都幫我開啟了通往巴黎的大門，讓我可以在晚上和奎內醫生（Francois Quesnay）以及其他像杜果（Jacques Turgot）這樣的改革者相聚。這些人我都還記得很清楚。奎內醫生曾經是國王情婦彭巴杜夫人（Mme. de Pompadour）的醫生，同時也是重農主義的創始人。重農主義者在創造經濟模型上是一流的，他們是先驅，真的。」

斯密的眼睛閃著亮光。「那是一七六〇年代中期，❸我們這一小撮人從我們安全的會客廳裏，向外散播著改革的自由市場原理，而無視法國官方的打壓。❹然後有些像杜果這樣勇敢的人，就真的有機會當上了財政大臣，實現這些理想，雖然只是短短的一段時間，無論如何——廢除了封建地主的貿易限制！假如國王允許杜果繼續下去……喏，誰曉得會發生什麼事？進行改革也許就可以省掉一場法國大革命，這個想法會很離譜嗎？或許能夠保住路易十六的腦袋——**真的保住**？」

我對法國歷史一竅不通，當下便發誓有空得好好讀上一讀。那會是什麼時候呢？斯密微笑著，一邊的嘴角卻下垂了。「不過在歐陸待了兩年之後，我也很高興可以回家。我思念我的母親。接下來的十年我靠退休金過活，撰寫《國富論》。」

我一開始想找資料來否定斯密通靈時，曾讀到一些。「因此有人說《道德情操論》是個天真少年的塗鴨，」我說，「他們說你在歐洲待過一段時間之後，增長了你的智慧，而在《國富論》裏的強調自利，也就反映出你變成熟了。」

「一派胡言，」斯密反駁道。「在《國富論》出版十四年後，我的《道德情操論》已經出到第六版了！」他坐起來。「如果我的主要作品對人性的詮釋有誤，或是和我在商業上的應用著作互相矛盾，你以為我會那麼草率地讓它出版嗎？」❺

隔壁那家子有兩個人朝我們看過來。

「你嚇到他們了。」我說。

「好吧，好吧，」他悄聲說道，「這個問題一直到我死後八十年才出現，那時候我已經無法為自己辯護了。」

我微笑著。「凱因斯有一回寫道，所謂的『實際的』人，都會被一些已故經濟學家的觀點帶著走。你是說，這些已故經濟學家的觀點已經變成猶如諷刺漫畫一般，而管理著人們的，其實是這些被扭曲的觀點？」

「可以這麼說。」斯密看著我，柔和地微笑著。「有點牽強，不過我想你終於開始學到東西了——哈！」

*　*　*

那天傍晚，景致由平原換成劣地（Badlands）的風化山丘。著名的黑崗（Black Hills）在遠方的灰色剪影隱約浮現。明天我們將克盡觀光客的職責，去看看洛須摩爾山（Mount Rushmore）的總統石像，第二天我們將抵達蒙大拿州，看看卡斯特將軍（George A. Custer）在小巨角河（Little Big Horn）的最後一役。打定主意，我便在湍急市（Rapid City）找個露營區，遠離高速公路。比起高速公路邊的汽車旅館，在這裏應該比較不容易被找到。而且，我也喜歡露營，喜歡搭帳篷這工作。

這個小小的綠洲已經乾涸，因此我為瑞斯裝來一大碗水，便開始紮營。立起帳篷不費吹灰之力，斯密也悠閒地旁觀著。

「再跟我說一次，為什麼我們來這裏而不去住汽車旅館？」他問。

「這可以修身養性。」我回道。

那兩次暗殺行動的對象就是我，這想法我還沒跟他提過。沒有證據，而且我也不想讓他為我擔憂。然而，我們那天早上討論到斯密在法國對抗封建制度，談到因法國大革命而引發的大屠殺，這提醒了我，斯密對爭議性的問題並不陌生。無論這會不會使他感到不安，我還是要讓他知道有人想要我的性命，那麼他可以決定是否還要跟著我。

斯密將他的行李放進帳篷之後，我說：「我接下來要說的話，也許你可以了解。來，找個位子坐下來。」

他坐下，眼睛瞪得大大地看著我。這話真不好說。

「我把一些事想清楚了，」我說。「就是那些槍擊案的事。」

他的眼皮瞇了起來，用一種冷靜而事不關己的語氣說道：「當然，你的意思是，有人想要殺我？」

「殺你？」我喘了一口大氣。

「哦，是啊，我注意到了，」他說。「要把這些理出個頭緒並不難。藍色車子裏那個傢伙的眼睛誰也忘不了。眼神看起來像可以射穿你。」他做個鬼臉。「我在那個歌劇院現場又看到一次。」

「你只是一個來自過去的聲音——我的老天爺，他們是來追我的！」我堅持道。「他們以為我發現了公式。」

「不！」斯密的眼睛閃著光芒。「那只是一個大拼圖裏微不足道的一小片。我才是他們想要滅口的對象。」

我那不可置信的表情使他半閉著眼睛說：「如果我消失，被世人遺忘，誰會得到好處？誰會因為消滅我而覺得高興？」他用一隻手捶打著地面。「和我那個時代的人同樣的一些團體！大公司，大政府，大教堂，任何一個擁有強奪而來的權力或財富的人——他們擁有足夠的動機：任何一個企業，像世化公司，都想要操縱價格或是尋求保護免於競爭；任何耽溺於權力的官僚，還有一大票其他的人，像POP組織。」

斯密搖搖頭。「這些人永遠都在。他們全都是重商主義者，只是用不同的面目出現——想辦法贏得自己的利益，卻讓別人付出代價——也就是尋租行為！而我就是擋人財路的那個人。」他一隻手搭在我肩上，就像個爸爸。「理查，是思想在改變世界，帶來革命——我的思想曾經做過這樣的事。我一回來又攪渾了一鍋湯。」他停了一下。「當然，我的思想在這個世代來說不過是諷刺漫畫一般，因此就連『利潤』都成了髒字。」

斯密這一陣發洩讓我驚訝。我爬近我的帳篷椅子，坐了進去，一臉陰鬱。斯密在一旁，丟球給瑞斯自娛。他說我的公式「微不足道」已經夠讓我難受了，更糟的是，他竟那麼確信**他**就是這些攻擊的對象。這個人的自我是怎麼回事！整件事看起來真是蠢斃了！但是……嗯。我搔搔頭，需要一大口的吉寶甜酒；我需要自制。斯密最後提到「利潤」都成了髒字，這個說法讓我再三琢磨。這是真的，我記得，POP代表的就是「民重於利組織」（People Over Profit）。

利潤。我坐起來，像是從夢裏醒來。**斯密與利潤**！我的大腦開始發掘各種可能性。這些可能性就和斯密的理論一樣清楚明瞭，乍看之下卻可能讓人摸不著頭腦。斯密有關利潤的洞見難道會是使我們惹上麻煩的原因嗎？斯密覺得弔詭的理論好玩，而一個最弔詭的理論則是，企業在短期內的高利潤，對消費者而言，其實是**好的**。❻

有健全競爭的市場，當某一產品的需求增加，例如石油，就可以推升它的價格。價格越高，象徵著購買的民眾更喜歡這個產品，也就允許目前的生產者在一段時間之內，取得較大而「超乎正常」的利潤。但是如果此一行業沒有「進入障礙」的話，新的競爭者就會被引誘進入這個高報酬的領域，帶入更多的土地、勞工與資本等資源。總有一天，石油供應增加的結果，會使得價格滑落到它**自然的**低水準。長期而言，消費者會因為有更多幾近最低價格的石油而受益。❼

然而，我們很容易失去這類「自然的」秩序。對一個外行人來說，動盪的市場毫無條理可言，甚至具有威脅性。可以因為需求遽增，而使得價格在一夕之間一飛衝天，第二天又可能因為發現新的油田，或是新的開採技術的改變，而跌落谷底。這種明顯的混亂情勢誘使政府介入，去「導正」一個看似受損的制度——而「導正」的方式，就是由政府來制定價格。然而斯密相信市場可以自我調節，彷彿有一隻「看不見的手」，它會將資源導向利潤較高的領域，而不需要中央控管或計畫。任何想要干預自然價格、薪資或利潤的意圖，都只會讓情況惡化。這個結論的基礎在於兩個重要的假設，第一，市場開放競爭，第二，沒有外部性，例如污染，去傷害到其他人。

斯密的「自然」秩序對產油業者是可怕的消息，例如長毛象石油公司，因為它的利潤會由於長期的競爭而受到限制。長毛象唯一贏得高利潤的方式，就是提高產品的品質（例如添加比較好的石油添加劑），或是設計較廉價的處理與行銷石油的方法。斯密有個偉大的洞見：**對於利潤的永續追求，可以帶來不斷的改革與企業的轉型！**每一個企業都必須自我改造才能生存。

然而改革的代價很高，因此長毛象要提振它疲弱的利潤，比較容易的方式就是製造一個終點——設法限制競爭！一旦成功，就可以減少石油的流量，提高價格，豐富長毛象的寶藏。這就是在「強盜大亨」（robber baron）的時代，約翰．洛克斐勒（John D. Rockefeller）被指控的罪行，後來他的標準石油（Standard Oil）托辣斯在一九一一年被法院勒令解體。這也是今天石油輸出國家組織一直設法在做的事。就是這些預料中的製造商**共謀**行事，使得斯密如此殘忍地譏諷商人的動機：這個階層的人的終極利益，就是反對競爭。

如此一來的結果，就是某些國家的資本主義並沒有真正的競爭存在：有權力的人和他們企業界的朋友創造了一個「朋黨資本主義」（crony capitalism）體系，形成聯盟。獲利的人在政治上的權力更加鞏固，使得改革工作更加困難。窮人和受迫害者自然將資本主義和陰謀、剝削、不當利益、以及暴力的政治壓迫聯想在一起，因為這些都是維持現狀必備的手段。難怪一些沒受過經濟學訓練的人會只看到拼圖中的一片，而無法理解，在真正的競爭市場上，利潤在社會上所扮演的有用角色。激進團體如ＰＯＰ者，或許就是將焦點放在腐敗制度裏的利潤問題，而錯將斯密當成是這一切罪惡的象徵；這就是要殺他的理由。

然而ＰＯＰ又是如何知道斯密通靈的事呢？斯密對他們而言又代表著什麼樣的危險？我的大腦沸騰著。假如ＰＯＰ真的在跟蹤我們，斯密的說法就有點道理。另一方面，世化公司的公式在右派手上，也價值不菲，我也無法絕對排除這可能是真正的理由。或許我們兩人的生命都有危險。

斯密坐在我旁邊。「想通了嗎？」

我點點頭。

「沒生我的氣吧？」

「你以前為什麼沒告訴過我？」我問。

「你會相信我嗎？」他嘆口氣。「我該怎麼辦呢？跑掉嗎？讓哈洛的大腦恢復正常？即使我這麼做，那些緊追我們的人也不會知道我已經走了，還是會傷害哈洛的。也許最好還是把這趟路該進行的工作完成了再說。」

＊　＊　＊

我走向露營區辦公室時，斯密小睡片刻。我帶了一把零錢到公共電話亭。那是個星期二下午，是賴提瑪在他波士頓郊區的劍橋辦公室裏，一星期中唯一和學生見面的時間。電話響了第一聲，就聽見艾達的聲音。

「我是理查。」我說。

「理查！」片刻的遲疑，接著她壓低了聲音。「我的天哪，我好擔心你。你絕不相信這裏發生了什麼事。」艾達告訴我POP的死亡威脅，辦公室裏的每一個人都受到重重戒護，以及他們瘋狂地在找我。然後她把我轉給賴提瑪。半晌之後，我聽到這位前海軍陸戰隊咆哮的聲音。

「他媽的，伯恩斯，我應該用你的腳趾甲把你吊起來！我是在韓國學會這一招的。你等一下。」

我聽到背景裏的聲音是賴提瑪叫某人晚點再來。我突然覺得自己很重要，卻不覺得高興。賴提瑪一下子又回來了。「你在哪裏打的電話？」

「中西部的一個公共電話。」

「這真是他媽的有幫助。來來，聯邦調查局有監聽這條電話線，所以他們會知道你在哪裏。你也可以告訴我。」

我說了。

「聽著，伯恩斯——」

「我知道誰在跟蹤你，」我打斷他。「就是我們在華府吃午餐時遇到的那個傢伙，你以前的學生，他叫什麼名字——馬克斯．海思嗎？」

「你晚了一天，」賴提瑪說。「聯邦調查局昨天來這裏，叫我指認芝加哥拍到海思的錄影帶。你怎麼想到的？」

我描述了我們在高速公路上遭到槍擊的經過，以及在歌劇院的遭遇。「我從監視錄影帶上認出海思，戴著那頂黑色假髮。」我說。我沒提到我的博士論文草稿曾經被偷。

賴提瑪沒細想，只說：「用這方法殺人也真是笨透了，一大堆燈光攝影機，簡直像是怕人家不知道一樣。我們知道我們的調查目標之後，就發現他正在跟蹤你。我在錄影帶上認出你之後，聯邦調查局就開始找你了。你這段期間到底都在幹些什麼？」

「想一些事。」我說。

他咳了幾聲。「聽著，伯恩斯，聯邦調查局知道的，比他們公開的多很多。POP這回是玩真的。你得到這兒來，馬上。」

「去波士頓？」

「你的生命有危險了，笨蛋。世化公司同意把你安置在一個安全的地方，你可以安靜地完成你的最後一章。他們的安全人員會幫你從圖書館找到你需要的一切資料。他媽的，我對這件事的期望很高，伯恩斯。」

賴提瑪始終沒變。他對我的生命的關懷，被他翻譯成對我那寶貴的民營化公式的關心。

「聽著，」我說：「我知道ＰＯＰ可能真正要追的人是誰。」

「他們要找的人是我和你，老兄，」賴提瑪插嘴道。「當我說連海思都知道世化公司的標案時，我可不是在開玩笑。」

「不是，」我急著說：「還記得我一直想告訴你的那個老人的事嗎？那個在傾盆大雨的晚上來找我的人？就是他。他們要的人是他。」我正打算說，他是亞當．斯密，賴提瑪又插嘴了。

「聽好，伯恩斯，先來這裏，接下來就可以讓我知道你所有的理論。」

「你就不能聽我一次嗎？」我安靜下來，等著。

「開始動作，孩子！」賴提瑪說。「你知道班機之後就打電話給我。我會找幾個世化公司的呆瓜去接機。」

* * *

我已經弄清楚整件事了。沒什麼讓我覺得意外，也沒什麼好高興的。我可以前往劍橋，進入賴提瑪的掌握，也可以在路上和斯密碰碰運氣。要做出抉擇並不難。我會自己找到前往幽勝美地的路，但不會是任何人猜得到的路。

二十分鐘之內，旅行車裝滿了，瑞斯繫著皮帶在後座。斯密好奇地看著，但沒有抱怨或提問便坐了進來。我朝高速公路開去，在一家便利商店停下，把油箱裝滿，同時到提款機把我限額內的現金提領出來。然後我轉向一條鄉下的小路，朝南而去。一百哩之後，我們找到另一條向西的小路。斯密指引著方向，我們曲曲折折經過許多空曠的土地，向南向西，沒看到什麼人。

夜幕降臨，我將車窗打開，讓風打在臉上手上，讓自己保持清醒。有很多空白必須填滿，包括距離，還有設法理解今天發生的事。斯密也盡全力讓自己醒著，陪著我。他的眼皮快睜不開了，但仍維持警醒。

我問：「一個像馬克斯．海思這樣的人，怎麼會變成一個無情的殺手，一個邪惡的怪物呢？」

「在我們感受別人的感覺之前，」斯密回道：「我們在某個程度上，必須先讓自己安心自在。假如自己的苦難嚴酷地折磨著我們，就不會有能力為別人著想。」❽

海思那陰鬱的眼神和令人不安的行為，給我一種內在悲苦的印象。我告訴斯密賴提瑪說過的故事，海思在玻利維亞如何經歷剝削與貧窮，回來之後就變了一個人，畢生的使命就是反資本主義。這也使他和賴提瑪決裂，以至於後來終止研究所的學業。

「這是一場悲劇，」斯密說道：「你的教授賴提瑪沒有設法分擔海思內心的痛苦。如果你無法同情我所遭遇的不幸，或是無法分擔一些我的悲傷，那麼我們將完全無法互相容受。[9]你因為我的暴力與激情而吃驚，我則是對你的冷酷麻木與缺乏感覺而動怒。賴堤瑪的漠不關心，激起海思的怒火，造成了今天的後果。」斯密轉向我，他輕拍我的肩膀。「現在你該開始設想人的感覺，分享人的感情。」

斯密說完這句如謎的話語之後便閉上眼睛，留下我獨自反芻。我不太懂得人的感覺，但我需要所有的邏輯能力，才能揣度我們如何捲入這一場亂局。假如斯密是海思的攻擊目標，海思又是如何認識他的？除了茱莉亞和我，還有誰知道哈洛通靈的事？這些問題很重要，但沒有答案。

13 真實的情感

第二天清晨太陽初昇之時，我的里程表已經走到九百哩。中西部已經被遠遠地拋在後面。我一路保持警覺，除非馬克斯．海思是開夜車的高手，否則我們這趟沒有月光的旅程是安全的。經過科羅拉多州的落磯山脈，我們下行到了猶他州的南方高地。一片令人驚艷的柱形沙岩遺跡、險峻的峽谷，以及高聳的花崗岩峭壁都從我們的身旁經過，早晨的陽光反射出紅、橙與紫色的山形。我們在默阿布（Moab）停下來加油進食，然後再向西推進，不過觀光客到了這個時間已經魚貫而出，漫步欣賞風景。

我拍拍方向盤。「人太多，我不太喜歡。」

斯密點點頭。

我因為咖啡因的關係，眼睛勉強可以睜開，但是身體快撐不下去了。一個小時之後，我看到一個州立公園褪色的標誌。碎石子路蜿蜒通往一座檜木林，長長的下坡道領著我們到達一個小小的露營區，名為科達路黃盆地（Kodachrome Basin）。有個牌子上頭說，這個名字是一位《國家地理雜誌》的攝影師揶揄這個地方而取的，說它那感性的顏色與形狀可以喚起藝術家的表現欲。

「這是個贏家通吃的社會，」我告訴斯密：「那些大的國家公園，像布萊斯（Bryce）和錫安（Zion）國家公園幾乎吸收了所有的觀光客；這裏的岩石煙囪和石灰石拱門也一樣美，卻幾乎像是個被遺棄的地方。想到這點會覺得很浪費，但對我們來說就太完美了。」零星的幾組露營者享受這乾爽之地的孤絕，無視我們的存在。我伸伸懶腰，深深打了個哈欠。

「用來藏身還不壞。」我說。

* * *

接下來我們睡了一天半，因為這一趟中西部的奔馳讓我們耗盡了體力。接下來的黃昏時刻，我多少已經恢復正常，斯密卻顯得悶悶不樂，晚餐幾乎沒動。他瘦了，勒緊了腰帶。我用一塊點心棒引誘他，他吃了一口，剩下來的擱在一邊。

「我們可以談談嗎？」他問。

我們坐進帳篷裏，斯密坐在我為他買的充氣床上。我盤腿坐著，錄音機放在旁邊。瑞斯看住前門，輕輕喘著氣。

「我準備好了。」我告訴他。

「這一趟長路讓我有機會思考一些事。你問到底是什麼讓海思那個傢伙動了起來，是什麼造成他會去做些像殺人那樣可怕的事。這使我想起在我那個時代，有個名叫湯瑪斯．霍布斯（Thomas Hobbes）的傢伙。霍布斯是個很有才華的人，但是在某一方面，他走上了一條我窮其一生想要反對的路。」❶

他的聲音漸漸微弱，接著又恢復正常。「霍布斯就是將『我』的心態發揚光大的人。從這個觀點，要作道德判斷可以只根據『愛己』的原則就好。對我來說，這個觀點真是令人反胃。」

「我猜這個觀點應該蠻普遍的，」我說，「但我懷疑有多少人讀過霍布斯的書。」

「今天有誰在讀書了？」斯密點點頭。「喏，根據霍布斯的說法，從本質來看，生命是一場永無休止的戰爭。人被圈圍起來，彼此隔離，因為如此，生命是『孤獨、貧窮、骯髒、野蠻而短暫』。霍布斯認為，這就是為什麼會有政府的原因。」斯密嘆口氣。「你知道，在他的《利維坦》（*Leviathan*，另譯《巨靈》）那本書裏，霍布斯假設人之所以棲身於社會，並不是因為他和自己的同類有任何天然的親族關係，而只是因為不這麼做，他就無法安全地活著。」

「這個概念很有說服力啊。」我說。

「它少了一個核心重點：每一個人的心裏，都存在著被愛的**欲望**！去取悅他人的欲望！❷人天生就是這樣。用點常識吧。你看，」——斯密厭惡地呼了一口氣——「猩猩如果有食物有安全，但失去彼此的接觸，會發生什麼事？牠會枯萎死去！如果猩猩是這樣，放在人類身上就得再加重十倍，因為人類表達自己的方式還要透過語言、藝術和音樂。知曉與理解——『同情』彼此的感覺——是生命的根本。沒有這個，我們還剩下什麼？」

我不會讓我的疑點溜走。「從演化心理學的說法來看，生存是唯一重要的事，」我說。「如果社會行為可以幫助我們結盟，成功繁殖，它也許就可以根植在我們體內。就連利他主義都可以這麼分析。」❸

「只要你願意，你當然可以沿著這條路走，」斯密說道：「但是難道這就表示，除了愛己和生存的考慮之外，就不用理會『對』或『錯』了？你甚至可以說，你在生命中的所有選擇，都不過是交易而已。」

我的思潮起伏。「如果愛只是一種交易，我們如何去愛？」

「正是如此。」斯密翻了一個身，然後把膝蓋縮起來。「這個理論該考慮的是，我們對他人的感覺是否可能為真。我認為它們可以是真的。我的《道德情操論》呢？」

我把書遞給他。

「這點非常重要，因此我的書一開始就這麼寫。聽聽我的第一段。」他開始朗誦：

一個人在別人心目中無論何等自私，在他的天性裏，仍明顯保有一些利他的準則，使他關心別人的命運，視他們的幸福為一己之職志，雖然他除了看到別人幸福而感到高興以外，一無所得。❹

他將書擱在一旁。「這就是問題的關鍵：我說我們希望看到別人的幸福，而道德也就是從這個基礎上建立起來的。我並不是說，人們不會利用別人，不會共謀姑息，不會不真誠。這當然都是會發生的。但是即使是最蠻橫的惡棍，社會上最無法無天的歹徒，像馬克斯・海思這類人物，也並不是完全沒有這些感覺的。」❺

我聽見遠方傳來小狼嘗試性的號叫聲，那是一首長長的歌的開頭。就和薄暮時分潛水鳥的呼叫聲一樣神祕浪漫。我知道自己在思念著茱莉亞，但是那隻小狼為什麼在呼號？

斯密還在自言自語，我漏聽了一些。他在說：「來，別誤會了。我們不能感覺到每一個人的感情；距離拉長，同情便逐漸消失。然而，真誠的情操還是可能存在的。」

斯密看來一臉淒苦。「比方說，你，似乎就不相信你生命中的情感是真的。這不就是你日子過得很悽慘的原因嗎？」

我霍然起身。斯密再度將我放在顯微鏡下檢查。

「你憑什麼這麼說，」我怒喝。「你根本沒結過婚。」

他的臉上一陣悲苦，我立刻後悔了。

「對不起。」我說。走出帳篷，結束這段質詢。

我漫無目的走到營區邊緣。一些營火的光閃爍著，但猶他州夜晚的星星在黑暗中仍然舉目可見。峽谷盆地就像一只巨大的望遠鏡，將銀河聚集成光亮的星雲，似乎觸手可及。不久我就聽到腳步聲。

我沒回頭看，只是說：「我以為我自己戀愛了，但是當我檢驗這種感覺……」我的聲音漸漸弱下來。

斯密說道：「你是說，你把它分出來看，而不是去體驗它？」

「對，我懷疑自己的感覺，想看看那是不是真的。」

我們凝視著繁星，半晌之後慢慢走回帳篷。我點起丙烷燈，給自己倒了一小杯吉寶甜酒，接著我們坐回軟墊上。瑞斯蹺伏在我身邊。

「如果我們自己騙自己呢？」我問。「大部分人都以為他們的狗愛他們，但是這種柔順與搖尾乞憐不過是為了求生存的直覺行為。」我拍拍瑞斯的頭。

斯密笑了。「你和狗沒什麼兩樣，是嗎？嗯，我們來試試這個。」他翻遍帳篷裏，找到我之前買來的本地報紙，然後交給我。「你看到這個沒有？」

有一條大標題佔了頭版三分之一的版面：「杜蘭戈市（Durango）大火奪走兩條人命；

一男一女兩個孩子獲救。」我皺起眉頭。「一棟活動住宅電線走火，」我大聲讀出來：「配線工人被控殺人。」有一張令人毛骨悚然的照片，兩個孩子被皮帶綁在躺椅上，後方有火舌竄燒。男孩失去一條手臂，女孩有一腿受了重傷。「真是一場悲劇。」我說。

「你心裏產生了某些感情嗎？」斯密問。

「當然，我對於傷害這些無辜孩子的暴力感到厭惡。讓我想做點什麼事來幫助他們。」

「但是你為什麼要去關心這些你根本不認識的孩子？他們對你又沒有什麼金錢或生存上的利益，」斯密說道。「我說你對他們有些真正的反應，是因為在你的想像中有一部分可以和他們正經歷到的事情起共鳴。我們沒有必要去剖析演化的起源，也可以了解它的存在。」

很難放棄魔鬼代言人的角色。我搖搖頭說：「或許我對這張照片的反應是，把他們當成**像是**我的孩子。從這個角度看，你就可以解釋我的關心是出於自私的基因在作祟。」

「這種事後諸葛的推論真是不可信。」斯密說道。「你立刻起了惻隱之心，它發生得太快，不可能是理性自利的反應。《道德情操論》就是直接損上這點。」他再翻開書引了一段話：

> 那些喜歡將我們所有的情操都歸因於「愛己」原則的人，會認為根據他們的準則，自己毫無損失，不論那感情是喜是悲。他們說，人都知道自己的弱點，而且也需要別人的

協助，當他察覺他們接受他的熱情，就會覺得喜悅，因為他肯定自己可以得到協助；當他察覺相反的狀況，就會覺得悲傷，因為他確信他們和他對立。❻

他暫停一下。「現在聽清楚了：」

但是無論是喜是悲，這些感覺都是瞬間發生的，而且都是在一些轉瞬即逝的場合，因此很明顯地，這些感覺不可能來自於任何這類自利的考慮。

「當然，讀過你的書的人就不會誤解。」我說。「你不贊同將所有的動機都歸因於利己主義的理論。」

斯密點點頭。「沒錯。對別人的惻隱之心可以強化我的快樂，緩解我的悲傷。❼我們對別人感受到的情感實際上正是這種習慣性的同情。」❽

一股陌生的情感突然包圍了我。有那麼一瞬間我停止理性思考。我說：「所以……所以愛情是真正存在的？」

斯密吃了一驚，接著笑了。「哦，天哪，我懂了。我的天，你『愛上』茱莉亞了？」

我點點頭。「我覺得就像哈洛在傳達那個聲音一樣，我對它一點辦法也沒有。最近我唯一能想到的就是茱莉亞——她的眼睛，她的微笑，她肌膚上的微香，她的笑，她甩頭髮的模樣。我簡直就快瘋了。」

斯密點點頭，像個父親一樣拍拍我的肩膀。「『戀愛』是一種想像的激情，是絕對自然的，甚至是難免的，不過恐怕也是有點可笑的，至少在外人眼裏看來。」❾

「別再說啦。」我覺得自己蠢透了。

「對我來說，『戀愛』並不會形成什麼偉大的情操，」斯密說：「想想它通常帶來的種種邪行惡事！想想因它而產生的各式各樣的煩惱、種種破壞與不名譽的情況——對今天這個時代的年輕人來說，有時候它的後果簡直要命。」他沉吟著揉揉自己的臉頰。

「不，我不能妨礙你談戀愛，」他繼續說道：「我應該說你必須超越這個感覺。你必須用這個『戀愛』的激情做為一個基礎，在上面建立其他伴隨著真愛出現的熱情，這就會給我們帶來好處——例如，人性、慷慨、仁慈、友誼與尊重。」斯密透過帳篷的透氣口看著天空。他輕聲說道：「如此一來，你或許就會找到勇氣去分享愛意，孩子，這才是真正的愛情。」

*　　*　　*

我還在思潮起伏，斯密已準備入睡了。他要收起報紙時，杜蘭戈的火警再度吸引了他的目光。他又讀了一次，前額皺起了深紋。他拍拍報紙，吸引我的注意。

「真是野蠻！」他喃喃的說。「整個城市都在責難這個造成火災的工人。這讓我想到，」他說，「土魯斯（Toulouse）事件。」

我一臉不解的模樣引發一個可預見的反應：他的嘴巴形成一個嘲笑的鬼臉，好像在勸勉我追問下去。然而，他的雙眼燃燒著。「有個無辜的人，」斯密說道：「是清教徒，他被控害死他自己的兒子，然後被譴責。在那個法國天主教的城鎮裏，定罪的過程完全出自於大眾歇斯底里的心態與宗教上的偏見。它造成整個歐洲一片譁然。伏爾泰（Voltaire）都出來幫這個人說話，天哪——卻來不及救他一命。」

斯密用手抓抓頭皮。「這回也許還不會太遲，」他自言自語，目光炯炯有神。「如果伏爾泰也在這裏，或許還來得及救這個工人。」

斯密經常漫不經心地自言自語，這回我也沒特別留意。或許我該更積極表示興趣，但我沒有，結果使得我幾天後竟然遭到逮捕。

14 給茱莉亞的信

第二天早上斯密起得很晚，而我忙著洗碗倒垃圾。我們前幾天忙著趕路，從南達科他州的黑崗，越過科羅拉多州的落磯山脈，進入猶他州，長途跋涉使我開始擔心斯密的健康。這一切，加上昨晚我們的長談，就足夠成為再休息一天的理由。我有些事情必須詳加研究，首先就是評估前往幽勝美地的風險。

POP究竟是多嚴重的威脅？對我們發起的兩次攻擊都幾乎成功，但是行動又顯得草率，甚至很外行，也許只是一個小幫派的傑作，或甚至只是馬克斯．海思這個小混混單獨的行動而已。另一方面，POP炸過俄羅斯大使館，這代表他們有能力找到希望美國倒楣的金主。果真如此，他們就會有很詳細的行動方針。我們有理由做最壞的打算，也就是這些恐怖分子有那樣的科技可以在合理的地方，找到斯密和我。這表示，我們從一開始走的蒙大拿州和愛達荷州的北方路線，已留下一條信用卡的軌跡，如今它或許已成為被監視的路線。也就是說，哈洛的姊姊在奧克蘭的房子也可能被監視當中。也就是說，我家裏和學校裏的郵件都可能被攔截。也就是說，茱莉亞也可能被監視。

我開始急得用手指搔抓著瑞斯，扯出了一些草屑。我太緊張了嗎？過去幾天來，我盡可能買到所有的報紙，但是有關歌劇院槍擊事件的報導已經消失無蹤。再也看不到一點消息。馬克斯．海思乾淨出場，或許這個新聞也同樣地無疾而終。

我收起碗盤，帶著紙筆坐在野餐桌上。很想告訴茱莉亞此行的一切，有很多我聚精會神也無法理解的事，最重要的是，我對她的感覺。但我發覺這一切都很難說明。掙扎了十分鐘之後，我寫下：

最親愛的茱莉亞，

要寫這種完整的句子給妳，感覺真是奇怪。很多話想說，卻不知從何說起。順便一提，斯密給我的幫助很大——遠超過我的預期。我要謝謝妳，因為妳的直覺帶他來找我。

我寄這封短信一方面是因為關心妳的藝廊。我不想引起妳不必要的驚慌，不過斯密和我，也許連妳都可能身陷險境。我不相信電話，否則就會留個話在妳的新答錄機裏！妳去收我的信時，有沒有看到什麼人在附近閒晃？或是在哈洛家？請千萬小心。

想妳，

理查

我貼上郵票，逛到附近的一個露營區，那裏的遊客正把他們的用具裝上休閒車。我發現他們要往北走，因此我請他們在那天抵達愛達荷州時，幫我把信寄出去。

「在露營區的商店裏就有郵筒了，」那人主動說道。「沒有必要帶著它一路跑到樹城（Boise）。」

「我的朋友喜歡收集郵戳，」我說，「她想要一張從那裏寄出的。」

* * *

那天午後，斯密和我坐在折疊椅上，俯瞰著黏土色的峽谷。有一車露營的人來到我們隔壁的位置，三個年紀三十出頭的女子。斯密對一個紅髮女格外感興趣，起身主動表示願意協助。這真是很難理解，因為斯密對任何實際的事物都顯得很笨拙。那位紅髮女子婉拒了，幾分鐘之後，三名女子已經快速搭起帳篷。她們揮揮手，騎著越野單車走下通往峽谷的路。瑞斯在後頭追趕著，直到我喊牠回來。

我重新拉回斯密的注意力之後，我說：「這是我目前為止學到的：霍布斯說，一切行為都出自於道德的主宰，也就是我們的利己心態，這事沒有絕對的對或錯。從現代的觀點看演化心理學，情感不過是生存與生產的工具。」我繼續說：「另一方面，你認為人對他人的關心是貨真價實的，在研究過我們出於同情的情感反應之後，可以歸納出道德判斷。我差不多說對了嗎？」

「基本上是這樣的，沒錯。」他說。「我看到的是，政府對社會的控制越少越好。為了做到這點，人類必須從心裏就有能力反映何謂是與非，同時願意依此約束自己的利己行為。當然這種意願是必須經過培養的；必須努力一輩子，才能開啟良知。」

「人們對霍布斯的反應如何？」我問。

「有好有壞，」斯密說道，「教會斥責他，說他將上帝從道德的方程式裏移除了，說他否認神的律法的存在。理性主義者攻擊他，因為他們相信用**邏輯**就可以揭露自然的、絕對的道德法則，就像微積分和幾何學。」

「你相信這個嗎？」我問。

「有關道德的『自然』法則？——是啊，當然。畢竟你以為湯瑪斯．傑佛遜（Thomas Jefferson）為你們撰寫**獨立宣言**時，是哪裏來的靈感？他寫道：『我們視這些真理為自明的，所有的人類生而平等，生而具有種種不可剝奪的天賦權利。』但是這些『權利』都是哪裏來的？它們來自**自然法則**——這個法則就是人類受制於一個道德律法的共同體，受牽制的力量不亞於物理上的重力與電磁定律。」

我對歷史的無知再度顯現出來。斯密拍拍我的肩膀：「我不像那些理性主義者，我認為**情感**與**經驗**才是分辨絕對道德判斷的核心。別誤解了，邏輯是個重要的工具，但光靠分析並不能判別是非。大衛·休謨在我在世的時候，就推翻了這個概念。」

「這就是為什麼我們將**實證**經濟學和**規範**經濟學分開的原因嗎？因為前者探討的是事實與理論，而後者則是在探討價值？」❶

「完全正確。這也就是大衛所做的事。這提醒了我，」他說：「我真的應該讓你們兩個認識一下。」

斯密不太常重複自己說過的話，而我想這句話我曾經聽過。「一個人通靈已經夠多了，謝謝你。」我回道。

「不，真的。」斯密盤算著敲敲自己的臉頰。「你需要見見我的一些朋友。或許現在就是時候，免得太晚了。我還是無法相信沒有人在讀伏爾泰。真是可恥。」

他變得憂鬱了，如果我更留心，將他的最後幾句話當成預言，或許可以替我自己省掉很多麻煩。❷我或許就會試著去說服斯密別多管閒事，把正義留給今天這個時代的官方機構即可。我或許也會讓我們就離開這個鬼地方。結果是，我將斯密的說辭當成是一句無意義的旁白。

斯密的前額浮現了橫紋。「承諾！承諾！哦，天啊。」他轉開身子，顯然是陷入回憶之中。我從來沒見過他這個樣子。

他很努力地放下他心裏的想法，指指我膝蓋上的書。「這個很重要，」他說，「你看——看看我的書名：《道德情操論》。」他的學者氣派出現了。「仔細檢查每一個字的意義。首先，何謂『論』？論者，即有能力將因果法則化。書名的其餘部分告訴你什麼？將『道德情操』法則化。道德情操也就是對是非的感情或感覺。」

「我懂了。」我說。

「我稱它為道德情操『的』理論，讓它可以普世通行，同時也意味著我引用很多我在蘇格蘭啟蒙運動（**Scottish Enlightenment**）時代的老師與同儕的說法。」

我搖搖頭。「這似乎和『看不見的手』，和屠夫及麵包師的自利心距離很遠。」

「也許對一隻搖擺不定的耳朵而言是如此。但是千萬別忘了，經濟學始於道德哲學，」斯密說，「必須先好好探討道德，才能討論如何將它應用在商業領域裏。」

他低下頭。「我說不下去了。」他起身走開。「我現在有自己的思緒要照顧。」

* * *

第二天晴朗美麗：微風讓空氣清新起來。我決定在我們藏身的露營區多待一天。早上我將斯密的談話分類。下午過了一半，斯密已經清醒，也開朗許多，昨天困擾他的事情似乎全拋到腦後了。

「你走開，」他說。「我清理營區可以做得和你一樣好。」

我一臉狐疑地看著他。

「咻！」他揮揮手，像在趕一群小雞。「你為了我已經被關得太久了。去找點樂子去。」

我鬆了一口氣，穿上輕便的衣服準備進峽谷走走。我帶了一個背包，裏頭裝了一大瓶水，帶點起士和餅乾。我答應斯密一定在日落之前回來，接著就讓瑞斯帶頭，精神抖擻地踏上一條小路。

乾燥的猶他鄉間景色令人驚艷，深邃的峽谷與陡峭的山壁，間隔著不可思議的煙囪狀裂縫高聳入雲。我想像著茱莉亞看見這些奇山異石的景色時，會將它畫成什麼模樣。當我在心裏和茱莉亞分享交流時，一切美如仙境，也光明許多。我和她一路談了一個小時，直到我發覺自己簡直像個神經病一樣。日暮時分，我看見一匹小狼奔向一條山邊小路。我猜當天晚上就可以聽見牠的神祕狼嚎；我緊抓著瑞斯的項圈，直到狼從我們的視線消失。

我爬上可以俯瞰露營區的山頂時，已經七點過半。往常平靜的露營區亮得很詭異，而且動作太多了。然後我才意會到是因為有一輛救護車在那裏，緊急警示燈在轉圈的關係。我在意識到那是誰的露營區之前，就開始跑起來。我花了二十分鐘才奔下山谷，有好幾次幾乎跌倒。

當我趕到的時候，有一位救護人員正在把設施放回救護車。斯密癱在一張床上。

「怎麼了？」我上氣不接下氣。

救護人員舉起我的吉寶甜酒的空罐子。「這位爺爺整個下午似乎都在喝酒。」

隔壁的紅髮女子走了過來。「他一直叫我親愛的『甘寶爾小姐』（Miss Campbell），」那位女子主動說道。「當我告訴他我不是時，他顯得很悲傷。」她搖搖頭。「我叫坎普敦，不是甘寶爾。」

我轉向救護人員。「他還好嗎？」

「他睡醒就好了。但我在帳篷裏發現這些肝病藥丸。他需要一個星期左右的治療。」

「我不是他的女友，」那位女子堅持道：「我叫坎普敦。」

「很對不起，」我對她說：「他顯然是弄錯了。」我回頭對救護人員說：「或許他需要上醫院。」

「他不肯。他說他沒有保險。反正最近的醫院也在三百哩之外。」

我終於明白，斯密很難照顧，想起早先他在教職員俱樂部昏倒的情形。這不是我可以獨力處理的事。我很快下了決定，跑去打電話給茱莉亞。

* * *

那個沉睡的人第二天早上醒來時，瑞斯的耳朵也回來了，於是牠開始牠那奇怪的犬族儀式，邊低吼著，邊沉下身子，繞著這個昏睡在病床上的身體繞圈子。我給瑞斯繫上皮帶，帶牠到車上。我回來時，斯密朦朧地睜開眼睛。

「你和這個斯密又一次想把我害死。」聲音很微弱，嘴角冒著一點唾沫。那是哈洛！我幫他把身子坐正，給他一顆藥丸一杯水。他吞下藥丸之後，我告訴他，我昨晚打電話給茱莉亞，在畫廊裏找到她了，於是他臉上浮現了微笑。

「她明天就會到這裏。」我說。

「好像——好像你也很高興。」他說。

15 另一則吉普賽故事

第二天傍晚，哈洛搖搖晃晃地起身，堅持和我一起去機場接茱莉亞。如果不是因為不敢留下他一個人，我真的會拒絕。我扶著他到車上，然後開了一個小時車到杉市（Cedar City）。茱莉亞從維吉尼亞飛過來並不容易，她得花將近一天的時間，迂迴地飛經亞特蘭大和鹽湖城。

她從開空調的飛機裏走出來，看起來只有些凌亂，雖然旅途勞頓，卻美麗如昔。她給哈洛一個溫暖的擁抱，然後我帶著醋意看著她在瑞斯鼻上輕輕一吻，止住牠的狂吠。接下來是尷尬時刻，我和茱莉亞不知如何是好，不知道應該擁抱、握手或親吻。我解決了這個問題，伸出手來接過她的旅行箱，給她一個微笑。「謝謝妳的大駕光臨。」我說。

我們抵達露營區時已經十點多。我表示想協助她，茱莉亞卻笑著拒絕了：「就連我們英格蘭人都懂得一點這玩意。」不到十分鐘，她就從她的行李中拉出帳篷，在黑暗中將它立了起來。她鬆開睡墊和睡袋，收拾好她的種種裝備。

哈洛先上床，我在野餐桌邊，等著茱莉亞整理好。可以看得出來，她之前亮眼的容顏已經開始褪色。看她如此疲憊，我發現她內心深處的情感與用心，至少對哈洛而言。我再次察覺到自己迫切渴望她對我有同樣的感覺。雖然我極力抵抗，但不得不承認我在感情上對茱莉亞的依賴。我會有勇氣告訴她嗎？

我拿出一瓶新的吉寶甜酒（現在我很小心地把酒鎖在前座置物箱裏），倒了兩杯。「這東西可以讓妳放鬆心情。」我輕輕地說，端一杯給她。

她疲憊的臉上原有的一絲微笑，突然如落葉一般飄然而逝。然後她揮揮手，鑽進了她的帳篷裏。我喝了一杯，愣瞪著無月的夜空。它似乎也回瞅著我。過了好半晌，雖然我很少允許自己喝超過一杯，但還是嘆口氣，將另一杯一飲而盡。

* * *

第二天早上茱莉亞起得很晚。我煎了蛋和焙根，都放涼了。她出現時，將手搭在我的手臂上說：「昨晚很抱歉，我已經累得無法應酬了。」她對我微微一笑，伸手取盤子。她顯然餓昏了，吃了兩人份重新加熱的蛋。

哈洛昨晚初見茱莉亞時曾經一陣欣喜，早晨一醒來又恢復他「回來」之後始終折磨他的惡劣情緒。帶著黑眼圈，臉色蒼白。

茱莉亞在，我比較有勇氣堅持說：「哈洛，我們去看醫生。」

「算了。沒有什麼醫生能治得了裏頭的那個聲音。」

「如果你就這麼死在這兒，我們的麻煩可大了。」茱莉亞說，邊使個眼色。結果我們三個人開始低聲笑著，引起別的遊客朝我們這兒看。這個玩笑對哈洛一定有點幫助，他終於吃了一口蛋。

「談談你的家，」我問他，「你只有一個姊姊嗎？」

他點點頭。「不止，但我只認識一個。提米須瓦拉（Timisoara）是我出生的地方，在羅馬尼亞西部。我們家有六個小孩，我是老么。我老爸是個業務員，老是東奔西跑的。我們在戰爭的最後一年被迫開始逃難。」他吞了一大口麵包，安靜片刻。「我媽、我姊和我在一次撤退當中分散了。一大堆人在慘叫中擠來擠去，火車站到處都是納粹士兵。結果我們到了難民營，我被帶到愛麗斯（Ellis）島時才十歲。移民官問我媽的名字，但她不會說英文，所以她告訴他我們那個城市的名字。」他咬緊牙齒，嘶嘶地發音：「提—米須—瓦拉（Ti-mish-wahra）。」

他繼續說著：「那個官員很忙，不知道怎麼拼這個字，所以他只寫了『提姆斯』（Timms）。我媽不認識字，而且她經歷過這一切——失去我爸，我的兄姊們，而且可能都死光了——一張紙又有什麼差別？」

「你沒有去試試看嗎？」茱莉亞用手撐著下巴，問道。「戰後有些委員會可以幫人尋找失散的家庭成員。」

哈洛悲傷地苦笑搖頭。「吉普賽人不會去找官方幫忙，我們老是被人家說會偷東西或打架。不對，我們只是很內向。」他嘆口氣。「我曾經有過老婆，現在我誰都沒有，只剩在奧克蘭的姊姊。」他捏了一小撮鹽撒過肩。「就像這樣——我們都被丟到風裏去了。」

哈洛吃過之後精神好了些。「我這麼到處躺得腰痠背痛，」他說，「我想我要去大自然的中心，讓你們兩隻戀愛的小鳥享受一下沒有我的安靜時候。一會兒回來。」他緩緩離去，以一個幾天前才昏倒過的人來說，他看來真是身強體健。

他的離開給了茱莉亞和我一個可以躲進帳篷的藉口，我們留著開口，讓午後的微風可以吹進來。我突然想起，自從那回在菲德堡共進晚餐之後，我們兩人還沒有獨處過。然而今天我們接受了哈洛開玩笑說的「戀愛的小鳥」，只是臉頰微微泛紅。

我們躺在氣墊上，隔著一道尷尬的空間。安靜了幾秒鐘，然後我們同時開始講話，彷彿舞台上的布幕拉了起來。之後的一陣混亂讓兩人都笑了起來。

「你先說。」她堅持道。

我不再猶疑。首先，我要因為懷疑她而道歉，而且我要謝謝她讓我和斯密在一起。有太多關於這趟旅行的話想說，兩次被人企圖謀殺，斯密奇妙的漫談，世化公司的公式，以及現在，我們躲著賴堤瑪、聯邦調查局和ＰＯＰ。我可以看見她的眼裏升起一陣暖意，那是我們上一次共進晚餐時沒有的。

半個小時之後，茱莉亞說：「你知道，你那個教授賴堤瑪……他聽起來真是像極了你的父親。」

「我也這麼想過。我總是在跳著圈圈，想找到一個認同我的人，但他卻完全沒有能力給我一點我也許想要的感情。是啊，我想過這點。」我沉重地呼吸著。「這就是我離開劍橋的原因。赫斯特學院的水準不能和它相比，但它是個休息站，是一個我必須維護的獨立自主的空間。」

茱莉亞雙眼打量著我。「有個東西我不懂。這個你要幫賴堤瑪想出來的公式——為什麼要給世化公司？如果它的價值真有那麼高，為什麼不乾脆賣掉？」

「我不知道，」我覺得很窘。「我們就是這樣搞科學的——我們在一些會議上公開我們的發現，出版我們的發明。知識是聚集在一起的，所以才會有一大堆學術活動。這也就是社會支持我們的原因。」我繼續說著，邊說邊想：「我猜今天有許多學術界的人都在自行創業，獨享他們的研究成果。我想我是比較傳統的吧。」

「嗯。還有亞當．斯密——你從他那兒學到什麼？」她問。

我瞅著她。「我總是假設我的大腦可以主控一切，」我說：「保持高度理性可以幫助我做出所有正確的決策。斯密教了我很多，其中一樣就是讓我看到，那不過是智慧的一部分，感情也是真實的，也很重要。我終於了解高中時代有個老師引用休謨的話：『**理性是情感的奴隸**（**Reason is the slave of the passions**）。』我現在終於懂了。」

「還有……」我告訴她當我想著她時，我在腦海裏畫了一幅什麼樣的景象。我說完之後，她吻了我，當時我感覺到的放鬆與快樂是記憶中的第一次，只聽到她在我身旁的呼吸聲。

我們在一陣小睡之後，我想起哈洛談到吉普賽人時的譏諷之辭。我突然想起斯密在孩提時代曾經被吉普賽人綁架過——那些「羅馬尼亞浪人」——而現在他正透過一個來自提米須瓦拉的吉普賽人通靈！是單純的巧合嗎？我轉身向茱莉亞，她正凝視著我。

「妳有沒有想過……」

「提米須瓦拉，」她說，「這就是關鍵，是嗎？一九八九年羅馬尼亞革命開始的地方。我還記得在電視新聞上看到希奧塞古（Ceausescu）想要鎮壓那些勇敢的示威群眾。他的殘暴統治使得軍隊叛變，和人民站在一起。那是東歐自由的開始。亞當・斯密不可能錯過這個象徵！」

我們又飄回夢裏。一個謎底解開了。

*　　*　　*

茱莉亞和我醒來時，我們的營區空無一人。

「該不會……」她問。

「有可能。」

哈洛下午一點就走了，現在已經過了六點，還不見他人影。他失蹤了，我們所想像最糟的情況。我瞪著瑞斯，牠就睡在帳篷邊，彷彿我期待牠應該要管好哈洛。

「起來，你這隻懶狗，開始幹活去！」

我第一個檢查的是我那瓶新的吉寶甜酒。原封不動，我將它再鎖進置物箱裏。我們跑遍了露營區，檢查過大自然中心和每一間浴室。沒有哈洛的蹤跡。大自然中心的導遊很熱心，自願當晚照顧瑞斯，讓我們行動容易一些。我留了一張紙條在帳篷上，就和茱莉亞爬上旅行車。進城的幾哩路晃眼即過，因為我的車速超快。

警局是一棟磚造的建築物，附屬於一棟更老舊的法院。這時候裏頭唯一的值班人員是個胖胖的年輕人，戴著厚厚的黑框眼鏡。他沒穿制服，否則看起來活像個送貨員。桌上有收音機，一個電腦螢幕，一點其他的小工具。他抬起頭來，同時把手從一包家庭號洋芋片裏抽出來。他看著茱莉亞，然後我。

「我想通報一個失蹤人口。」我說。

他沒去拿表格，好像沒什麼興趣。「什麼時候失蹤的？」

「從今天下午開始。」

「你們得等二十四小時。」他瞥了一眼牆上的鐘，然後回到電腦螢幕前。他伸手拿了一把洋芋片。

「警長——我們哪裏可以找到警長？」茱莉亞的聲音帶著英國人緊抿上唇時的簡潔強硬。那個傢伙一臉茫然，眼神卻告訴我們，他看過比我們更強悍、更有趣的個案。

「順著街一直下去的洛塔媽媽餐館。」他望著我們離去，全部的興趣只在那些圍繞著他的機器上。

警長的巡邏車確實停在那家餐館門口。警長坐在一個可以看到街上的包廂裏，而他即使看著我們進來，筆直朝他走去，他也沒起身。他的棕色制服剪裁合度，和他瘦長的身材相稱，顯然他很明白，一個被選出來的官員必須維持形象。他的白髮剪得很短，臉上的咖啡色皺紋讓他看來像有六十歲了。他不是那種你會等閒視之的人。

他面前的盤子裏，裝著剛吃過的殘餚。他將盤子推開，揮手示意我們坐下。我們自我介紹過，快速說明哈洛飲酒的問題，以及他突然失蹤。警長的兩眼保持警覺，卻不帶感情。

我們說完之後，他平靜地開口了，兩手交替握著一個厚厚的白瓷咖啡杯。「你們從維吉尼亞來的？」他問。

我們點點頭。

「喏，我可以了解你們很擔心，但我能做的實在不多。法律說，如果一個成人想出門去喝點啤酒，我也不能擋著他。」

「但是這會害死他！」

他點點頭。「有可能。但他也不是第一個。你看，我很想幫忙，但是除非他失蹤一天，否則我也沒辦法。」

懇求似乎無益。「最近的酒吧在哪裏？」

「沒有一個是真的很近的。這裏可真無聊。」他喝了一口咖啡，放下杯子。然後他取出紙筆，將它們推到我面前。「你可以記一下。你先走上落磯平台，那裏有個鳥屋，距離這裏二十哩。南邊有個寂寞鴿小館，大概二十五哩路。往西去，你會看到銀礦酒吧，哦……大概三十五哩。」

他瞇起眼睛。「當然，有很多男人喜歡老杜蘭戈酒店（Old Durango Saloon），那大概在過了銀礦之後三十哩的地方。在西部，三十哩路算不了什麼，女孩也都比較友善一點。」他的左眼閃了一下，看來幾乎像是眨了眨眼。

「杜蘭戈？」我說。「是不是那個有兩個孩子因為一場大火而變成孤兒的地方？」

「就是那裏。」

我撕下那張紙，把筆記本還給他，並謝過。我們快走到門口時，他喊了出來。「你們說他用走路的嗎？」

我轉身點點頭。

「好吧，我猜他反正想去任何地方都可以搭便車。」

* * *

我們從銀礦酒吧出來時，午後已成黃昏。茱莉亞靠著車殼，兩手趴在車頂上。她累極了。我們花了三個小時在那個地區轉來轉去，先找過最近的酒吧。里程表已經跳了一百三十哩，還沒見到哈洛的蹤跡。天氣很熱，我的嘴唇已經乾裂了，身體則像一團濕濕的沙袋。

茱莉亞拿著那張她幫我們拍的三乘五吋的照片，就是我們離開維吉尼亞那天。沒有一個調酒師或女侍有印象。她把它放回皮包。「值得去一趟杜蘭戈嗎？」她問。

「大海撈針嗎？」我揮動手臂劃過整條馬路。「他哪裏都可能去。有可能搭任何一個卡車司機的便車，天亮之前就到了洛杉磯。可能正在前往奧克蘭的半路上。也可能回到露營區煮晚餐。」

我不想在聲音裏透露我的恐懼，但還是說了。「也可能被馬克斯．海思綁架了，帶到後山一條小路埋起來，不留一點蛛絲馬跡。」

我們靜坐在死寂之中。太陽朝著地平線落下，夜晚的聲音從沙漠裏散發出來。

「那個警長說杜蘭戈的女孩們比較友善，」茱莉亞說：「他的意思是什麼？」

我從前座拿出一張地圖，將它攤在車頂上。杜蘭戈。剛過州界。

「內華達州！」我驚呼。

「哦，天啊，賭博和娼妓！」茱莉亞的眼睛睜得老大。「你告訴過我，露營區的那個女人一直說，她讓斯密想起他過去的女友。內華達州一定會有女人符合他想要的錯覺。」

我們立刻啟程急速往西。我捶捶自己的腦袋：「我真是個白痴。我想妳說對了，一定是斯密再度佔領了哈洛的頭腦，但我想他不是為了去追女人。」

我指指原先留在車子前座的報紙，我為了趕著進城而將它推到一旁。「斯密留了這個在這裏，想說我會注意到它，」我說。「這是關於杜蘭戈那場大火的新聞。有兩個人被燒死，一個工人被控害死他們。這是一直困擾著斯密的消息，他一定是要去做點什麼事。」我想起他那些怪異的呢喃，說「如果還不算太遲」，要我去見見他同時代的人等等，當時我很擔心他會做出什麼事。但我的焦慮顯然不足以讓我們有什麼心理準備。

我們到達「歡迎光臨內華達州」的看板。幾分鐘之後，我們就開進了老杜蘭戈酒店的停車場，並掀起一大片塵雲。灰塵落在幾輛休閒卡車和少數轎車與跑車上。我們可以聽見一個鄉村樂團的嘶吼。我看看手錶：九點鐘。

酒店的裝潢靈感也許是來自西部片。一整園子的仙人掌圍著酒店入口。走道上的木塊從停車場一路鋪到這棟漂白過的兩層樓建築前門，樓房旁邊還拓建出一座大型的木屋。我們站在玄關，看著各種獸角與鹿角裝飾的入口。音樂很大聲，裏頭有些跳舞的身影。我覺得格格不入，但還是推開了門，茱莉亞緊跟著我。

一座大型的吧檯橫越整個房間。女服務生圍著一個工作檯，裝滿了碗盤飲料，消失在人群裏。房間的另一端有個樂團正演奏著快速的兩步舞。屋裏塞滿了身材壯碩的男子，穿著藍色牛仔褲和短袖襯衫，身邊的女人則都身著短裙和緊身上衣。左邊有個拱廊通往大廳裏的牌桌與吃角子老虎機器。

茱莉亞捏捏我的手。「我去牌桌那邊看看。給我帶點喝的？」

「當然。」

我擠到酒吧，佔到一個位置。排隊的人少了一點，我點了飲料。有個長腿金髮美女戴著一頂牛仔帽，坐在我附近的位子上。嘴唇活像是消防車的顏色，微開著。

「嗨。」她塗著睫毛膏的眼睛望著我。

我客氣地點點頭，覺得臉紅起來。

她交叉雙腳，露出一片迷你裙下的大腿。她的小腿靠著我的。

「今晚一個人嗎？」

「不能算是。還有我太太。」這幾個字從嘴裏冒出來，連我自己都吃了一驚，但似乎奏效了。這名女子立即閃人。我拿起我們的飲料，又擠了出去。我在入口附近找到茱莉亞，同時心裏回想著我和那個牛仔女孩的歷險記。斯密可以忍得住這種強迫推銷嗎？如果喝酒如流水一樣，他酩酊大醉呢？

「我看過大廳，」茱莉亞說，「甚至偷看一下男用洗手間。沒看到斯密，到處都沒有。」

我們找到一張空桌子，可以看到整個房間，淺酌著甜酒加可口可樂，陷入暫時的絕望中。我們已經麻痺了，聽著哀愁的音樂，累得無法面對下一步。我們跑了這麼遠，以為一定會找到他，結果呢？有可能斯密已經回到露營區了，只是機率不高。除非此刻他在樓上和一個牛仔女孩在一起——這實在無法想像——我們已經無計可施了。

女侍過來幫我們點菜時，茱莉亞拿出斯密的照片。女侍瞥了一眼，搖搖頭。她停下來到隔壁桌去收玻璃杯時問：「泰咪，你見過這個人嗎？」

名為「泰咪」的女子一頭白髮紮成六吋高的髻。她的眼鏡已經模糊不清，後頭的眼睛凸起，像尺寸過大的大理石球。她的桌上堆滿了二十五分錢的硬幣，她正將它們塞進硬幣的紙捲裏。她伸手拿起照片，細細打量著。

「當然，我見過他，他今晚到過這裏。」從她沙啞的嗓音可以聽出，香菸和吃角子老虎是她殺時間的方法。「就坐在那個吧檯。不曉得他上哪去了。」她四處張望著。沒有斯密。

我們不斷問她，泰咪卻已無可奉告。「如果你在這裏待一段時間，或喝個酒，很容易就會看丟了什麼人。」她說。

「狂飲似乎永遠不會結束。」我掃視著擠滿了人的室內。

泰咪點點頭：「那是因為上星期被燒死的那些人。蘭迪和蘇．達可達。」她靠近我們。「他的兩個兄弟就坐在那兒。」

我頗有興趣地看著靠後面的一張長桌，有八九個人埋頭盯著啤酒罐子。中間的兩名男子有著薄唇和未經梳理的金髮。桌上有許多空罐，但兄弟倆沒有一絲笑容。

「縱火的那個人已經被關進牢裏，」泰咪說，「這是為什麼我們今天這裏滿滿都是人。巡迴裁判法官明天會來審問，他們會聽聽那兩個孩子怎麼說。」她平舖直敘地附帶說明：「看過喝醉的牛仔怎麼修理犯人嗎？」

這時候樂團結束演奏，群眾從舞池退了出來。有一名女侍拿著一盤子的飲料走過樂團所在的位置，站在遠端的一個木造鑲板牆前面。彷彿魔法一般，牆分成兩半，她走進一個暗暗的房間。人進去之後門便自動關了起來。

「你看，」我說，「隱密的房間。我們去看看。」

一個脖子很粗的人直挺挺地站在門口，面無表情。他穿著灰色長褲和白色襯衫，襯衫上有老杜蘭戈酒店的圖案。「你們不能進去。」他說。

「我們只是去找個人，」我說，「只要一下子。」

他不退讓。「如果你想看什麼牌局，可以到開放的桌子那邊去看。」

茱莉亞皺著眉頭。「我們不能只是瞧一眼嗎？」

他沒回答，冷漠的雙眼建議我們最好走開。

我們聽到些微的人聲和笑聲，從那隱密的房間裏傳出來。女侍帶著一盤空杯子重新出現，門一開，音量便大起來。茱莉亞和我面面相覷。

我們聽見斯密的聲音！

16 群英會

保鑣的眼睛尾隨著我們回到桌邊。泰咪也看著我們，我們坐下之後，她靠過來。

「酒店的規矩是，那些豪賭客的房間是不准旁觀的，蜜糖。」

「我們有錢。要怎麼進去？」茱莉亞問道。

女子咧嘴一笑，像是聽到什麼好玩的事。「今晚是例行的週四夜梭哈撲克牌比賽。市長對他的牌友是很挑剔的。」

「要進行多久？」我問。

「放輕鬆再喝一杯，」她靠回椅背。「私刑不到一兩點不會開始的。」

我們再也無法忍受裏頭的菸味與噪音，於是到外頭去坐在地上。茱莉亞兩手環抱著膝蓋。至少我們找到斯密了，但他為什麼要引導我們來這裏？我對斯密的了解，使我懷疑事出必有因，也許和那兩個孤兒和工人有關。但究竟是怎麼回事？茱莉亞也想到同樣的結論。

「斯密正在重新提出自己的主張，這很重要，我們一定要進去！」她說。

「好，我們去。」

我們在黑暗中穿越杜蘭戈酒店後頭的巷道，裏面是一堆堆紙箱，滿溢的垃圾桶和廢棄車輛。我們爬過一個圈鍊起來的圍牆，到了後面，幸好圍牆頂端沒有鐵蒺藜。光線從酒店窗戶透出來，微風裏，我們可以聽見人聲。

「你猜入侵他人地產的罰則是什麼？」我對茱莉亞悄聲說道。

「絕對不會多於你的良心要擔負的重量，如果哈洛出了什麼事的話！」茱莉亞用她如貓的眼睛帶路，我跟隨著，牽著她的手。我們曲折穿行，我突然想到，我們在酒店裏喝了一個小時的蘭姆酒，腳步其實有點踉蹌了。

「啊！」茱莉亞摔倒，我壓在她身上。我們剛剛爬過一個卡車輪胎。

「我的腳扭到了。」她啞著嗓子低聲說道。

她臉靠著我，透過她薄薄的棉衫，我感覺到輕柔與暖意，她的頭髮和肌膚都發出冷光，有花朵的香氣。她的脈膊跳得好快，我想都沒想，便彎下身輕輕吻了她。她愣了一秒鐘，便回吻了我。我很想保有這一刻，忘卻我們身在何處，為何而來。

「你選了這麼個羅曼蒂克的地點。」我們停下來喘口氣時，她說。我們繾綣相擁，輕輕笑著，霎時覺得愉快而幸福。

茱莉亞仰望著天空，眼光越過我，兩眼瞇了起來。「那兒！」她指著二樓環繞著的陽台。「我們可以爬那個火災逃生梯。」

「我來幫妳。」

茱莉亞一手抱著我的脖子，我們一起爬向樓梯。結果她是一步一跳。欄杆被屋簷遮住，算是一點掩護。兩扇開啟的老虎窗俯瞰著下方的密室。我們墊著腳尖走到最近的窗戶旁邊，往裏窺探。

一張圓形牌桌位於房間正中央。綠色桌面上灑滿了一疊疊紅色藍色的籌碼。頭頂上有一具鍛鐵與鹿角製成的吊燈，透出一道微弱的光。房間的外圍則在陰影中。五男二女手握著紙牌圍桌而坐。斯密在那裏，坐他旁邊的是一位紅髮女子和一名體型肥胖的圓頭男士——看上去是個不折不扣的「矮胖子」（譯註：原文Humpty-Dumpty，是童謠中的蛋形人物，坐在牆上摔下來就爬不起來；形容又矮又胖的人）。斯密的前額因為冒汗而反光，我看見他面前只有一瓶水，沒有別的，覺得鬆了一口氣。他的左手抓牌，另一隻手搭在紅髮女子的肩上，一臉快意地望著她。❶

大家依序下注，圓頭男士說：「我賭你的牌，伏爾泰。」

名為伏爾泰的男子坐在斯密對面，粉紅色的臉頰刮得乾乾淨淨，頭髮整齊地梳到後面，露出寬寬的前額。筆直的鼻子突出在瘦削的臉上，給人一種勤勉好學的感覺，像個中學理科老師。此人將牌搭成整齊的一疊，放在桌上。先拿出一枚紅色，再拿出一枚藍色籌碼，最後決定將紅色拋向桌子的中央。我們一邊更靠近敞開的窗戶，一面可以聽見籌碼互相撞擊的聲響。

下注動作從伏爾泰換到一個娃娃臉的男子，他穿著一件卡其襯衫，鈕扣直開到第三個。凌亂的黑髮披到他四十歲的肩上。曬成褐色的臉上嵌著一雙黑眼珠，從這頭轉到那頭。他身上的一切，包括手腕上的銅製手鍊，以及食指上的土耳其玉銀戒指，給人的印象都是他絲毫不在乎階級，他只在意時間：他的指甲似乎已經被咬到見肉了。他的襯衫口袋裏放了幾枝筆和一本小記事本，彷彿他習慣隨時記下什麼東西。「盧梭加碼。」他以第三人稱自稱，拿出最後的兩枚籌碼，全丟進賭注堆裏。

「那我就放棄了。」斯密身邊的紅髮女子說。

一陣靜默之後，圓頭男士用手肘碰碰斯密說：「喂，斯密，別想東想西的。輪到你下注了。」

「哦，我從不唬人的。」斯密說著，很快收手。接下來的每個人都將牌面朝下丟出，直到又輪到伏爾泰下注。他微笑的時候，臉上會浮現一個酒窩，此刻正是如此，他又丟了另一枚籌碼到賭注堆裏。

「伏爾泰跟了嗎？」盧梭說。

「我付了。讓大家看你的牌吧，盧梭。」

盧梭把牌丟到桌子中央。「一對J。」

伏爾泰又微笑了。他修飾整齊的手指頭將牌輕輕放下，兩張Q。「皇后贏了。」

「狗屁！」

盧梭猛然起身，像是要掀桌子。「只有我一個人看到嗎？這是第二次伏爾泰知道我拿什麼牌。」他開始仔細檢查整個房間，看看桌子底下，然後轉頭看天花板。茱莉亞和我正好及時閃開。從我們藏身的地方，可以聽見有人開了盧梭一個玩笑，引起一陣哄然。

茱莉亞的眼睛瞪得像圓盤一樣。「這些人，」她悄聲說道：「他們的名字都是來自歷史人物。盧梭是那個哲學家，伏爾泰是那個著名的作家？」

「亞當．斯密很崇拜伏爾泰，」我悄聲回道：「這是怎麼回事？」

「我的天，你覺得……」茱莉亞的聲音逐漸細小。她捏捏我，咧嘴笑道：「真不敢相信。集體通靈這種事我只在書上看過。」

當我正視著眼前這超現實的場景，房間開始旋轉起來。我覺得彷彿跌入《愛麗斯夢遊仙境》的兔洞裏。我的頭好痛。他們在那些飲料裏加了些什麼？

「坐下，盧梭。」斯密身邊那位胖胖的紳士說話了。「今晚是一場友誼賽，是為了慶祝斯密到訪。你看，我給了斯密一些籌碼，我也會給你一些。」

斯密皺皺眉。「大衛，你很少這麼慷慨。」

我悄悄對茱莉亞說：「我猜坐在斯密旁邊那位是大衛．休謨，他最好的朋友。」

休謨用他圓胖的手抓了一把籌碼，放在盧梭面前。盧梭低下頭，緊張的情緒似乎蒸發掉了。「你的仁慈會把我寵壞了。」

「他是一條毒蛇，」伏爾泰指著他。「這條蛇會咬人的。」

「盧梭是個偏執狂！」❷我在茱莉亞耳邊說道，邊想起我為了測驗斯密的真實性時，所提出的一個問題。

「我們休息一下，」休謨起身。「向我們的老友敬一杯如何？」他舉起杯子。「我們上回團聚至今已經多少年了——好吧，無所謂了。敬斯密。」大家齊聲祝賀，杯觥交錯。

大家靜下來之後，斯密站了起來。「很感謝大家能來到這裏和我見面，至少幾個小時。這個撲克牌比賽是個適當的時機，整個鎮裏有名望的人士都到了——市長、校長、報社總編輯、甚至村裏的醫生。」他分別對休謨、伏爾泰、盧梭、醫生——一位戴眼鏡的老紳士點頭。

「各位先生，你們將透過這些撲克牌比賽者的大腦與生命來說話，你們可以運用一切他們知道的事，」斯密說道。「畢竟，今天當人們開口時，不也就是在拾我們那個時代的人的牙慧——他們會引用你，伏爾泰，或是你，盧梭的話——不是嗎？誰會知道我們在通靈呢？」

「說得好！說得好！」伏爾泰說。

這會兒我真的頭痛了。我不想和茱莉亞爭辯是否有集體通靈這回事；我只希望不需要去說服其他人相信。「今晚這鎮上的爭議並不是新的話題，」斯密說道，「但我們可以為它帶來一些新的觀點。」

「嗯，的確不是什麼新鮮事。」盧梭同意地說。

斯密繼續說：「當然，你們今晚所做的，都無法違反你們正在使用的這個腦袋的主人的意願。但我們在這裏，是為了看看我們是否能為這個小鎮帶來一點不同——為那兩個孤兒，為那個工人。」

在座兩名女子，如入五里霧中，只能望著斯密，眼裏寫著問號。她們完全不清楚究竟發生了什麼事。休謨留意到了，便說：「女士們，別理會斯密先生。我還是這裏的市長，這是我們今晚表演的一場小小的，只是一個假扮的遊戲。我和這些孩子們走了很遠的路——很遠的路。」

休謨站到原先坐在他左邊的女子身後。她穿著一件長洋裝，戴著珍珠，一頭黑髮挽成高高的髻。從她和休謨嬉戲的模樣，可以猜測她也許是和這房間一起出租給他們的。「你們這些孩子們繼續，盡情享樂，」那名女子說道，並伸手握住休謨的手。「這是你們來這裏的目的。好好玩玩！我們看過更奇怪更狂野的事，是不是啊，貝爾？」她笑著，看著紅髮女子，後者立即點點頭。

「這位是我的伯爵夫人。」休謨說，並在第一位女子的頸上輕啄一下。旁邊的桌上有一組新送上來的飲料，休謨走過去選了一瓶威士忌。「明天天氣會變得很熱，」他喝了一口酒，說道：「那位巡迴法官必須做一些重大的決定。」

「沒錯，沒錯。」斯密說道。「好吧，如果你們現在撲克牌玩夠了，就該是辦正事的時候了。」他轉向右邊。「奎內醫生，我們是否該從你開始呢？能不能讓我們知道那兩個孩子的近況如何？」

這位尊貴的紳士一頭白色鬈髮，眉毛濃密。他站了起來，小小的橢圓形眼鏡架在扁塌的鼻子上。

「那是誰？」茱莉亞輕聲問我。

「我想那是斯密的一個法國朋友，」我也輕聲回她。「斯密告訴我，奎內醫生是一個學派的領袖，重農主義。」

醫生挺直了背，彷彿整個世界的重量都在那上頭。他吐了一口長氣。「呃，艾密麗和貝可的燒傷已經慢慢在復原中，下個月就可以離開醫院了。問題是，他們要上哪去？法官有兩個選擇：孩子的祖母住在離這裏四十哩的地方，這是——你知道，這是——透過盧梭懇談而來的消息。」他輕咳一聲。「呃，如果編輯先生還在的話。」

盧梭看向這邊，一臉不悅。

醫生繼續說道：「那位祖母想要這兩個孩子，但她家庭狀況不好，孩子們必須和她共睡一張床。可能我們之中的一些人，你們知道的，鎮裏的要人可以幫他們加蓋個房子。」房間裏發出一陣喃喃低語。奎內醫生清清喉嚨。「還有，他們還有個姨媽住在洛杉磯。她也想要這兩個孩子。她的環境不錯，房子在郊區，有一些多餘的房間。」

休謨點點頭。他從口袋裏抽出一根雪茄，咬在嘴裏，並未點燃。「非常感謝你做的一切。」

盧梭跳了起來，幾乎把椅子翻了過去。他離開桌子，開始踱步，每一次他的靴子跟敲在木頭地板上，就發出響亮的畢剝聲。然後他停下腳步。「我也許是唯一有這種感覺的人，」他說：「但是我對我的堅持——而不是要求——問心無愧，我認為這兩個孩子有權在鄉下成長。他們祖母的房子雖小，但就在我們那一大片田野的旁邊。那裏有樹，有小溪，有這兩個孩子所需要的一切。」

「盧梭，理性一點。」伏爾泰用一種測量員的眼光瞅著他。「你和我們幾乎都沒有交集。這兩個年輕的心靈在那種野地裏只能被開發出一半來。那裏離最近的學校有五十哩路呢。」

「艾密麗和貝可需要從大自然裏去體驗去學習，」盧梭大喊。「你看不到他們心裏那種自然的善與美嗎？讓他們獨處，這種高貴的習氣自然會發揮成長。在學習書本與理論之前，他們會需要這種經驗。」❸

茱莉亞回頭看我，瞪大了雙眼。

「他們的大腦又怎麼辦呢？」伏爾泰問道。「他們的理性呢？」

「他們什麼時候開始學習買賣？」休謨問道。「他們怎麼過活？」

「他們會精通所有的買賣，但不受奴役，」盧梭回道。「他們會在溪邊釣魚，種植玉米，在身上塗滿顏色。」

「像魯賓遜嗎？」斯密問道。「背棄世界而獨立——好浪漫。但我們**當然**需要別人的存在——大家不能靠著自願的交易而獲益嗎？」

「一旦有人需要別人的協助，」盧梭反駁道：「人們就會擁有資產。平等就消失了，奴役也就不遠了！」❹

斯密緊閉雙唇。「你該不會忘記，我們需要別人，並不只是為了分工，我們還會分享情感？看看這整個房間。社會不只是一個實際的建構，它還很美。」

伏爾泰擊節稱賞。「說得好，斯密先生。盧梭，告訴我們，這些孩子什麼時候才會去學習文明的藝術和音樂，以及社會上的禮儀？」

「文明就會帶來腐敗！」

伏爾泰怒而轉身。「呸！你和你那些高貴的野蠻人！」

「我從來沒這麼說！」盧梭說道，目光如炬。

斯密在休謨耳邊說：「他的感覺能力強過正確分析的能力。」❺

休謨發出會心的微笑，並回到牌桌上。他再度站在伯爵夫人背後，撫摸著她的長頸。「當然了，伯爵夫人，妳絕不會為了想要住在鄉下，而錯過和我在城裏跳舞的夜晚吧？」他說。

「當然不會。除非我男朋友發現我們在一起！」

「那就只要告訴他，是斯密先生和妳在一塊就好了。他會相信你們只是一直在說話而已。」休謨和伯爵夫人都大笑了，一邊臉上廝磨著，手指探索著。❻

斯密轉向他右邊的那位女子。「我除了我的書之外，沒一點好的嗎？」❼

這名女子除了一頭紅髮之外，沒有其他特徵，她穿著一件薰衣草棉衫。「才不呢，你人很好，」紅髮女子說道。她拍拍他的光頭。「而且你很好玩！老是叫我『小姐』。而且我的名字是貝爾，不是甘寶爾。」

斯密臉紅了。「甘寶爾小姐，我——我必須告訴妳……」

「別告訴她，」休謨說：「做給她看！」這時候他將伯爵夫人拉到胸前，在她的臉頰印上一記響吻。席上除了斯密之外，全部大笑出來。

伯爵夫人咯咯笑著。「我的言語很有道德，」她伸出右手搭著休謨的背：「我的行動卻非如此！」她掐了一把休謨的屁股。

斯密吞了一口口水。「甘寶爾小姐，我致上最深摯的歉意，這個……」

當下全場哄堂大笑，茱莉亞和我也忍俊不住，我們癱在牆邊，遠離窗戶，試著控制自己。茱莉亞用手摀住嘴巴。可憐的斯密，座上的貴賓，卻必須硬著頭皮忍受這些笑話。這個奇特的夜晚，我雖然被我理性的頭腦束縛著，很想反抗，卻也看到斯密和他的朋友提出由衷的觀點。然而我還在等著控制這場魔法秀的魔手現身。我要確認，我們看到與聽到的這一切都沒有違反科學定律。

當我相信自己不會失控時，我靠向茱莉亞的耳邊說：「那幾個原本玩牌的人怎麼了？」

「他們就在那兒，也許打得比他們平時都好。啊。」她暫時忘了她的傷，現在她將腳伸出，扭動著腳踝，整個人縮成一團。「我無法解釋，理查，這就像一場夢。也許他們會擁有這些人的人格幾個小時，明早醒來帶著一種似曾相識的感覺。我不曉得。」

我們止住笑，回到窗口。

「奎內醫生，你還要再談點什麼嗎？」斯密問道。

那位年長的醫生拿下眼鏡，用一塊布仔細擦著。之後，又將眼鏡小心地戴上。「是的，有關這兩個孩子，我必須同意盧梭的看法。將他們送到洛杉磯給他們的姨媽，這會讓他們過著工商業世界的呆板生活。那些都是很貧瘠的職業，絲毫無法增加這個國家的盈餘。另一方面，農業的話——」

「嘿，等一下！」

「噓！」

休謨和斯密齊聲打斷他。奎內醫生繼續說，壓過他們的聲音：「他們的祖母有五十畝地！五十畝的灌溉良田。我來算算那塊地可以生產些什麼。」他走到房間的角落，從他的醫事包裏拿出一大張紙，攤在桌上。那張紙有三大欄，還有些十字線。

「那是什麼東西啊？」茱莉亞問。

我的腳抽筋了。我調整一下姿勢，更仔細瞧著。「循環流程圖（circular flow chart），」我悄悄地說，「可以讓你看到社會上金錢的流動情形，就像身體裏面的血液一樣。奎內是學醫的人，他設計了這個模型，是第一個總體經濟模型。」❽

奎內醫生繼續大聲計算著，其他人則在一旁觀看。「假設一個七年的循環，收成好壞都很平均。我們來看——有這些玉米和牛隻，這些雇用勞工，給地主的所得，這些是製造商——那麼我們來看看。」奎內醫生搖搖頭。「看到了沒？——大自然的平衡會受到任何干擾因素的破壞。工業的興盛只會造成具生產力的部門的大災難，而有生產力的只有農業而已。」

休謨遮住嘴巴對斯密說：「那個農業教又來了！這就叫做『玄學偽裝成科學』！」❾

貝爾插嘴道：「這和艾密麗和貝可那兩個孩子又有什麼關係呢？」

「就是他們的未來，」醫生答道，「得靠種田才行。」

「啊，我親愛的醫生，」斯密插嘴說：「你大概是活著的人裏面最有發明天分的了，你的體系也許也最接近我們未知的真理。⑩但是這些孩子們，如果他們可以在產業界找到工作，當然會增加他們自己和國家的財富吧？勞力當然才是一個國家財富的來源，而不是大自然！」

「胡說八道！」奎內抬起眼睛。「土地就是一切！我的經濟表完美表現出這點。唯有在一個完美的體系裏，在一個自由放任的理想體系裏，大自然的秩序才能調和融洽。」他一邊計算著，聲音逐漸微弱。

我想起斯密在教職員俱樂部的一些評論。斯密說他是個實際的人，很難相信任何教條或僵化的觀點，例如重農主義。因此當斯密對伏爾泰這麼耳語時，我並不覺得驚訝：「這位好醫生想像出一個完美的體系，但是我從來沒見過有什麼體系是完美的！而且有許多並不完美的體系卻運作得相當不錯。」

伏爾泰點點頭。「我也這麼說過。『最佳』是『好』的敵人。」

奎內停下計算，抬起頭來。「你們在喃喃說些什麼？」

斯密說：「我的好醫生，經驗顯示，至少就外表來看，人類的身體在種類繁多的膳食與運動養生之下，才能維持完美的健康狀態。」斯密拍拍肚子。「現在，這不也適用於這兩個孩子，從而推論，也適用於廣大的商業世界嗎？」

酒吧裏的音量變大了，我們聽見喧嘩的聲音。伏爾泰利用這個機會站了起來。

「我們停止這場爭執吧！」他說。「我們有更重要的事情要談。那個工人阿默斯．強森怎麼辦？他在牢裏，而有一群酷好私刑的烏合之眾正在這裏等待機會。要怎麼保護他，讓他不會受到這個城鎮的不公不義的對待呢？」

17 正義

貝爾小姐離開牌桌，眼裏閃著光。「不公不義？正義是屬於人民的，如果法律沒有動作，我們就自己來。」

「好了，貝爾，乖乖待在這兒，」休謨說。「巡迴法官明天就來了。讓法律程序自己去運作吧。」

茱莉亞和我還躲在老杜蘭戈酒店二樓陽台的窗口，繼續聆聽這場奇遇。因為不敢發出聲響，我的膝蓋和背部因為一直維持僵硬的姿勢而動彈不得。貝爾這個坐在斯密身邊的紅髮女子，在她發言時，斯密似乎隔著遙遠的距離望著她。

「你們大家說得可容易，」貝爾繼續說，「我和蘇．塔可達是中學同學，我從來沒哭得那麼厲害過。阿默斯．強森一個月前才重新為那棟房子裝配電線，」她說，「他等於是徒手殺了蘇和蘭迪。」

「但是妳沒有證據。」伏爾泰說，聲調提高了。

「常識都知道他配線錯誤！也許這裏的人都想太多了。」貝爾雙手環抱胸前，如電的目光對著斯密射來。

伯爵夫人伸手拉住休謨，將他帶到座位上。「來吧，帥哥。我們不是要玩撲克牌嗎？否則酒店怎麼賺錢呢？妳也是，貝爾。我們發牌吧。」

伏爾泰走到貝爾面前。他的溫柔語氣卻掩不住他的焦慮：「常識並不尋常，」他說，「沒有經過審判，妳就可以定罪嗎？人難道沒有天賦人權嗎？」

貝爾反駁：「一個犯罪的人，難道應該放任他去重複他的罪惡嗎？」

「寧可錯放了犯人，也不能將無辜的人定罪。」❶

斯密緊繃的眼神放鬆下來。「關於這點，還有誰比你更清楚呢？我的朋友。」他說。

所有的眼睛都朝向伏爾泰。他臉上浮現一個痛苦的表情，低頭瞧著貝爾。「啊，是的，我是在巴士底獄（Bastille）待過的人。❷真是個美麗的地牢——而且它給我的教育真是無可比擬。那種陰冷潮濕對我的健康再好不過，裏頭隨處可見快樂的老鼠，如果抓得到是最好。我們這些人的罪惡全是人家捏造出來的，真是好幸運，否則我們就錯失了這些快活的歲月！」他緩緩轉身，踱回他的座位。

貝爾的眼光跟著他。伯爵夫人倚身向前。「這不是重點。在這城裏，每個人都知道阿默斯．強森有罪。難道不是這樣嗎？正確的事情是對最大多數的我們有最大利益的。❸我們認為這個人有罪。」伯爵夫人堅持道。
「不對，不對，統統不對！」伏爾泰大喊著。「那是多數暴力——未經證實就定罪——全部來自偏見或迷信。我們得看看事實。」
休謨站了起來。「事實是什麼？我問你，這個案子的事實是什麼？這種事情只能看到某個程度的機率。因此，因果關係完全無法證實，只能做假設。」
斯密敲敲他的玻璃杯以引起注意。「我們能夠確定強森這個人的大腦，知道他在想什麼嗎？」
這時候有人敲門。外頭的保鑣打開隔牆。有請休謨，於是休謨離座進入酒吧。桌邊的一行人機警地面面相覷，大家明顯安靜了兩三分鐘。休謨回來之後，他額上的皺紋堆得更高了。
「斯密，你的願望可以實現，」他說，邊咬著他未點著的雪茄。「群眾似乎在鼓噪今晚就要親手討回公道。警長今晚為了幫一件案子作證，到雷諾（Reno）去了。他的副警長不能確定自己一個人可以控制得了群眾。我告訴他，把人犯帶到這裏來保護。」
「這裏？」盧梭大叫。
休謨看他一眼。「什麼地方人家最不會想去找？沒有人會笨到闖入我的私人賭局。」
三十分鐘之後，他們將阿默斯．強森送出監獄後門，悄悄從老杜蘭戈後面帶進來。茱莉亞和我躡手躡腳地離開窗口，伸伸腿，小心翼翼不讓人發現。我不曉得闖入他人宅院的罰則是什麼，更不知道偷窺豪賭客的賭局會有什麼後果。我並不急著去想，但我也不願離開這個位置。我相信斯密把他的朋友全聚集起來，一定會想出一些救這個人的方法。

一個佝僂著身子的老人步履蹣跚地走進來，茱莉亞和我恢復我們蜷縮在窗口的位置。此人每走一步路，就會輕輕跛一下。來到燈下時，我們可以看見燙得整整齊齊的長褲，乾淨的白襯衫，棕色靴子，一道稀疏的白色鬍鬚是他僅剩的毛髮。

休謨請他入座。「強森先生，你會來這裏，是因為這裏比較安全。」

「我們或許可以幫你忙。」伏爾泰補了一句。

此人點了點頭，坐上椅子的邊緣。有一陣尷尬的沉默，顯然此時賭客們對牌局的興趣已經比不上眼前這個駝背的身影。

「你是濃蔭活動住屋園區的工人？」休謨客氣地問道。

「是的，先生，在那兒三年了。」又一段長長的沉默，我想像著他上個星期在獄中的孤寂，因為他繼續說道：「在那以前，我在傑士伯（Jasper）的五分礦區工作了四十二年。五年前他們讓我退休了，但我喜歡有事可做。我工作了一輩子。」

「你不是上個月才幫蘭迪．塔可達的活動拖車重新配線嗎？」伯爵夫人問道。

強森先生的鬍子顫抖著。「沒錯，但也有錯。」

休謨挑起一邊眉毛。「啊，你是個哲學家？」

強森先生看起來一臉困惑。「不，我是說，你不能說那個叫做重新配線！不是我做的。那個孩子，蘭迪．塔可達問我能不能幫他忙。他一直燒斷保險絲，連個斷路器都沒有。但是當我出現的時候，他總共也只有一大捆的鋁線。說他弟弟在空軍基地的庫房後面撿到的。」

盧梭伸手阻止。「他不應該告訴我們這些！這不是審判，他說的話稍後都可能對他不利。我們都會被叫出來當證人。」他迅速瞥了全場一眼。「你永遠不知道有哪些人在聽。」

「他又在多疑了。」休謨對斯密耳語。

強森先生說：「沒關係啦，我現在跟你們說的，和我跟警長說了十五次的話都是一樣的。我再跟你們說一次。」他的聲音顫抖著。「我告訴蘭迪，我不想碰鋁的東西。天，那玩意已經被禁用好多年了。我說我絕對不做，除非他用銅線。」

桌旁一陣騷動。

休謨問：「是什麼讓你改變主意的？」

「嗯，我想要走開。然後那個小女孩，艾密麗抓著我的手，問我要不要看看她的洋娃娃。她拿了一堆，排了開來。一個比一個還髒，還破。一定是別人不要的，我猜。然後我到處看看那個屋子。地方很乾淨，但是傢俱都破破的，沙發有洞，窗簾也撕裂了，你知道的。父母兩人都在工作；我知道他們都有工作。但是最低收入根本讓人活不下去，養不起兩個小孩。大概也沒有健康保險。」

「對，他們沒有。」奎內醫生說。「但是為什麼不讓它維持現狀？無害啊。」

「舊的配線太危險，」阿默斯．強森說。「不能不換。我告訴蘭迪，只要他們有錢，我就會把它換成銅線。他上星期打電話來，說他的錢幾乎夠了。然後就發生了那場大火！我看見那兩個孩子在報紙上的照片，心都碎了。我真希望我自己就去買了那該死的銅線，用我自己的社會福利金。」

休謨清清喉嚨。「由於火災的嚴重後果，看來你做的事並沒有辦法為你自己脫罪。」

貝爾點點頭。「就像是我說的。」

強森先生低下頭。

斯密站了起來。「我們都知道這事件的餘波令人覺得悲哀。」他心神不寧地用左手的姆指與食指玩弄一枚藍色籌碼。「但是我們不能單單依據某一行動的結果是否有用，而去做道德判斷。我們同情此人，他的動機不僅是正當，而且是值得讚賞的。他沒有任何傷害人的企圖，只有善意。」

「他使那棟房子毀了！」貝爾說。「不就說明了一切嗎？」

「一個不具意圖的後果，他也深表悔意。」斯密答辯。「唯有了解他的意圖與結果，我們才能判斷他的行為好壞。」

伏爾泰用指節敲著桌邊。「說得好，說得好。」

斯密踉蹌著跌回他的座位，擦擦額頭上的汗水。「如果要懲罰強森先生，我們不僅必須發現他有傷害性的行動，還得找到他的動機。就這個案子來說，我無法認同那些群眾的怨恨情緒。」

「難道你沒看到有兩個人死掉了，那些孩子失去了父母嗎？」貝爾說。

斯密搖搖頭。「不是的。但是如果糾舉罪責發生錯誤，而將一個無辜的人送上斷頭台，那麼他必須承受的痛苦是無可比擬的，這種痛苦遠超過那些因為確實犯刑而必須接受懲罰的人。」❹

貝爾歎了口氣，把椅子移開，不再坐在斯密旁邊。

酒吧裏的樂團結束了另一曲，在較長時間的寂靜中，休謨說：「我們繼續吧，如何？我們都太尖銳了一點。」他拿起那副牌。「伯爵夫人，或許妳是對的，玩個牌可以讓我們放鬆一些。七張牌梭哈，如何？」

休謨沒等待任何回答便給每一個人發了兩張覆蓋的牌。接著他又各發了一張翻開的牌。「大家的牌都很大，」他啜了一口威士忌，邊對伯爵夫人眨眨眼。她也微微一笑，將手搭上他的手臂。

盧梭檢查一下手裏的牌。他的嘴角上揚，眼睛變成了小小的火球。他猶疑著，抓緊了牌，然後丟了一枚籌碼到中央。斯密收牌不玩，其他人都跟著丟了一枚籌碼。休謨又發了一張翻開的牌，先給伯爵夫人，然後給奎內醫生，再給伏爾泰。他正要發牌給盧梭，盧梭卻一個箭步，將休謨的手打到桌上，牢牢按住。

盧梭用另一隻手將手中的底牌翻開。「我怎能玩這種牌！休謨已經偷看過了。我把他逮個正著。」盧梭站在那裏渾身發抖。「我知道你們全都在和我作對！」

休謨垂下雙眼。「當然不是，我的朋友。我們都讚美你，我們大多是這樣。」他將手從桌上抽開。

盧梭的眼睛發著光。「你嘲笑我！你這騙子，油嘴滑舌。你太墮落了。」❺

「你的自尊心簡直硬得和駱駝的駝峰一樣！」伏爾泰說。❻

盧梭聞言跳了起來。「你這位先生，你則是有理性而無智慧。」

「尚・雅各，這麼說不好吧。」休謨溫和地說。

盧梭轉身面向休謨。「至於你，先生，則是有榮耀而無操守。」

伏爾泰對休謨眨眨眼。「我有沒有警告過你，他是一條毒蛇？」

盧梭的眼睛向上掃射，再一次像是在蒐尋隱匿的共犯。茱莉亞和我已經有點鬆懈了，手肘還靠著窗櫺。我們立即抽了回來，但已經太遲了。我已經和盧梭四目相對！

盧梭於是大叫一聲。

頃刻之間，木格門打開，保鑣厚實的軀體出現在走道上。他身後跟著一批酒客，由兩個塔可達兄弟帶領著，一起冒出來。

18 啟蒙的一代

第二天早上，斯密和我坐在野餐桌旁，茱莉亞從熱烤爐中取出鬆餅，放進我們的盤子裏。太陽升了起來。我們徹夜未眠，大多數時候都是在警長辦公室裏接受偵訊。處於險境是會搾乾人的精力的，而一旦度過危險，精神又來了。斯密吃得很痛快，他的臉色微紅，舉止平和，好過平常的他。

茱莉亞和斯密不斷在討論。

「你有沒有看到盧梭臉上的表情？」茱莉亞說，「當他看到理查和我往下看著他時，那表情簡直就是撒旦的本尊！」

斯密有點懊惱。「他真是把那種不安的感覺發揮到極致，而且我覺得他是故意的。那傢伙的中間名是不知感恩，而非瘋狂。」❶

「謹慎的人是不會去賭撲克牌的。」我責罵斯密。

「我倒不認為他是在賭博，」茱莉亞幫他回答。「我們看到他除了預下的賭注之外，都不太下注的。」

斯密張嘴咬了一大口鬆餅，吞了下去，瞅著我好半晌。「我想我該向你們道個歉。」斯密對著我和茱莉亞揮揮叉子。

「理當如此。」我回道。

我們這次觸法事件真的很丟臉。茱莉亞和我被逮捕、照相、蓋了指紋，幾個小時之後才獲釋放，因為市長建議撤銷我們入侵私人產業的控訴。唯一感到安慰的，就是我們在陽台上製造的紛擾轉移了人們的注意力，使得斯密和伏爾泰得以將那位工人強森先生從邊門安全送出去。

「我很佩服你們可以找到來杜蘭戈的路，但沒想到它會演變成一個聯邦案件。」斯密說道。

「市長在那種群眾暴動裏，是很可能被殺死的。」我說。「幸好他運氣不錯，人長得高頭大馬的。」

斯密點點頭，輕敲著臉頰。「你只要為了什麼出頭，就會遭到攻擊。」他咧嘴一笑。「我承認，我是很想讓你們看看我同時代的人，那是完成這個心願的一個重要的場合。智慧和美德唯有從行動中才能展現。」

茱莉亞拿著她自己的鬆餅坐下。「喏，你們兩位有智慧有美德的男士，如果能洗完這些碗，就很有智慧了！」

大自然中心的導遊這時出現了，她用皮帶領著瑞斯過來。牠和這位女士共處一夜之後，並未顯出任何不適，只是不停地搖尾巴，在我們身邊轉來轉去，像個競技比賽的參賽者。那位導遊，卡拉罕女士就住在博物館後頭的一棟活動拖車裏，她說她很高興昨晚有瑞斯陪伴。她是個活力十足的寡婦，她告訴我們，她最重要的嗜好，就是對待露營者如親人一般。「現在我在四十六州、十一個海外國家都有『親人』。」她快活地說。我們謝過卡拉罕女士，並發誓我們到了加州之後，一定寄來一盒她最愛的純巧克力。

我們終於力氣放盡了，於是上床去，一直睡到接近黃昏。夕陽已經低垂，我們到峽谷裏遛達。茱莉亞扭傷的腳踝還跛著，於是她挽著我的手臂，我覺得自己像個騎士，帶著一個少女情人。斯密和瑞斯在後頭跟著，瑞斯還是進行著例行的儀式，打著圈跳舞，嗅著斯密的腳跟，想贏得注意。

漫步二十分鐘之後，我們來到一個陡峭的山壁，可以俯瞰一片平原。如果不留心，乾乾的泥土看來並不特別親切，然而四處都是生命的跡象：泥土裏滑溜的軌跡，崖壁上的小圓洞，以及石頭裂縫裏爬出來的根苗。我們找到一塊大石頭的涼蔭，坐下來，共飲著一壺水。

「昨晚你和休謨，就像在老家聊天一樣。」茱莉亞說。

斯密點點頭。「總有些東西必須趕快補足。我這麼說一點也不誇張，休謨和我活在人類歷史上最精采的時期——至少從一萬年前農業剛起步的時候算起。」

「不會比現在更精采，」我說。我雙手舉向天空。「今天我們飛到月球火星上去了。人造衛星和電腦讓我們在任何地方都可以立即通訊。心臟移植和複製人已經不再是頭條新聞。」

「啊，年輕人！如此短視！」斯密說著，壓住一聲輕笑。「發明是來自**想像力**，理查。也就是你們現在所說的，我們十八世紀的『啟蒙運動』讓人們從精神的桎梏中解放。想像力一旦獲得解放，革新就不可避免。」

他的神色之中，形成一種抽象的美感。「我們——休謨和我——活在那微妙朦朧的時代，當時世界的思潮正處於深刻的轉化當中，」他說。「社會上的許多層面都還覆蓋在中世紀的薄紗裏，然而其他地方已經毫不留情地朝著科學革命的光亮前進。中世紀的人們迷信於死後的世界，那是很自然的啊！社會因為僵化的控制而無法呼吸——受制於教堂、封建地主和政府。既然獎賞只能來自天國，又有誰會去浪費精神和地球上這些不公平的枝枝節節抗爭呢？」

斯密在說話的時候，手上喜歡把玩一些東西，此刻他撿起一些小石塊，將它們揉在一起。「啟蒙運動揭示了一個概念，讓我們看到進步不僅是可能，而且是人們所企求的，」他繼續說。「這些洞見帶來美國和法國的政治革命，以及工業革命裏的經濟革命。這就是為什麼你們需要見見我那時代的人，看看我的作品的時代背景。**正義**和**自由**對我們來說，不只是文字而已，它們是可以帶來進步的理念。為了讓這些理想活下來，犧牲了很多人的生命。」

他大動作指向下方的山谷。「美國為了建國，付出了高昂的代價，」他說：「我盡我最大的力量去避免這冗長、昂貴而破壞力強的戰爭。❷它屠殺了多少無辜的性命！在那險惡的三年裏，我和議會不斷爭論，反對現代戰爭的瘋狂行徑。那是我的《國富論》的重點，畢竟那是有關經濟獨立的論述。你們以為它在一七七六年出版是純粹的巧合嗎？你們的獨立宣言在四個月後宣布，那是純屬巧合嗎？你們以為是這樣嗎？哼？」

斯密的聲音因為憤怒而更低沉了。「大不列顛的領導者，想像著自己在大西洋的西岸擁有一片偉大的帝國，其實他們只是用這個想法在取悅人民。❸呔！這個帝國只存在於他們的想像中。它不是一個帝國，而是一個帝國的計畫而已；它不是一座金礦，而只是一座金礦的計畫；這個計畫帶來的是龐大而無止境的花費。對英國人民全體而言，獨佔殖民地貿易的結果，帶來的只是損失，而不是利潤。那真是我們的領導者應該要從夢裏醒來的時候。」

斯密沮喪地揮舞著手臂。「不應該用戰爭來繼續壓制美國，我比較贊成採取憲政聯邦（constitutional union）。❹想像一下，五十年後，我們就可以將首都從倫敦移到費城。」他垂頭喪氣地轉過身來。「我的論點根本沒人聽，第一場內戰就剪斷了美國與母國的連結。」

茱莉亞的神態很愉悅，我不時高興地看著她。陽光微風的感覺好極了。我的注意力不情願地回到斯密身上，他正說著：「美國那幾位出身維吉尼亞州的國父很喜歡我的自由貿易觀念。❺他們當然喜歡了！那樣他們才可以直接將那些奴隸種植的菸草賣到歐洲，越過壟斷的英國中間商。這是個重要的目標，但是他們這種虛偽的作風付出了什麼代價？他們可以自由選擇將商品賣到任何地方，卻打死都不允許一個黑人享有同樣的特權！你看到了嗎？人們可以斷章取義地運用我的哲學，扭曲之後為他們所用。我只希望那些地主也同樣留意我對奴隸制度的攻擊：那些由非自願勞工支撐的惡質市場，得花上另一次血淋淋的內戰，才能連根拔起。」

斯密拋了一枚小石頭到山脊邊緣，凝神傾聽。他什麼也沒聽見。「所以你知道為什麼我們這些人不容忽視了嗎？當你開始重視這些人，你看到的歷史就會不太一樣，不是嗎？」他說。「休謨對啟蒙運動的貢獻多得不可勝數，從哲學到歷史到經濟。伏爾泰，如你所知，深深感動了我；他和盧梭激勵了法國大革命——這啟發了平等主義的精神與自我力量的提升。奎內醫生，就是那個帶著流程圖的醫生，是一個影響最大的經濟學家，但是聽我說，我因為純粹實用的原因和重農主義者保持距離——想想奎內竟然說製造業對社會沒有貢獻！幾乎就和盧梭抨擊文明的進步一樣荒謬。」

斯密繼續說：「啟蒙時代的人物並非永遠意見相同，而且我們往往爭辯得很激烈，這點你們應該看得出來。但我們一同走在追求真理的路上，無論它要帶我們往哪裏去。科學革命顯示，我們可以了解、預測，並在某種程度上控制自然實質的世界。休謨和我把這些科學方法應用到人性的世界，以顯露社會結構的定理，道德與市場的定理——和重力定律是很類似的。」

斯密悠悠地搖搖頭。「那是最具革命性而樂觀的時代，我應該這麼說。你們今天叫嚷著的這些新發明，只是從我們當時那些改革思潮滋長而來。不過是我們那些『因』所造成的『果』而已！」

這些智識拼圖的碎片漸漸歸位，雖然昨夜在老杜蘭戈的一切就像一場超現實夢境——像一部費里尼（Federico Fellini）的電影，根本不可能發生——我發覺自己已經能全然接受而沒有任何異議。奇怪的是，一旦我接受斯密是真的，其餘的一切，無論多麼不可思議，都不再令我感到困擾。

茱莉亞靜靜聽著，這會兒終於說話了。「我很不想戳破你們的泡沫，先生們，但是我們難道不該少沉緬於過去，而多看看未來嗎？」

斯密和我迴避著她。茱莉亞直直地盯著我們。「我承認，是我鼓勵哈洛和斯密通靈的。但我沒想到他會完全佔據了他的腦袋。」她對著斯密軟弱地微笑著。「沒有冒犯的意思，但你就像個來共進晚餐卻待了一整個夏天的人。是不是該結束了？」

斯密和我互望一眼。茱莉亞繼續，這會兒是看著我。「現在我們該送哈洛到他姊姊在奧克蘭的家裏。就是今天晚上！」

斯密專心一致地盯著地面，我則是假裝欣賞西邊一朵雲的形狀。我終於鼓起勇氣正視著她。「還有很多資料需要繼續通靈，」我說，「他每天都有些新的東西出來。都是很重要的東西。」

茱莉亞的回答很尖銳。「喏，他在奧克蘭也一樣可以說。哈洛在他姊姊身邊可以讓他恢復健康，無論身體或心靈。」

我看著斯密。他不發一語，眉頭卻皺成一團。他的頭似乎前前後後地晃動著，藉以對茱莉亞的想法說「不」。

「好吧，」我對茱莉亞說，「我們今晚晚餐之後出發。」

茱莉亞的態度軟化了。她偎在我身上，將頭靠在我的胸前摩搓著。「謝謝你。」

斯密一臉陰鬱，像是我拋棄了他。

我站起身，沿著峽谷邊緣往回走。斯密辛苦地站起來，茱莉亞跟隨著，挽住他的手。茱莉亞的突然發作很快就被遺忘，除此之外，我們一直都很愉快，回到露營區的小店時，幾乎已經風平浪靜了。本地的報紙立即將我們拉回現實。我和茱莉亞的照片赫然出現在頭版！我們在拘留所辦理登記時，被攝影記者的鎂光燈拍到了。我們的名字和在菲德堡的家鄉都曝光了。

「該死！」我說。「我們校長一定愛死了這個！薩繆森委員會也愛死了這個！」

斯密指指報紙。「不過，你們真是很登對。」

「還有POP呢！」我的大腦急速轉著。「省了他們好多工夫。」

我確信我們兩度與死神擦身而過絕非巧合。馬克斯．海思還在，而且他可以殺害斯密，和我，和任何我們身邊的人。目前為止我們還很幸運，但我們的觸法事件已經成為頭條新聞，那是那種菲德堡的報紙特別喜歡大吹大擂的「本地名人」消息。明天全世界都會知道我們人在哪裏。我們能冒這個險嗎？茱莉亞如果跟著我們，可能會受到傷害，我們能冒這個險嗎？半小時之後，一個計畫在我的腦裏成形。

晚飯之後，我們將各種用具裝上車。我坐在男用洗手間裏寫了一封信：「我甜蜜的茱莉亞——我們不能去奧克蘭，理由很明白。跟著我們，妳將身陷險境。原諒我沒讓妳自己決定。有時候妳太勇敢了，如果妳堅持要來，我無法想像自己能拒絕妳。我請卡拉罕送妳安全登機回家。當我說愛妳時，請相信我，哈洛也愛妳，我想斯密也是。多麼奇怪的三人組合！期待再相聚。」

茱莉亞上洗手間時，我將信塞進她的皮包裏。導遊微笑著和我們揮手再見，斯密和我跳上旅行車急速奔向落日。瑞斯望著後車窗。從照後鏡裏，我看見茱莉亞從洗手間出來，不解地望著我們絕塵而去。我幾乎踩了剎車。

我知道自己這麼做不應該，而且很父權作風，但我知道，如果我把我的計畫告訴她，她會堅持一起走；我就沒辦法阻止她了。因此我繼續前進，也繼續看著，直到她成為遠方的一個小點。

「她一定氣壞了，」斯密說道。「但你這麼做是對的。」

「她會了解我的動機嗎？」我問。「或是只會論斷我的行為？」

part 3
道德 Virtue

「更高等的謹慎……是最靈光的腦袋加上最善良的心。」❶

——亞當．斯密，《道德情操論》（1759）

19 內在的旁觀者

連夜開車，我們抵達了加州的海岸。經過猶他州的一陣歷險，我們不希望引人注意，在這個旅遊旺季，在卡梅爾（Carmel）下方一處濃霧籠罩的公園是絕佳的藏身之處。這不像是個恐怖分子會找來的地方。我需要時間好好思考一下。九月世化公司的董事會漸漸逼近，我卻還沒有一點東西可以給他們。奇怪的是我竟然心情很平靜。九月當然很快就會來臨。

我們在大索爾（Big Sur）的營地，有老生沿岸紅檜俯視著我們，那是地球上長得最高的一種植物。濃蔭覆蓋的天空使得陽光很難射進來，夜裏的毛毛雨也無從入侵。我們在那裏的第一個晚上睡得很沉，因此趕上了前兩夜遺漏的夢。第二天早上我們繼續偷懶，讓霧靄慢慢散去。我們懶洋洋地躺在一片寧靜中，謨拜著高聳入雲的巨大樹形。正午太陽高掛時，我們的胃開始騷動。我們到公園的辦事處詢問，開車到一家舒適的小餐館，它正好在峭壁邊緣，俯瞰著大海。

北加州的海岸終年涼爽，因此瑞斯可以待在車上無人看管，只要給牠一碗水、一點狗食就行。我們進了餐館，巨大的落地窗俯瞰著大索爾沿岸，此情此景立即將茱莉亞帶進我的腦海，在這浪漫景色中，我切切地思念著她。我們點的午餐和飲料送到之後，我問斯密：「想說話嗎？」

「來吧。」

我拿出錄音機，放在桌上。我們上一次用它像是一個月前的事，但事實上才不過幾天而已。那時候，斯密偷了我的吉寶，想像一個紅髮女子是他以前的女友。他昏迷之後，哈洛回來了；接著又失蹤了半天，最後我們在一個賭場酒店裏發現了他，結果造成一場不算小的騷動。經過這一切，難怪我怎麼也想不起我們上回談了些什麼。

我將音量關小，倒帶聽了之前幾分鐘的內容，其中斯密抨擊政府對社會的過度控制是不必要的，因為人性自然會用其他的動機來制衡自己自私的動機。人是有良知的，他說。

「沒錯。」斯密點點頭。

「好。接下來應該是，我們如何得到良知？那是與生俱來的嗎？或者，現代人會想知道，良知可以在商場上買到嗎？」

「別那麼粗魯，」他說，但我看見他在微笑。「雖然良知並非與生俱來，我們卻天生有種培養良知的驅動力，也有工具可以用來培養良知。如果你在有生之年培養出良知來，就可以說你是個有美德的人——相對於豬、老鼠或石頭。良知是逐漸開展成形的，它是經過追求、開發與滋養而來。」

我思考了一下，然後說：「我為什麼要去培養良知？何不仰賴直覺和理性？」

斯密呷了一口汽水，將罐子放下。「嗯，你的良知就是運用你的這兩項能力形成的。我們討論過的一個直覺是自我保護，或者說『愛己』。我試著在我的書裏表示，這種直覺並不壞，在某些範圍之內，它甚至是一種美德，如我在《國富論》裏所寫的。」

「但我談的第二直覺，」斯密說：「就是人類也有一種天生想要尋求認可的直覺。我們利用人際之間的同情做到這點。所謂同情，我並不是特別指某一種情緒，也無關好壞，而是對他人情感的一種了解。❷也就是『同情』別人的感覺。好，你可以說，這有一部分是來自於自私的動機。」

餐廳另一端，有個嬰孩正被媽媽抱進高腳椅坐好。「是的，」我說，邊觀察著：「那個嬰兒看著媽媽的樣子，彷彿媽媽就像上帝一樣。她需要那份悉心呵護的認可感。來自外界的認可，與生存幾乎是同義辭。」

「這問題還要更深入一點。」斯密回道。「你會希望自己可以從心底認可自己，這種欲望可能會導致你去反對自己的父母和同伴。你的良知甚至可能帶你走向死亡，就像蘇格拉底。那種求生存的直覺不能解釋所有的人類行為，甚至算不上是人類行為之中意義最重大的部分。」

下面的海灘空空如也，只有一個人在玩衝浪板——他走近海的邊緣，左腋下夾著一塊板子。他的黑色膠衣垂綁在腰間，留著一束長長的灰色馬尾。他似乎對周遭的一切視而不見，除了眼前的大浪。他將衝浪板拋到沙灘上。

我們看著他緩緩將他的手臂伸進膠衣袖子裏，從背後將拉鍊拉上。接著他走到泡沫襲捲而來的地方，停了下來。距離岸邊五十碼處，海浪破碎成一道寬約一百碼的狹窄橫幅。在這道橫幅兩端，都有巨大的島形巨石從海裏冒出來，邊上都是危險的鉅齒狀尖石。

「看看那個人，」斯密說，「看他站在海邊的模樣何等遲疑。他的心裏正在衝突。」

「那是在愉悅與痛苦之間的微分方程，」我說，「海上看起來很不平靜。」

「是的。他的內心裏正在對話著，盤算該不該進入大浪之中。這是有關對錯行動的一個決定。要注意，他在做他的決定時，並不是根據我們的認可與否，因為他看不到我們。他想像中的觀眾就在他的心裏。他談話的對象就是他自己。」

「是的，我想這麼說是對的。」我說。

「喏，我們和自己的那種對話，就是良知形成的過程。」斯密說道。

海灘上的男子做了決定。他拿起衝浪板，綁好腳踝上的皮帶，快跑進入海中。片刻之間，他在接近海面的海浪中間，被一片白色浪花吞沒。

我轉向斯密。「我們如何對那個衝浪的人產生那種同情的感覺？」

「我們設法站在他的立場來想。」他說。「由於我無法具體做到這點，我就必須透過反省而到達這個境界。我提出這個問題：『如果我站在他的立場，我的感覺是什麼？』就是這種**想像力**的積極運作，使得同情成為可能。想像力是造物主賜給我們的禮物，讓我們能夠成為一個真正有人性的人。」

斯密凝視著下方的海浪。他緩緩說道：「我接下來要說的比較微妙，卻很重要：對別人的同情，就是他們會認可『我的感覺是恰當的感覺』。」

「意思是？」我說。

「假設你遭遇到一個小小的車禍，它是保險全部理賠的。如果你的表現是，就因為擋泥板凹了，你的一輩子就像是完了，那麼你就很難找到一個同情你的人。你的反應並不適合當時的狀況。」

「如果你的妻子在那次車禍中過世了，」我說：「那麼這樣的反應就絕對合宜了。」

斯密點點頭。「你必須警覺自己的情緒反應就事實而言是否恰當。隨著時間過去，也許你會改變自己的反應，因為你會看到可以為人接受的是什麼——在舉止合宜的範圍之內的是什麼。小孩會因為一個小小的擦傷而哭得呼天搶地，但他會學著社會化，流最少的眼淚，省下它們留給更大的傷口。」

「成為受壓抑的小怪物嗎？」

斯密大笑了：「佛家認為愉悅與痛苦都是出於簡單的選擇。佛教徒是在壓抑痛苦，還是不去感覺？」

「懂了。」我思索片刻之後說。

「很好。既然我選擇讓自己的感覺維持中庸，我就會特別注意自己的感覺和行動。我會觀察它們，就事論事地衡量它們是否合宜。我試著從別人的眼裏看我自己。我在這場戲裏，是一個演員，也是一個**公正的旁觀者**。」❸

斯密稍作停頓，然後說：「就創造良知而言，這個公正的旁觀者的觀點是極為關鍵的。當我從別人的角度看著我可能做出的動作，我知道，我對自己而言也許是『第一』，對別人而言卻非如此，因為他們不能認同我那自我中心的偏頗。此外——而且這個部分是絕對重要的——我們不只希望獲得旁人外在的讚美，還希望得到**我們自己**從內心底的尊重和嘉許。是的，就是這最終但也最根本的元素——絆了這麼多次的絆腳石——聽我說，我們終究是要值得我們自己的讚賞。我們希望自己是**值得讚美的**。」

這時候另一端的嬰兒開始號哭。

「那個嬰兒還沒學會這點。」我說。

我們都笑了。

用過餐點，女服務生來收走餐盤。我們留戀著咖啡和茶，從我們山頂上的位置研究著海岸線。天空一片曚曨，朵朵烏雲飛馳而過。

斯密抿著嘴瞇起眼睛，似乎聚精會神於某個遙遠的主題。「當然，在許多時候，良知會因為人的軟弱而受挫。」他回眸看著我。「然而，我們這位內在法官——我們的良知，我們胸口這位偉大的同居人——是很偉大的。❹唯有向它諮詢，我們才能看到自己在什麼樣的尺度之內才算是舉止合宜。」

他靠過來，拍拍我的手臂：「給你一個例子。我肯定你很清楚視覺上的幻覺：物體在我們眼裏的大小，是根據它們和我們的距離遠近，而不是它原本的尺寸。」

他指著俯瞰著大索爾海岸的落地窗景色。「瞧瞧那個畫面——一大片的海洋、林木與山巒。然而，在我們眼裏，這麼一大片風景包含的，也不過就這麼幾片玻璃大。那幾座巨大的山脈看起來，根據我們的眼睛所見，還比不上我們置身其中的餐廳。那個玩衝浪板的男子不過就我的指甲這麼大。我們的眼睛是會欺騙我們的！」❺

斯密越說越起勁。「我們彌補眼睛這個缺陷的方法，就是加上**透視**。我們可以在那些山脈和這個小小的房間之間，做出正確的比較，做法就是在我們的想像裏，把自己運送到一個不同的地方，我們可以從幾乎相等的距離，去比較這兩處。因此我們可以判斷出它們真正的比例。習慣和經驗可以立即而且輕易地教我們做到這點，而使我們很少意識到我們正在這麼做。」

斯密站起身來開始踱步。「在我們天性中的自私心態與原始的熱情也會欺騙我們，就和我們的眼睛一樣。❻最接近我們的就顯得最重要。要彌補這種扭曲，就必須藉由**合宜**與**正義**的透視法。缺此兩者，我們的情操就會變得不均衡，而有了它們，這種情況就可以獲得糾正。」

斯密轉動他的腳底板，面對著我，表情深沉而嚴肅。「想想這個：假設中國那偉大的帝國裏的一個省份，裏頭的無數人民突然被一場地震給吞沒了！」❼

我一定是嚇得縮成一團，因為斯密用手搭著我的肩膀。「一個人，就讓我們甚至明確指出一個住在歐洲的有**人性**的人，他和那個地方毫無關係，當他聽到這樣可怕的災難時，會受到什麼影響？呃？」

知他如我，決定不回答這個明顯的比喻性問題。斯密滿意地繼續說道：「首先，我想像，這個有人性的人在面對那些不快樂的人所遭遇的不幸時，會強烈表達他的悲傷，然後他會哀愁地反省生命的無常，人類的渺小，一切都可能在頃刻之間化為烏有。如果他是個習於投機思考的人，或許他也會想到這場災難對歐洲的商務，以及對全世界的貿易與商業所可能造成的影響。」

斯密狡猾地微笑著，又瞇起了眼睛。「而當這一切精美的哲學探求結束，當這一切人性的情操正當地表達過後，他會同樣輕鬆平靜地去追求他的業務或他的娛樂、休息或消遣，彷佛這場意外根本沒有發生過。」

我愣愣地瞪著他。

「哦，是的！降臨在他身上的最微不足道的災難，都比中國死去數百萬人口，還要更切實地打擾到他的心靈。哦，是的，如果他明天就要失去他的小指頭，他今夜將睡不著覺，但是——只要他沒見過他們——即使他的同類有一億人慘遭毀滅，他還是可以舒適安穩的睡覺打呼。對他來說，那一大群人的滅亡，就是比不上他自己的一點小小的不幸。這個，我親愛的朋友，就是一個痛苦的真理：我們的**被動**情感幾乎總是直接、下流而自私的！」❽

「那麼你就是根本不認為人類有所謂良知的概念。」我回道。

「絕非如此！」斯密說。「將這個討論帶到**行動**的領域來談。假設這個有人性的人，如果他的祕密行動可以奇蹟似地解救這一億個兄弟？假設他只要犧牲自己的——就說代價是——他的小指頭？」斯密質問我：「他會不會這麼做？呃？**你**會不會做？」

「放棄我的小指頭？去救一億個中國人？」我說的是肺腑之言。「我當然會做。」

斯密滿意地笑了。「好，那麼一會兒之前你還很下流自私。現在，你已經願意忍受肢體上的痛楚與永遠的殘缺。其間的不同點是什麼？」

「我們談的是一億人耶！」

「你說對了！你剛加上了**透視法**。在你的想像裏，你造訪了一個遠方的國度，你在那裏不是只能夠感覺你自己的小小痛楚，還能感受到你的中國同胞的悲劇。從這個公正的旁觀者的角度來看，你的選擇是很容易的：在你自己的腦海裏，哪一個選擇值得讚美？哪一個選擇就某個方面來說，符合你心裏的上帝的法則？」

斯密舉起他的食指。「良知的關鍵，就是要運用你的道德想像力。因此，我們的**被動**情感雖然幾乎總是下流自私的，但我們的**主動**原則往往很慷慨而高貴。」

斯密的大腦似乎有能力撕下洋蔥的一層皮。我說：「太厲害了，斯密。真天才。我真是要命地佩服你。」

他沉吟著揉揉下巴。「那只是皮毛而已。」

* * *

我們又回到瑞斯旁邊，驅車離開餐館停車場，迂迴走上一號高速公路，其間的距離不到一哩。通往菲佛海灘（Pfeiffer Beach）的急轉彎很容易錯過。那條狹路沒有標誌，大多數觀光客都會漏掉，但我們的女服務生警告我們要特別注意。本地人老是會把那個標誌拔掉，讓觀光客進不來。我們一路顛躓走下那條單線道，路邊是一片橫亙於兩山之間的乾涸峽谷。偶爾會有一條碎石岔路，導向隱藏在密林裏的小木屋或房舍。

有一段時間路變直了，我瞥見一輛藍色車子在我們後頭數百呎的地方。我的心跳加速。

美國的國土雖然龐大，這地方也很寧靜，但我知道馬克斯．海思還是有一把槍一路瞄準我們。半哩之後，那輛車子消失在一條樹木林立的停車道裏。它的車體太大，不像一部小轎車。我鬆了一口氣。

數哩之後，柏油路結束，變成了碎石和泥地。我們進入菲佛州立公園，丟了五塊錢到自由付款的信封裏。停車場裏空空如也，除了一部車頂附著架子的吉普車，可能是我們在餐館裏看到的那位衝浪者的。一小段路覆蓋著林蔭，路的盡頭是山邊的原始海灘，退潮的時候大約有五十碼寬。海上的浪花打在房子大小的巨石上。石上天然的圓弧攔住了浪頭，激起半空中壯觀的浪花。水氣噴濺，化成閃爍的彩虹。衝浪者穿著他的黑色膠衣，專致於那孤單的技藝，捕捉滾動的浪潮，穿梭於浪中的軌道。他幾乎是一隻海豹。

瑞斯跑到潮水邊緣，狂吠追逐著暫時退到廣大太平洋裏的海浪。當它又再度翻滾來襲，牠則又安全地奔回原地。隨著這冷冷的海波來回拉扯，處於被吞噬的邊緣，卻又安然無恙，顯然是件頗為歡快的事。我們漫步在空盪盪的海灘，沿著上一次漲潮留下的紫色海草邊緣前進。走到一半，我們停下坐在一根大樹幹上，那是在暴風雨中被衝到岸上來的。

我靜靜坐著，思索著從午餐到現在，斯密看似清明的言語，為何在我的經濟學課本上未曾見過。為何「選擇的科學」只教了一半——人類行為「下流而自私」的一部分，卻很少或根本沒提過「高貴而慷慨」的部分——這問題困擾著我。亞當．斯密的市場，不是存在於一個想像的自治土地上，或是沒有道德感的個人身上，而是在互相依存的社會結構裏，其中人的操守獲得讚揚，道德良知可以限制個人的行為。忽視這些層面，就會讓經濟學者導出不正確，甚至危險的結論。我在想，這件事在商業行為這種實際問題上的意涵究竟是什麼？

斯密彷彿能夠看穿我的心思，他說：「慷慨的人在所有的狀況裏，都會犧牲自己的利益去成全他人較大的利益，自私的人在許多狀況裏也會這麼做。❾我的朋友，我們必須先發掘，是什麼會去促成這種自我犧牲的精神。想想這點。」

斯密陷入沉思，他從沙裏拾起一把卵石，在他的指間掂著重量。此刻風起雲湧，海浪翻滾著白色波濤，衝浪者掙扎著繼續乘浪而行。我跳下樹幹，繼續向海灘前進。眼前有根尖利的樹枝，於是我用它刺破一顆巨大紫菜的氣囊。海帶皮被刺穿時，發出一個爆破的聲響。我拋掉樹枝，趴在沙灘上。

斯密走上來。「我那些話讓你心煩意亂嗎？」

「那些獨裁者，恐怖分子——世上的史達林、毛澤東、馬克斯·海思之流——當然不會有任何時刻是憑著你所謂的良知在做事的。」我說。

「完全正確。」斯密抬頭望著天上一群看似史前鶼鶘的飛鳥，沿著海岸線飄飛在空中。

「這些例子並不少，」我說。「你四處看看，都可以找到可怕的惡人惡事。」

「沒錯。」斯密轉向我。他掂量著每一個字。「德行最完美的人，我們自然而然最喜愛尊重的人，是全然聽命於他自己的自私情感，將精緻的感性，和對他人的惻隱之心揉和而成。❿抽離這種情感的特性，你就會看到一個怪物，就像你所提的那些人。被這種沒有良知的匪首統治，社會將變成什麼景況？」

我沒有必要回答。斯密將手背在背後，嘆了一口氣。「啊！艱苦、危險、傷害與不幸——這些都是良師，可以讓我們學會自我約束的種種美德。⓫但也因為有這些老師，沒有人自願進這個學校。」

說完，他轉身走到海邊。我覺得他累了。我讓他安靜一下。突然他指著遠方，我順著他的指尖看到海上。

「他落水了！」斯密說。

一波大浪打到海灘上來。衝浪板浮在泡沫上，來到海灘。看不到衝浪者。斯密跑下海灘。我跟著他，很快追過他，先跑向衝浪板，將它拉到岸邊；腳踝的皮帶斷了。

我正想下海去，斯密卻拉著我的手臂，急忙說：「我們何不讓他溺水，偷走他的衝浪板？附近又沒有別人。很容易的啊。」

我目瞪口呆地站在那兒，無法相信我所聽見的。

20 弔詭的理論

我猛地轉身面對斯密。「那是野蠻人的行徑！我不能想像自己會做那種事！」

「正是如此，」他頂著風對我大吼。「你不能**想像**自己會做那種事。你的想像力讓你不會去做一件可怕的事。❶你看，他就在那兒！」

一個身著黑色膠衣的軀體跪在泡沫上，和我們相距三十呎。我們快步跑過去，瑞斯帶領著我們。衝浪者搖搖晃晃地站著，邊咳邊喘。他掙扎著走到水邊。斯密得意洋洋，因為自己的詭計得逞而耀武揚威著。「你是根據一種外在的標準在做出反應，而這個標準已經內化成為你的一部分。這也就是公正的旁觀者的反應。」

「但是如果這個旁觀者只不過是社會化的結果呢？」我吼了回去：「我們都會變成機器人。如果社會普遍存在著種族歧視，我也會一樣的。那麼道德相對論就會引領風騷了。」

我們已經快到衝浪者身邊。「我們現在沒時間修正你的誤解，」斯密說。「我們先來幫幫這位朋友的忙。」

此人身材魁梧，少說有兩百磅重。我猜他大約四十出頭。他用兩隻濕透無力的手搭著我們，跛著腳走到停車場，我回頭去拿他的衝浪板。太陽下山了，風直灌我的襯衫，它已經完全濕透了。一陣寒意穿過我的身體。我回到停車場時，衝浪者還在吐著鹽水。

「我真不敢相信自己會去乘那個浪頭，」他咳著說。「我差點掛了！我的合夥人會殺了我。」他勉強笑一笑。

他叫做陳彼得，也是來大索爾露營的。昨夜他從帕羅阿圖開車到厄爾尼諾（El Nino）去試那裏的大浪。如今他哪兒也去不了了。他渾身癱軟靠在吉普車旁，兩手扶著膝蓋。

幾分鐘之後，彼得直起身子，顫抖著從他的吉普車上取出一只背包。「我的肩膀和膝蓋需要一點止痛藥。」

「我們送你回露營區去，」我說。「我們可以把你的衝浪板放在吉普車頂上，等會再回來開我們的車。」

彼得疲倦地點點頭，我們三人就擠進彼得的馳野（Cherokee）吉普車前座，瑞斯在後座。我們從海灘爬上狹路，進入大索爾露營區。老路蜿蜒穿行濃密的紅木林，長達數哩。彼得說：「那就是我的營地，在溪邊。」

「這裏挺空的。」

「我就是想來靜一靜。」他說。

「你想不想和我們一起吃晚餐？我們準備了很多。」斯密說。

「好啊。」

* * *

我們愉快地回到半哩外我們的露營位置。日暮時分，爐裏燒著火，馬鈴薯包在錫箔紙裏烤著。彼得坐在野餐凳上，一手揉著他的右肩，另一手拿著啤酒。斯密站在火旁，瑞斯全神戒備。「彼得，你想要牛肉烤到幾分熟？」

「其實，我不吃肉的。我吃馬鈴薯就可以。」

彼得輕聲細語的態度，和他壯碩的運動員骨架成為對比，再加上他曬得黝黑的肌膚和刮得很乾淨的臉龐。他的雙手肌肉結實，指甲修剪得很整齊。一束長長的灰白色馬尾長及半背。❷

「在這種工作日還可以休假去衝浪，感覺一定很好。」我說。

「這是當老闆的額外津貼，」他笑著。「其實，我們的工作時間都很有彈性的。」

「你開公司？」斯密問道。

「做電子晶片，各種專用電路板，」他輕柔謙遜地說著。「營業額六千萬，大概有四十個合夥人。剛過我們的十週年紀念。」

斯密和我很欣賞地點點頭。「但是你看起來並不……」我說。

「像個老闆？」他笑開了。「謝謝你。這真是讚美。你一定是東部來的吧？」

「你怎麼猜的？」

「心態問題——不一樣的。這裏要成功就得與眾不同。你也許聽過那些出來創業，結果卻倒閉的？我們沒倒。在這個市場上，創意是最重要的，效率也很重要。不只是產品的設計，還有生產、行銷、經銷配售。忠誠度和動機都是關鍵。必須有個與眾不同的工作場所才能帶出這一切，還要有與眾不同的人來經營。」

「沒那麼與眾不同，」我說。「還是為了利潤而經營的，我猜。」

「不，這是有點弔詭的，」彼得說。「我們不是為了利潤而經營。這不是我們成功的方式。」

晚餐結束，我們靜默地坐著。綠色天蓬的縫隙冒出炊煙。星星閃爍著。我們的肚子飽了，腦子卻忙碌著。

「談談你自己吧。」斯密說。

彼得的聲音一樣低沉而謙虛：「我一生中最關鍵的經驗發生在十九歲的時候，我在越南。當時我是飛行控制室的雷達操作員。我最好的朋友洛依有一天飛進來，我站在柏油路上歡迎他回來。接下來我知道的是，敵人的飛彈到處爆破。然後他的直昇機被打到，洛依被炸成兩半。他一直撐到我跑到他身邊，看著他死去。」

他用一根棍子撥著營火。「當你抱著一個垂死的人，什麼大話都沒有了。再也不是一場遊戲。不必去假裝你是哪種人。不必去說些聰明有智慧的話。這些都不重要了。只有存在是要緊的。那是洛依留給我的禮物。」

火小了，彼得丟進一小塊木頭。「做個真實的人，就必須表裏如一。也就是無論在工作或在家或在玩耍時，都是同一個人。生命是一個整體。天，當我回來時，我已經有許多的工作經驗，這些公司有大有小。在某些公司裏，氣氛緊張得像在泥巴裏，沒有人可以做他們自己。你在每一個角落都可以聞到恐懼的氣氛。」

彼得聲音很小，我得更靠近他才聽得到。

「那些用恐懼來激勵員工的老闆，他們做的決策連自己都覺得不光采，」彼得說：「他們為自己辯解的方式，就是宣稱：『這不過是個明智的業務決策。』但是它如果真的很明智，為什麼大家都過得很痛苦？為什麼流動率這麼高？他們回到家人身邊時，把這一切都藏起來。他們過著兩種生活，一個在工作場合，一個在家裏。他們希望自己是個好人，但他們深陷在一個病態的機構裏，這個地方不讓他們成為制定人性化決策的人類。」

「在商場上就是必須做出困難的抉擇。」我說。

「人們可以因為正確的理由而接受困難的抉擇，」他表示同感的說。「所以你會問，這些正確的理由是什麼?有什麼能夠激勵人們自願地全力以赴去工作,而且有時候還能做出犧牲?」

「我們都聽過矽谷有一些羨煞人的員工配股政策。」我說。

「這沒問題,當人們的貢獻獲得肯定與報酬,他們就會努力工作。員工配股是很重要。但如果你的作為僅止於此,就會錯失了一些東西。」❸彼得靠向前,仔細挑選用辭。「祕密就在於:當人們能夠因為自己所做的事而欣賞自己,當企業的目標值得他們發展最遠大的志向,他們就會努力工作。」

斯密點點頭,靠向我。「當他們心裏那公正的旁觀者表示認同的時候。」他說。

彼得好奇地望著斯密,繼續說:「當你碰觸到人們內心深處的某一個角落,給他們一個比他們自己更大的夢想,他們就會努力工作。這就可以釋放出一個具有創意的靈魂,心靈與大腦就會合而為一。因此在某一方面來說,公司就會成為一個運載的工具,幫助員工成為完整的人,施展他們的抱負。」

「我以為公司是獲利的工具。」我說,想起米爾頓.傅利曼和亞當.斯密關於「行善論」(do-goodism)的告誡。

「它有潛力可以做得更多,」彼得說。「當人們接受了一個較為遠大的夢想,就會有震撼人心的轉化作用。工作場所會活起來,朝氣蓬勃,人人充滿活力。利潤是達成這個較高志向的**副產品**。」

「所以不只是為了錢，還有更好的東西？」

彼得笑了。「你看到哪個公司的宗旨是從賺錢的角度來寫的嗎？一個都沒有，原因很簡單：它讓人們發揮效率的能力，比不上較高的志向。你感動人們的方式，必須是激勵他們成為**第一**，**最好**，**最大**，**最新**，或是**最努力**嘗試，**最關心**，將你的成功維繫在一個高貴而有價值的社會目標。就連唐納·川普（Donald Trump）在重返江湖之後，都說金錢從來都不是他追求的目標，它不過是個度量方式。」

我點點頭。「當然，大多數公司都聲明他們的目標不是金錢。他們說他們要『服務客戶』。但那不過是公關的噱頭，不是嗎？」

彼得搖搖頭。「最好不是這樣。員工和顧客都有很敏銳的偵測器，可以測知不誠懇與虛偽的心態。假如公司全是為了金錢而經營，員工就會變得很不滿，很失望。要成功，遠大的志向就必須誠實地從心裏出發。沒有真正的投入與行動，公司宗旨就沒有一丁點意義。」

「很難想像華爾街會很贊同這個說法。」我說。

彼得點點頭。「我們和所有初創的公司一樣，有些資金上的問題。但諷刺的是，人們渴望看到他們的工作有什麼意義。當你提供了一個這樣的工具，他們為了讓它運作良好，就會願意幫你，幫彼此做任何事。你們為什麼要聽我用說的呢？何不自己過來看看？」

斯密沉吟著點點頭，我也同意了。

「那就讓我們這麼安排，」彼得說，「後天中午吧。」

*　　*　　*

晚餐結束後，彼得載我去開我的車。回程路上，我開到露營區辦事處。我需要安靜一下思考，和計畫。晚餐很愉快，但是在這美麗的紅木林裏，沒有茱莉亞的分享，令我苦悶已極。我思念著她迷人的眼睛。就連她清爽的香氣都在記憶裏遊移。

在公園辦事處外頭有支公共電話。已經很晚了，加上時差，維吉尼亞此刻已經晚上七點了。上回打電話要她來猶他州，是很幸運地遇到她正好在畫廊。這回我撥了那裏的電話，卻只聽到鈴聲一直響。

我不敢打電話到茱莉亞家裏，就怕她的電話被監聽，POP，聯邦調查局，或天曉得還有什麼人。我盤算著。有一對年輕夫妻就住在離茱莉亞兩棟房子的地方，一年前他們買了她一幅畫，我送過去讓他們掛上的。他們姓什麼？湯瑪斯？湯普金斯？我拼命想她那條路上往西的門牌號碼應該是遞增或遞減。我在公共電話裏不斷追加兩角五分的硬幣，所幸遇到一個很有同情心的接線生。她給了我羅柏與莎拉．湯普森的電話，和茱莉亞隔兩棟房子。

莎拉．湯普森說話的聲音快活得就像個園藝俱樂部的主席。

「你也許不記得我了，」我開口說道，這些話聽在自己的耳裏都覺得愚蠢。我深吸一口氣，劈頭給了一個快速而假造的說辭，表明我的困境：我如何急著要找到茱莉亞，但是我想她的電話壞了。一個可憐的騙子，我覺得自己像個尷尬的青少年讓人看透了。但是沒有理由讓別人也淪入我們的險境；他們知道得越少越好。說完我求她找茱莉亞來聽電話。

「沒有道理這麼做，」她很快回答，然後是一陣粗魯的笑聲。「她不會跟你說話的。我先生到亞洲去玩了，所以昨晚我邀請茱莉亞來家裏一起吃飯。天，哦天哪，你的名字在這裏並不受歡迎。我也不怪她。想想她給了你第二次機會。」

我垂下了頭。「這回不一樣。我是為了另一個人才這麼做的。」

「哦，是嗎？」她說，我也知道她一個字都不相信。

「你不能試著去找她嗎？」

「聽著，」她說：「我讓她來決定這件事，不過現在她不在家。如果你想再試一試的話，明天這個時候她會過來。我不敢保證什麼，環遊世界先生。」

* * *

第二天早上我們滾出床緣時，已經八點了。帳篷外，樹葉罩起的天蓬和野餐桌上都鋪了一層厚厚的露水。就連瑞斯都顯得意興闌珊。我們品嘗著濃濃的咖啡，吃完最後一點綜合堅果零食。陽光將帳篷上的露水曬乾之後，我們收拾裝備重新出發。我們再度走上一號高速公路，沿著直落太平洋的懸崖，三彎九轉地向北開。好幾次遇到U型急轉，岸邊都有工作人員裝設的路障，以防車子落海。下方是漲潮的海浪衝擊巨石。就在卡梅爾南方，我們轉進因海獅而聞名的羅勃角（Point Lobos），這是一片延伸到海裏的岐嶇岩塊，從這裏可以看到數百隻海獅在一座海島上吼叫著。路邊的標誌說，這是世上數一數二的海洋生態保護區。我們買了門票，開到一個可以俯瞰大海的停車場。我讓斯密和瑞斯一同躺在毛毯上曬太陽，自行走到一條繞著海岸線的步道。

沿著巨石嶙峋的海岸線，有一群斑點海豹躺在陽光下，遠看像一枝枝肥大的手捲雪茄，一根掛著一根。偶爾有一隻從海裏冒出來加入牠們的陣容，一肚子再滾到那一堆海豹之中。牠們顯得平靜而知足，觀光客隔著安全距離，在一道木造圍牆後面看著牠們，牠們也不以為意。

有個天然屏障的海灣，沙灘上舖滿了灰色石頭，全都被磨成光滑的彈珠大小。海水開始退潮，露出越來越多成群蠕動的海中生物。紫色、綠色和橙色的海葵遍布，隨著海水退去，慢慢闔上牠們身邊的苞片。我四處拾起藤壺和帽貝，小心地走著，一路享受陽光和令人精神一振的海的氣味。燕鷗大啖著無助的獵物，海鳥則在頭頂飛翔，誇揚自己的重要性。水裏的寄居蟹探出牠們偷來的甲殼，隨著海蝸牛和偶爾出現的海星一道爬行。

我轉身向海，貼近細看另一波滿是泡沫的海浪。突然聽見一個意外的「呼」聲，還來不及抬頭，一個浪頭帶著滿滿的泡沫衝了進來。鹽水打到我的膝蓋。於是我快步跑向較高的石頭，訝異於大海的暴力，也慶幸自己沒有走得更深。環繞在那些水域裏的能量真是驚人。

我想前一天晚上彼得所提的想法。在我們每一個人的體內，真的可能有一種類似的未經馴服的能量嗎？允許員工在自己的人性之內成長，企業會變得更像企業嗎？這和目前「重視財務計算」（eye-shade business calculations）的風潮大相逕庭。然而這種似非而是的理論似乎存在於科學革命的中心。在我腳下，我感覺到堅硬不移的石塊。但是次原子物理主張，物質的百分之九十九都是空白的空間，剩下來那小小的質量則是隨時處於規律的律動中。將那個原子打破，就會釋放出一種幾乎無限的能量。這不就是彼得的觀點嗎？探觸到人類心靈的核心，釋放出那個能量？聽起來真是神奇。假如真的讓它開始了，它能夠被控制得住嗎？一旦員工有了力量，他們還願意被侷限在一個地方嗎？

我回到停車場，發現斯密正啃著一顆裹了花生醬的蘋果。他似乎特別喜歡花生醬，因為有一回我告訴過他那個價格，而且他發現它可以讓他覺得多麼滿足。

一個星期的露營之後，我們需要對自己好一點。我在蒙特利市靠近罐頭工廠市街（Cannery Row）的一個汽車旅館登記住宿，第一件事就是好好的洗個熱水澡。隨後，斯密滿足地陪著瑞斯，我則是漫步到水族館去看那些壯觀的景象。在大水缸裏的海豚似乎可以預期彼此的行動，同步游泳的魚似乎也善於接收一些隱藏的線索。我想起斯密說的，我們如何生來就能夠互相「同情」。海豚不就是這樣嗎？

另一項展出則記載了海瀨的衰微，在過去兩世紀以來，人們對牠們的毛皮需求甚殷，因此濫捕到幾近滅絕的地步。❹這故事說的也就是眾所周知的「共有地的悲劇」❺：由於海瀨是人們的共有資源——沒有飼主——因此保護牠們並不會得到任何金錢上的價值，但如果獵捕牠們，就可以得到相當豐厚的報酬。而當海瀨數量減少，就產生了意外的後果，因為海瀨吃海膽。海膽沒有天敵之後，便成長過剩，於是吃遍了海底植物。水中的海帶草森林消失之後，居住其中的魚數量便減少，結果靠捕魚維生的鳥類也少了。這些獵人的短期收益，造成長期而言，漁夫與其他人的嚴重損失。自從一九一一年國際簽訂條約禁止獵殺海瀨之後，這種向下沉淪的生態災難才告終止。海瀨的數量終於慢慢恢復過來。

我試著將這一切放到經濟學裏頭來看。斯密認為，市場通常都是自給自足，自我糾正的，但是這個案例證實，它並不適用於這種打群架的、只為爭取利潤的混亂市場，因為這裏的財產權並沒有清楚的定義。一個像海洋這麼複雜的生態系統，如果想要將它的產權分配出來，將造成極高的交易成本。因此，在這個案例裏的市場，如果沒有一些外在的規則，就無法自然維持。這裏就有個課題：單純地將海瀨當成有利可圖的商品，而不理會與牠們密不可分的生態環境，就會成為一種危險的做法。同樣地，當經濟學家在遠方的開發中國家提倡自由市場，往往也都忽略了運作於當地的複雜的法律與社會環境。這是否也可能導致意外的後果，一個不可收拾的結果？補鍋子的時候，別忘了收齊所有的碎片！資本主義是一種複雜而完整的市場體系、制度結構，以及社會價值。有些數學模型不過是在單獨處理非人的市場，這樣無法透析它的複雜性。然而這就是賴堤瑪，以及我做為他的學生，所要呈現給世化公司的成果，讓他們去將俄羅斯民營化。這些沉重的想法讓我輕鬆不起來，也使我對自己很不滿意。

我安慰自己的方式，是希望今晚我也許可以找得到茱莉亞。太平洋時間十點將近，我在離我們旅館三條街的一個電話亭裏，準備好一疊兩毛五的硬幣。在湯普森家的電話鈴響時，我屏住呼吸……是茱莉亞接的電話！這第一通電話我沒說太多，她用她那柔軟卻有稜有角的英國口音，嚴厲地指責我。其實我不需要說話，我只想聽到她的聲音。

21 一個新典範？

第二天早上我們繞著蒙特利灣進入聖塔．克魯茲（Santa Cruz），接著穿越山區往北而去。我們迂迴穿過一片壯觀的紅杉林，最後經過了聖安地列斯斷層（San Andreas Fault）。我們繞過聖荷西，走上半島，聖塔克魯茲山脈雲霧瀰漫，我們沿著一條平行於山脈的路，朝舊金山前進。側面是一層層的丘陵，點綴著矮樹叢般的橡木，偶爾見到閃亮的玻璃幃幕辦公大樓。那乾燥金黃的地表，因它的樹影稀疏，而帶著一種蒼涼的美。靠近地平線的地方，有一層棕色的煙霧與溼氣籠罩著舊金山灣區，直到放眼可見的極北與極東之處。

十一點鐘左右，我們抵達帕羅阿圖外圍。

「這是夢一般的玩意，」我說，將車開上帕吉米爾路（Page Mill Road）。

我很興奮，由於身處矽谷的中心而幾乎如痴如醉了。在我們前方，一條長長的路邊，是惠普公司的總部。大片低矮的建築與工廠是為了營造大學校園的感覺。穿過馬路，旁邊的一條小小街道矗立著胡佛塔（Hoover Tower），史丹佛大學的地標。數十棟高科技的研究大樓在校園裏如蕈傘般一一浮現。更遠一點，我們看到一些構成矽谷的支援性企業軍團，如金融資本家、顧問、律師與商業記者。我們沿路瀏覽，看到資訊時代的製造業巨人英代爾、昇陽、思科、摩托羅拉與洛克希德馬丁。這裏就是數百家科技公司創始之地，如蘋果電腦、Adobe、Netscape，但微軟公司不在這裏，西雅圖才是它的家。

「這裏是新美國的中心，」我說。「至少在市場整個垮掉之前。」❶

斯密饒有興味地四處張望。

「這也是出口成長最快的部門，」我繼續說道。「驚人的生產力——每幾個月就有新的晶片出來！」

陳彼得的專業晶片工廠在鄰近的山景城（Mountain View），是一棟平房倉庫建築。一路過去都是各種各樣的樹木和植物。有個小小的標誌寫著：「生態系統復育區」。我們將車停下，先將瑞斯綁在一棵樹下，留下一碗水給牠，接著進入室內。

彼得在門口迎接我們。他穿了一條很合身的牛仔褲，一件白襯衫，藍色的領帶，一雙休閒鞋。還是那雙溫和友善的眼睛，不過今天額頭多了幾條深紋，那是兩天前沒有的。他領著我們穿過一個接待區。一名三十來歲的女子站在櫃台邊，紅著眼睛。一位較年長的女士站在她身旁，一手扶著她的肩膀。

「出了什麼事嗎？」我們進入彼得辦公室時，我問道。那是一間小小的八乘十二呎的房間，透明的玻璃面對著廠房。我們坐進兩張客椅，彼得則坐在一張平實的三夾版木製辦公桌後面。

「我們發生了一點小小的危機，」彼得看來心急如焚。「唉，何必說謊呢？那是個**大大的**危機。」

斯密和我對看了一眼。「或許我們晚點再來。」斯密說道。

「不，你們也可以聽聽。我不想讓你們覺得經營一個企業只是樂趣和遊戲而已。」彼得站起身，邊搖著頭。「麥當樂電腦是我們最大的客戶，他們的老闆吉姆·麥當樂半小時前打電話來。他把我們的會計經理芭芭拉罵得一文不值。」他朝剛剛那位哭著的女士辦公桌方向點點頭。「這也不是第一次了。每一次他打電話來，結果都是害得我的員工掉眼淚。不只是芭芭拉，還有她的助理，我們的技術人員，每一個人。他總是喜歡仗勢欺人，像個該死的皇帝一樣，只想感覺到人們在他的腳下爬著，讓他們知道誰才是老闆。」

「他想要什麼？」斯密問道。

「他要求他的晶片是我們的第一優先。他今天下午就要，而不是我們合約上註明的明天。」

「這是偶一為之的要求嗎？」我問。

「才不，我們總是在能力範圍之內，盡可能設法配合他。但是今天我們有二十個訂單排在他前面。有些是給一些小型的初創公司，他們的利潤很微薄，他們和麥當樂一樣急著想要做出他們的產品。」

「沒有這些初創公司，你還是可以生存，」我說。「但麥當樂是大魚，是嗎？」

「他佔了我們營業額的百分之三十，」彼得嘆口氣道。「他讓我和他平起平坐，但他對我的職員就像暴君一樣。有很多次，我要求他溫和一點。他就是不聽。」

「他公司裏有誰職位比他高，你可以跟他談的嗎？」

彼得搖搖頭。「他是創辦人，也是執行長。他覺得錢最大，可以讓他這麼放肆。芭芭拉再也受不了了。她說她不幹了。」

「消費者**就是**王，」我說。「這是競爭的第一條定律。你不能拿這個來賭氣。我猜你得另外請個新的會計經理。」

彼得走到檔案櫃旁，靠著它。他長嘆一口氣，用手掌敲擊著櫃面。斯密和我互望一眼，猜想這是不是客氣離場的時刻。

他站直身子，回到桌邊，口氣微弱地說：「不，我得面對他。」他坐下來拿起電話。片刻之後吉姆．麥當樂就在電話上了。

「吉姆嗎？是我，彼得。有關你的要求，我沒辦法今天交貨。不，我不會……因為這樣子我們會破壞對別人的承諾。明天你的貨我們會第一個交出去，這是答應過的。」

彼得深吸一口氣。「還有一件事，吉姆。」

彼得用幾句話將芭芭拉的問題說了一遍，最後說：「我指示我的職員，不再接受你的任何新訂單。」

彼得苦笑著，斯密和我驚訝得說不出話來。

我們可以聽見聽筒裏傳來咆哮的聲音。彼得做了個鬼臉，在電話上按了個鍵。有個聲音在擴音器裏吼叫著：「取消我的訂單？我去年給了你兩千萬的訂單！你不能炒我魷魚，我是他媽的顧客耶！」

「吉姆，我們思考這問題很久了，而且給過你很多次警告。很抱歉我們必須這麼做。就這麼說定了。」

彼得掛了電話，一臉慘白。他站了起來，轉身面對著廠區。他的前額靠著厚厚的玻璃窗，呼氣模糊了窗子。他輕聲說道：「顧客優先？不盡然。員工才應該優先。」❷

「我喜歡這種弔詭的理論，」斯密微笑著。「請繼續。」

彼得呼口氣，轉身面對我們。「保羅．霍肯（Paul Hawken）是我的一個老師，他有一回告訴我，如果沒有正面的員工倫理，你就不可能灌輸員工正面的客服倫理。你讓他們有求必應，他們也會讓你有求必應。」

「這對獲利又有什麼幫助呢？」我說。

「我們公司是靠生產力來競爭的，」彼得說。「我們基本上沒有怠工的問題，流動率很低，沒有人會偷竊公司機密，在這個行業的一團混亂之中，我們的員工反而能夠成長茁壯，因為我們會一起面對問題。那種舊的經營方式，把人當成像是可以互換的鋼條一樣錄用或開除，會使得員工毫無士氣。他們的動力不過就是恐懼而已。人們會很怕冒險，結果就變得很僵化而沒有改革或合作的能力。公司文化也會因為諂媚、官僚和打混而窒息。」

「不過，要開除你最大的客戶還是需要勇氣的。」我說。

「芭芭拉就像我們的姊妹一樣。麥當樂的員工會跳槽，但芭芭拉可以在這裏待很久。」

彼得再度轉身，指著窗外的廠區。「我知道我聽起來像在故弄玄虛，但是想一想，如果我們讓麥當樂繼續恐嚇我們，公司會變成什麼模樣。也不只是他，想想我們每個星期有幾百種大大小小人際間的接觸，每一個都是顯示我們的價值觀的機會。假如我們選擇利潤重於一切，甚至優先於我們的核心價值，那麼我們就會做出截然不同的決策：我們會安裝安全但具有污染性的儀器，只為了減少法律問題；我們會把員工綁在僵硬的工作時程裏，不理會他們個人的緊急事件。你知道結局是什麼嗎？我們的工人會很快發現，他們不過是一塊肉，是在利潤之下的可棄式項目。這裏的緊張氣氛會升高。員工會請病假，從胃潰瘍到精神問題，或只是故意不來。我們的生產線員工開始出錯，而每當我們需要員工有些什麼**特殊**貢獻，他們絕對提不出來。我們給過他們什麼特殊的東西？我們會開始走下坡，一點一點的。所以這就是弔詭的地方。我們遵循的是一個較高的志向：我們要的是一個什麼樣的工作『家庭』，這點做好了之後，客服和利潤自然就會成為它的副產品。」

彼得又突然坐下，就和他站起來一樣突然，他將臉埋進雙手之間。半分鐘之後，他緩緩地讓手掌拂過自己的五官，揉壓著臉頰、眼睛和鼻子。他的樣子看起來像見鬼了一樣。

「我剛才的做法，也許是我事業上最大的錯誤，」他說。「所以授權，讓員工放手去做事，這些都很好，但公司如果倒了，這一切都沒有任何意義。長期而言，這也不算是在照顧員工。」

彼得又站了起來。「正是這樣，除非我們擁有不錯的利潤，我們不可能有今天。」他繞著房間踱步。「你可以看到我們多麼節儉。沒有漂亮的辦公室。沒有公司車。沒有管理階層餐廳或健康俱樂部。我們都搭經濟艙，除了懷著五個月身孕的寶拉。我們降低保險費的方式，是盡量減少工作上的負面因素與壓力。我們和所有的公司一樣掙扎奮鬥，我們也有自己的問題。我只能向上帝祈禱，可以度過這一次難關。」

彼得走向門口。「我需要向大家說明發生了什麼事。沒有麥當樂的業務，我們得做些大幅的調整。」

他進入接待室，我們看到他對著芭芭拉講話。她擁抱了他。彼得向我們示意出門。我們走進工廠。「會很困難，但我知道我們一定可以撐過去。」彼得說。他的聲音聽起來比二十分鐘前快樂了些，也比較有自信。

「正確的決策會深深影響到所有相關的人。」我們走下一條白色走廊時，彼得說。「會有好的能量釋放出來，生命就會擴展開來。現在不只是芭芭拉願意為我們努力，聽到這件事的人都會願意。我的意思是說，人們很快就會知道，我們不能容忍粗暴的行為。」

「你的做法聽起來很理想化。」我說。

「是啊。需要恐懼來做為驅動力的人，我們就得讓他們走路。」彼得說。「他們遭受的傷害太嚴重，因此無法自己思考，每一分鐘都需要別人來告訴他們該做什麼，還得有人來看著他們，檢查工作是否完成。難怪我們的模式無法適用每一個人。但是它使我們能夠獲利，截至目前為止。」

我們進入一個生產區，裏頭放了許多清潔用的酸劑。彼得警告我們別太靠近。

「我們的競爭對手是全世界最頂尖的公司，」彼得說。「那迫使我們必須與眾不同。我們的做法是創造關係，真正的關係。」

斯密用夢幻般的眼神瞧著他。「這是一種休戚與共的感覺，是嗎？」

「是的，但它必須是真實的感情。你可以在一個心跳之間，就辨識出虛偽。我不用去說教，只要做就是了。美妙的地方在於，只要你建立了關係，人們自然就會口耳相傳。」

斯密輕輕打斷，彷彿在背誦什麼記憶裏的東西：「當你把人當成有才智能力的對象，一切都會保持完好。相反地，當你把人當成一群牛對待，你就會失去一切，因為牠們早晚會用牛角來牴觸你。」

彼得轉向斯密，凝視著他。「說得真漂亮。」

斯密點點頭。「那是偉大的伏爾泰說的。」

「詩情擺一邊，光做好人是經營不了企業的。」我加上一句。

「還沒有人說過當好人有什麼好或不好，」彼得回道。「不過當濫好人是不對的，員工可能會因為不良的工作流程而被害死。你在工作的時刻必須一絲不苟，直截了當。」

我們到達設計區，電腦晶片就在這裏進行蝕刻。彼得進來時，有四五位員工對他點頭。彼得過去拿起一片矽晶圓。上頭複雜的紋路是翠綠與金色的漂亮對比色。

彼得微笑著說：「如果我們在這裏可以做得到，別人在競爭性比較低的領域裏，當然也可以做得到。我總是忍不住覺得我們是一些先進事物的先驅者。」

「你不覺得這裏的情況很與眾不同嗎？」斯密問道。

「再也不是了，」彼得說。「你看，我是在史丹佛學工程的。我們學會亨利．福特是如何透過大量生產而改革工業。他有一個簡單的觀念：將一輛一輛的序列化生產，改成沿著輸送帶的**生產線**上生產。長長的生產線讓福特可以雇用技巧不純熟的工人，去進行相同而簡單的重複動作。」

「規模經濟不也還是很重要嗎？」我說。「比方說，你怎麼和台灣競爭？」

彼得微笑著。「我們不玩這個。他們做的是大量的晶片，低附加價值的產品。我們做的是專門晶片，高附加價值。在我們這一行，速度和品質比較重要。」彼得放下晶圓片。「福特的改革很成功，而且很容易了解為什麼。還記得福特說：『你可以做出任何顏色的T型車，只要它是黑色的。』」

我們都笑了。

「這個時代的消費者還願意忍受這個嗎？」彼得問。「今天每一樣東西都要量身訂做，都是短期生產、快速裝配與分解檢查。這意味著即使是工廠裏的工作，你都需要員工有能力處理隨時發生的變化，獨立思考，能承擔責任，順應要求找出解答。如果你能激勵員工，就可以省掉那些高薪的中高階主管，不需要他們去告訴員工每一個步驟該做什麼。想想你會省下的時間、金錢與生產力。如果在製造業是如此，在服務業方面，就把我剛剛說過的再加一倍。」

我們走回入口處時，我一路反芻這些想法。「你的突破就只是，你明白，員工對這份工作的感覺，是影響員工生產力的關鍵因素？」我問

斯密用手指戳我。「天哪，我在《國富論》裏就指出這點了。似乎不用去辯論這個，員工如果士氣高昂，做起事來當然好過士氣低落啦！」❸

彼得點頭同意。「沒錯。但是要讓員工覺得精神振奮，忠誠奉獻，這也許就會把傳統公司的管理風格全面推翻。你不會在ＭＢＡ課堂上學到這個，也不能把它放在備忘錄裏；你必

須將它當成一種生活方式。」

斯密點點頭。「謹慎、博愛與正義就是道德的特色。真正有修養的人就會散發出這些特質，而後兩者可以讓他和別人以誠相待。」❹

「我們會在朋友或家人面前表現博愛與正義，」我說。「但是經濟學家在構思商務的經濟模型時，一般不會把這個放到裏面。」

「你想要活在一個隔絕的框框裏嗎？」彼得回道。「那是通往智慧的路嗎？」

* * *

我們聽彼得的建議，到一家硬餅店吃午餐，那是在帕羅阿圖的大學路上。有些學生喜歡一邊嚼著三明治喝拿鐵咖啡，一邊翻閱書報，對這些學生來說，這個地方像天堂一樣。從附近學生的服裝和行為看來，他們似乎來自全球的每一個角落，矽谷的學校和產業像磁鐵一樣把他們吸引到這裏來。彼得告訴我，這裏的博士密度高於地球上的任何其他地方。我們在人群中四處張望，揣測誰會是下一個比爾．惠烈（Bill Hewlett）、大衛．普克（David Packard）、比爾．蓋茲或史提夫．賈伯斯。

我們手上拿著咖啡，漫步到市中心區。從大學路走一小段路，就來到一棟小小的白色車庫，那是經濟大蕭條剛結束時，比爾．惠烈和大衛．普克最初開始創業的地方。我們散步回頭時，撞見一棟低矮的泥磚房。有個標誌告訴我們，那是公共圖書館。斯密和我對看一眼，靜靜地點點頭。

「你去查文件資料，我去上網找。」我說。

半個小時的搜尋，查出了如山的資訊。

「這些有點名堂，」斯密說，拿出一篇報紙的文章。「下個月在舊金山有個貿易高峰會，和世化公司的會議同一個禮拜。我確定這不是什麼巧合。POP威脅著要把這兩個一起毀了。」

「不只是POP，」我指著我從網路上印下來的一疊。「環保團體、工會、馬克思主義者、共和黨極右派和民主黨極左派。這是一群古怪的組合，聯合起來反對自由貿易。」

斯密沉吟了好半晌，然後說：「我應該要到場。」

我也太樂觀了。「當然，」我說：「但是面對一群烏合之眾，我怎麼保護你呢？馬克斯·海思和POP對著我們開槍還不夠糟嗎？你覺得發了瘋的海思會放棄嗎？」我問。「而且不管POP不POP的，我都得寫完我的博士論文。」

「那我們上哪去呢？」斯密問道。

我苦笑著。「哈洛的姊姊在奧克蘭，一晃眼就到了。但是那等於是把你放到蜘蛛網上，不是嗎？我們不能冒這個險。」

22 再談看不見的手

我們從南端跨越舊金山灣，避開城市附近的大塞車。北方的金門大橋如畫一般地延伸向崎嶇而原始的太平洋岸，南方的海灣卻死氣沉沉，骯髒而滿布工業區。少數匯入這裏的河流，到了夏末便乾涸了。聖荷西就佔了灣區南方三分之一大小，工業園區和高速公路蠶食了溼地。揮之不去的薄霧浮在半空中，讓眼睛像是患了白內障一樣。天氣又溼又熱。

經過奧克蘭時，我想到哈洛的姊姊就在高速公路西邊。我們不假思索地往東邊的席拉山區前進，我為了八月而訂的小木屋還在等我。這地方，我原本不想攜伴同行，它必須是個獨處的避難所，為了正面迎戰我的博士論文。我計畫在午後大太陽下健行與攀山，然而，有馬克斯．海思和POP緊追在後，斯密一路搭我的車，我——其實，我也覺得蠻好的。

我們從維吉尼亞出發至今，已經好幾個禮拜過去，回想起經過的山水名勝、千鈞一髮的險境，以及克服過的種種智識與情感的挑戰。我離開東岸時還滿心困惑，覺得憤怒而抑鬱不平。而今我可以感覺到這一切都正在沉澱，取而代之的竟然是包容與冷靜。生命不會給你任何保證，但是斯密的聲音，卻讓我看到我可以選擇如何生活。聆聽良知的召喚，透過真實情操的內在之眼看世界，從自己的本來樣貌，而不是從自己所擁有的一切去找到心情的寧定——這一切都是我自己的選擇。我想起斯密的文字：「乞丐在公路旁曬著太陽，卻擁有國王必須拼命爭取才有的安全感。」❶我知道他是對的。但我還得努力將這些觀點和我原先的態度融合起來，因為後者是我多年來觀察大眾文化、廣告以及經濟學教育所培養出來的。

我們通過靠近核桃溪（Walnut Creek）的丘陵，進入農田一望無際的聖華金谷（San Joaquin Valley），我向斯密提出一個悶在心裏好久的問題：「彼得說的那些話，和你那看不見的手的概念有何相關？利潤不是目標，而是為員工塑造工作意義之後的副產品，你覺得呢？彼得是個怪胎嗎？」

「這點我會讓市場去決定，」斯密說道。「如果他可以因為給予員工較高的志向而提高生產力，而且——這當然很重要——如果他的生產所得超過他的成本——那麼他的利潤就可以增加。其他的公司就必須追隨這種做法，否則就會被淘汰。」

斯密頓了一下。「這是個有趣的實驗，只有時間可以讓我們知道他對不對。他說的話倒是讓我想到一件事：他的行為方式看起來是由道德良知在引導——或如果你願意，也可以說是受到它的規範。」

路變窄了，塞滿了載著農產品的卡車。政府補助的灌溉系統為這個中央山谷帶來快速的發展。在這裏，水是「液態黃金」，取代了石油或鑽石，成為決定財富的關鍵。我們經過一塊一塊的田地，每一塊都裝置了大型的機械手臂，灑水到農作物上。有個聲響很大的處理站排出了一陣毒氣，斯密趕緊用手帕遮住臉。瑞斯則是哀鳴著趴下去，大聲喘著氣。

通過這個地方之後，斯密說道：「想想我提的關於屠夫、釀酒師和麵包師的例子。每一個人都在尋找他本身的『自利』。假設屠夫可能賣掉一塊品質不良的肉，而不被發現——假設他可以逃過制裁，他會不會做？」

「有可能。」我說。

「是的，但是沒有什麼騙局是完美的，顧客也許會發現被騙了，以後到別處去買肉，讓他生意做不下去。這也就是為什麼競爭是如此強大的規範力量。」

他又停了下來，享受說故事的感覺。「但是並不僅止於此。即使他可以騙到你，逃過制裁，他還是可能選擇不這麼做。因為這麼做也許會讓他失去某種他最珍惜的東西，換言之，就是他的自我形象。」

「所以你認為自我形象比金錢更有價值。」

「那是心境平和的根本，而心境平和也就是幸福之所繫。」

「如果他對金錢的重視更勝於心境平和呢？」我問。

「那麼他就是個蠢蛋，而且我要提醒你，外頭多的是這種人。」

「那麼那隻看不見的手呢？」我緊追不放。

「市場那隻看不見的手之所以能運作，不只是因為競爭壓力，也因為我們每一個人對本身行為的自我要求。當你面對的是一個你知道會重視內在自我形象的人，**信任**就會產生。因為這點，市場的運作會比較有效率。沒有信任，經濟機器的運作就會很費力，會嘎嘎作響，缺乏潤滑油，監督的成本就會高得嚇人。」❷

我們在靠近斯德頓（Stockton）的一個卡車驛站停下來晚餐，太陽已經接近地平線了。飯後我搜索著我的皮包。「我覺得很難相信耶，如果商人可以逃過制裁，他們會不去騙他們的顧客嗎？」我說。

斯密看了我放在櫃台上的鈔票。「你真的很矛盾，」他說。「你看，你剛剛才給了小費。」

「那又如何？那個女服務生很努力為我們服務。」

「努力又怎樣？」斯密回道。「我們再也不會來這裏。何不讓她覺得難過，增加你的存款？哼？你的**良知**說，給小費是對的事。你必須聽良知的話，你才會快樂。為什麼你的人性的這部分是如此明確，你卻不承認屠夫和麵包師也是這樣？」

「外頭有一堆守財奴，」我說。「我就認識幾個。」

「當然，我只是認為，人們心裏都有個內在的旁觀者，會在市場上或其他地方指引他們的行為。」

我們當晚抵達一個休息點。躺在旅館的床上，讓冷氣鬆弛我們的身體。

「你還醒著嗎？」我問。

一聲模糊的回答。

我憶起往事。「研究所第一年結束之後，我們有個口試，一次三個人。負責口試的冬烘先生是個暴君，純然的暴力分子。我還記得他一再用濃厚的德國口音問我們：『資本是啥？資本是啥？』我們給了他所有想得出來的定義，從馬克思到薩繆森，沒有一樣他滿意。結果我們都被當了，第二年必須再重考。那時這個暴君已經退休，我們輕鬆過關。」

斯密坐了起來。「那麼你想說的重點是什麼？」

「從此以後，我就常常思考資本這東西，」我說著，享受一下教授的角色。「經濟學家向來重視的是實質的資本──那裏的起重機，那個灌溉的抽水機，建物與道路，你摸得到的東西。但是到了六〇年代，經濟學家發現他們缺少一些可以解釋經濟成長的因素，因此他們被迫擴大這個狹隘的觀點，加上了『人』的資本──員工帶來的一些無形資產，像是教育、訓練和健康。今天，基本上所有的商人都接受這個觀念，相信投入這類的資本是很要緊的。」❸

斯密看起來頗為不悅。「這還沒有進入我的觀念核心──人們彼此互動時，所採行的價值觀是什麼。」

「我正要談這個。在一九八〇年代，人力資本被更進一步擴張到包含了社會資本。人們認清，經濟活動是在社會規範與體制內進行的，對人的信任可以大幅減低交易成本。有些經濟學家甚至說，社會資本包括道德。」❹

斯密很洩氣地望著我。「如果你本來就知道這個，我為什麼還要一點一滴的教你？這簡直像在和一條大蟒蛇摔角一樣！」

「現在我才開始覺得它有道理嘛。」我說。

「反正你從我的《道德情操論》裏，就可以學到你需要的一切道德與社會規範。」斯密吸吸鼻子。

「裏頭還有什麼別的東西？」我問。

他沒回答，只是深深嘆口氣，翻身睡去。

23 訴諸較高當局

第二天早上，我們終於抵達幽勝美地南邊的兩房小木屋。所謂「木屋」是美化的說法，其實就是過去獵人在天氣惡劣的時候，用來遮風避雨的小型木造建築。它座落在山腰上，遺世獨立，和最近的鄰居也有一段距離。水要自己用手打上來，烹飪則必須用一座兩個爐頭的丙烷爐。沒有電器或電話破壞這原始的寂靜。它的簡單與不便讓我們可以不用花很多錢便達成避世的目的，但只能偶一為之。

接下來的幾個星期，我們過得很規律。斯密很早就起床，幫我泡咖啡，給自己準備茶，然後到門口搖晃著身體，看著太陽在花崗岩的山頂升起。我則坐上那小小的寬板桌，攤開我的文件與書籍。我很儉省地使用我的手提電腦，節約電池。

下午三點，我們會停止工作，開車到附近的山上。我和瑞斯去散散步，斯密則在一個草地覆蓋的圓丘上打盹。晚餐之後我們會點起燈籠，我得繼續寫我的博士論文，斯密在一旁看書。十點左右，我們會漫步到可以鳥瞰山谷的山邊，結束這一天。我會喝著我的吉寶，斯密則是咬著一根沒點燃的雪茄。在這散步的時刻，他會用許多精微的洞見或可喜的文辭款待我，全都是純潔真實的斯密才會說的話。回想過去，我後悔浪費了許多時間，還要斯密回答我那愚蠢的十題「測驗」，全都因為我拒絕接受他。現在我們兩人的夥伴關係已經成為我的第二天性，然而我可以感覺到相聚的時光已近尾聲。隨著每一天過去，斯密已變得更加憂鬱了。

一個星期兩次，我們會到城裏去買點雜貨和冰塊，給我的手提電腦充電，洗一桶衣服。這時，我會去打公共電話給茱莉亞。這件事會讓我和斯密都高興起來。為了擔心POP，我會在約定的時間打電話到茱莉亞的鄰居家，而她會「正巧」在那個湯普森家借點糖或送個派。從我在蒙特利起，我們已經談過三次，茱莉亞也幾乎已經原諒我在猶他州的不辭而別。我覺得忙碌而快樂，這種組合似乎為我的博士論文帶來神奇的力量。

好的理論模型不需要太多文字的贅述，只要留意一個大家都會疏忽的核心真理——人們會疏忽的原因是它太顯而易見，自然不願費心去提。但人們不去留意或忽視的部分，卻可能造成嚴重的影響，尤其是在一個快速變化的開發中市場。例如，混沌理論顯示，蝴蝶輕輕拍擊翅膀，就可能釋放出力量到千哩之外。我尋找的，就是這樣的金石之聲。

傑出的工匠就會有能力指出重點，無論是一個謹慎的木匠，或是畫家如茱莉亞——她最近才以精微萃煉的方式呈現出大黃蜂的根本天性。要做到這點絕非易事，必須很清楚，知識也夠淵博，才能找到信心回歸根本，找到共鳴的要素。我可以看到我早先的稿件錯漏百出，因此努力將這份論文的根本精煉到剃刀邊緣般的鋒利。

人瞪著一疊紙張時，能找到的靈感有限，因此我偶爾會來一趟全天的徒步遠行，這變成了無意識的工作的延續。第二個星期末了，我已經喘著氣走過一般觀光客都會去的景點——半圓頂山頭（Half-Dome）、幽勝美地瀑布還有春之瀑布（Vernal Falls）。要到達每一個頂端都有些困難，然而也就是在克服障礙的同時，希望可以抖落我的論文多餘的部分。這些都是很耗費精力但也令人欣喜的登頂活動，突出的峰頭總能讓你看見令人屏息的美景，是長達一哩的冰河雕琢而成。努力的過程就反映著一道思想之流，彷彿瀑布長瀉深潭之中。

出乎意料的是，在一個下午的適度步行，連汗也沒流的情況下，我突然靈思泉湧。❶那時我們開車經過提奧加路（Tioga Pass Road）到多倫草原（Tuolumne Meadows）。山雪化入多倫河，輾轉流進山谷。附近的群山腳下遍布逐漸增長的松木林。山邊還有稀疏的片片雪白，北向的峽谷岸邊則依然結冰。

斯密和瑞斯出發去河邊探險，我則是步行到草原上。野花覆蓋了田野，妝點出眩目的形形色色。走過一哩路，我的靴子踩著一地的紅色、橙色、紫色的花朵。我的呼吸跟隨著腳步的節奏。此時一陣冷靜降臨於我，使我的感覺更為敏銳，卻又同時將我帶離它們。我的心，很自由。

想像——以具有遠見的想像力去看，並改變焦點——這就是關鍵！我重新研究那一大片野花，那沿著侵蝕不斷的路線流動的河水，那積雪的山巔，以及它們自然而然在草原上協調出來這壯觀的美景。隨機的事件，例如一個乾冷的冬天或一次洪水，就可能改變這景色的種種樣貌，但在活著的生物與元素之間，總能同步結合而創造出天然的平衡：河流雕刻出新的河岸，老樹會凋零，新樹將在環境改善的時候萌芽成長。

我看見股票市值的問題，引申出來，不確定的前景好似快速流過的水，其意涵則是，投資人正如山谷裏的野花，探求著國際資本的水分的滋養。天啟之中，我欲尋找的新觀點驟然浮現。這不算運氣或意外，因為我為了這個時刻，已準備好了智識的根基。得要一點想像力才能突破，將它釋放出來。

「咿呀！」我跳起來大叫著。「咿呀！」

我迅速拿出隨身帶著的紙筆，開始寫下可以表現這些見解的公式。

*　　*　　*

我哼唱著進城去，急著和茱莉亞分享我乍現的靈光。一分鐘不到我又回到車裏。

「沒有人接。」我說。

「和昨天一樣。」斯密回道。

為什麼茱莉亞沒有遵守我們的約定？我的狂喜開始發酵成焦慮。等我們回到小木屋，憂慮已經長成驚慌。為了斯密，我沒表現出來。我該怎麼辦？無論如何，還是得等到早上。

我花了一個小時在電腦上，輸入我構思而成的公式，然後關機，將它擱在一旁。過去幾個星期裏，斯密和我在哲學領域裏悠遊許久，因此那天晚上最重要的工作，就是將它的實際意義萃取出來。我還記得第一次我們在茱莉亞的客廳裏談話，斯密提到蠟燭的燭芯和蠟油需要氧氣才能燃燒，正如經濟需要人類的互動才能成為一個社會，就是一種「同情」創造了道德行為的基礎。那時候我還無法想像那和我、和經濟或商業有什麼相關。如今它卻成為一條生命線，將我們導向更好、更富足的生活方式。

經濟學是一門權威的學科，有能力為這世界的匱乏問題找出具有說服力的課題，以及我們可以選擇的處理方案。有一些領域的學生及政治家多少有些先入為主的觀念，那些觀念有時不合邏輯，而且往往很混亂，而「經濟學的思考方式」就可以突破這些偏見。我毫不懷疑我們的世界已經變得更為富足，選擇也更為清晰，這是因為我所選擇的這個領域提供了許多真知灼見。然而斯密給我的挑戰是，去思考這門學問是否已經盡了全力。現代經濟理論展現了邏輯上的優雅，但它們是否在社會與道德上，提出了它們彼此間的關聯？此外，主流的經濟學似乎不要求任何個人的改變與轉化，也不會去肯定、去鼓勵或激發任何人去關心他人的福祉。

相對地，斯密的古典觀念提供的洞見，讓人們明白如何取得較多物質上的舒適，但他並不相信這些可以帶來幸福。對於大多數的人來說，幸福是來自內在的成長與轉化，來自與他人的關係漸入佳境，並用上我們與生俱來的道德想像力。這是通往心境平和與幸福的道路。答案是**成為**，而非**擁有**。這個訊息的轉化力量不同凡響，卻不是一條容易走的路。它需要有新的思維、新的行動與生活方式。

那天晚上的散步時間，我向斯密提出這個問題。在距離小木屋四分之一哩的地方，我們由瑞斯帶路，他的鼻子嗅著地面，一邊努力走過已經被鹿踩得很寬的小徑。月亮在我們身前照出了影子。

「我一直很努力想要了解你所謂的人類的良知。」我對斯密說。

他不假思索便回答了，彷彿那是他腦袋裏最重要的事。「良知是一種心念能力，使人能夠判斷自己的行為，並運用責任感自我調整，讓自己的行為符合道德標準。」

「但我們在大索爾的那段對話始終沒有完結，」我說。「一般人的意見有可能帶著種族歧視或很無知，或者可能只是反映出一種烏合之眾的歇斯底里心態——就像在杜蘭戈發生的事一樣。良知如何能超脫於這些意見？」

「你的道德標準有一部分是社會化的產物，」斯密說道。「但你的想像力讓你可以跨越這個局部、偏狹的思維。」

我們來到了我們常來休息遠眺山谷的峭壁。冷冽的空氣裏，山谷一片闃寂。斯密坐在一塊木頭上，轉身面對著我。

「有一個我那個時代不幸福的例子，」他說。「在我們北美的殖民地叛變之前，英國獨占了馬里蘭和維吉尼亞的菸草貿易。菸草是全球性的大生意，就和你們的製藥業一樣地蓬勃。格拉斯哥，也就是我教書的那個地方，是個日益繁榮的港口，殖民地的菸草也就是透過這個地方流進來，我的鄰居靠它就可以賺大錢。如果我也同意那些在商場上的朋友的看法，我就會因為那樣的財富而感到欣喜。」❷

斯密深深嘆了口氣。「但那是非洲黑奴的工作成果。而奴隸是一種極惡劣的制度，販賣男人女人和小孩，就像成群的牛隻一樣，給出價最高的人！雖然我自己從來不是任何人的奴隸，卻很能想像它所造成的不公平，是何等黑暗沉重。即使它為某些人製造了龐大的財富，我卻以道德和經濟為基礎，抨擊這種制度。因此，即使民意是無知、偏頗而扭曲的，公正的旁觀者也不應受到這些缺點的限制。」❸

斯密更詳細說明。「即使如此，在被熱情征服的當下，你的旁觀者也不見得具備應有的公正與冷靜判斷的能力。這就是為什麼經驗有助於提升道德通則，也因此並不是每一個狀況都得仰賴公正的旁觀者。」

「道德規則是根據傳統而來的，」我反駁道：「而人類的傳統智慧就可以讓一些嚴重的錯誤無所遁形。」

「沒錯，大智大慧的大自然作家（Author of Nature）讓人成為人類的直接判官，」❹斯密說道：「但是要記得——總是有一個高於傳統的較高的審判當局，一個來世的判官。」他站了起來，走到森林邊緣，兩手交握在背後，看似無比的淵博。

「你的意思是？」我問。

「你見過偉大的伏爾泰，所以你會懂得欣賞他的妙語：『假如上帝不存在，就得去發明一個。』」❺斯密微笑著。「因此在許多情況下，我們此生的幸福都要依賴一個卑微的希望與期待，希望來世人人都可以受到絕對公平的對待。這種希望與期待是根植在人性之中的。❻

「但是即使在地球上，」斯密繼續說道：「只要我們依據自己的道德規範來行動，就等於是在用最有效的方法來提升人類的幸福，因此就某個層面來看，也是在與神合作，推展神的計畫。」❼

「我沒聽你談過你的信仰。」我說。

「你不會太容易看到我的宗教信仰，」他淺笑著回答。「我想別人會以為我是自然神教的信仰者——就像你們的英雄華盛頓、傑佛遜和富蘭克林——相信上帝創造宇宙及其律法，而我們則必須用我們的心靈去發現它們。我們用理性判斷自己的行動在未來會產生的後果❽，可以事先看到好處或壞處，哪一個比較可能發生。理性幫助我們運用自制力，去禁制眼前的歡愉或忍受眼前的痛苦，以取得未來更大的歡愉或避免更大的痛苦。這兩種特質的結合——理性與自制力——就構成了謹慎的情操。」

我正打算插嘴，他卻制止了我。

「現在聽我說。謹慎（prudence），你若將它導向你自己的財富或聲望，就算不上是寶貴或高尚的情操。❾這種狹隘的謹慎或許可以讓你變得富有，但真理與正義卻不會因為你的景況富裕而歡慶。」❿斯密從地上拾起一些卵石，不經意地搖晃著它們，每當他在尋找正確的字眼時，就會出現這種熟悉的動作。

我們聽見百呎之外的森林裏，有一隻鹿在走動的劈啪聲，或者是一匹狼，正在行經牠的小徑。瑞斯的耳朵豎了起來，發出一聲低吼。我們靜止不動，但是片刻之後黑夜又籠罩我們，除了樹梢的一絲風聲颯颯。明晃晃的月亮在頭頂上，這個孤寂單純又令人心醉的地方。

斯密繼續他的主題：「而且，我是說，有一種更高等的謹慎，其中包含著睿智與英明行為，導向較大與較高貴的目標，而不只是我們自己的需求。更高等的謹慎是前述狹隘的謹慎結合了較偉大而高尚的情操：以熱情，以廣闊的博愛，毫不動搖地關心正義的律法，帶著適度的自制。」

「你是在形容你自己，是嗎？」

他沒聽見我的話。「它需要的是臻於完美的智識與道德情操。我告訴你，**更高等的謹慎**

是最靈光的腦袋加上最善良的心。」[11]

我覺得喉頭哽住了。斯密這傢伙不是一個只會說些諷刺話和陳腔濫調的人，他是一個將道德架構生活化的創造者：不只是現代的經濟學之「父」，還是個養育之「母」——一個聰明、實用智識的來源，而且還有更高的——智慧。我沉思著，明年秋天我的課程將有多大的不同，因為我將用上斯密的整體觀點，而不只是切割後的四肢——那隻看不見的手。

我的冥想被另一陣沙沙聲打斷，這回是來自斯密正後方的樹叢。瑞斯發出一聲低吼。樹枝微微移動，一個陰暗的身影從林間出現。霎時，我想像著那是一隻熊。然而踏進月光裏的是馬克斯．海思，拿著一把槍對著我們！

我張著嘴卻發不出聲音。斯密對這騷動充耳不聞，繼續自言自語。「要為完美的智慧與完美的操守奮鬥——」[12]

海思從背後襲擊斯密，將他打倒在地。

「智慧——哈！」海思說道，此刻用武器指著我。

瑞斯從六呎外的地方跳過來，爬上海思向外伸出的手。槍聲讓瑞斯滾進樹叢裏。牠低鳴著，海思朝牠的方向又開一槍。

「王八蛋！」我吼叫著，衝向倒地的斯密。他還活著，呼吸很淺。

「快起來！」海思吼著。

我將斯密輕輕扶起，撐住他的腋下，他的腳跟拖著地面。海思尾隨在後，槍口始終對著我的肚子。海思的另一隻手拿著我的手提電腦，那一定是他在跟蹤我們來這裏之前，從小木屋裏拿的。

我們掙扎著爬上陡峭的山坡，到山另一頭的一個山洞裏。到處都是露營區的標誌，顯示海思把這裏當成他的住所。月光下，我看見一輛白色廂型車停在附近的一條林業道上，上頭有低垂的樹枝覆蓋著，以掩人耳目。他換車了，當然。真是該死！我太鬆懈，以為我們逃到內華達州，海思就絕對找不到我們。

「你怎麼找到我們的？」

「閉嘴！」海思在我背後打了一拳，將我拋進洞裏。他隨後跟進，擰著斯密的夾克領子，將他拖了進來。裏頭濕冷陰暗，我落在爛泥巴裏，還可以感覺到水滴落在我疼痛的背上。在我身邊，可以聽見斯密呼吸困難的聲音。月光透進來，足夠讓我看到海思的身影在我們上方，武器還在他手裏。重演一次芝加哥歌劇院門口的那場格鬥，我知道他在打鬥之中，可以速度又快又狠。以我目前的狀況，幾乎不可能擺平他的。我以手肘撐起身子，正打算坐起來，有隻靴子踩在我的胸口，讓我重新躺平。

海思佔了上風之後，便在我們對面蹲下，背靠著山壁。他的兩眼發出精光，似乎隨時打算一躍而起。半晌之後，他拿起我的手提電腦。他打開電源開關，等著開機。自從我的博士論文草稿被偷之後，我總是將檔案資料加密處理；在海思拿槍對著我的此刻，密碼也沒用了。他毫無困難地翻遍我的資料夾，找到我那天完成的新公式。他滿意地咕噥一聲，退出程式。

他接著開始將我的硬碟重新格式化！

我驚駭地瞪著他。他並不想偷我的公式，而是要洗掉它的每一道痕跡。海思看見我的表情。「是的，你的公式不久就會消失，你也一樣。」

「別人也跟我一樣，會發現它的，」我說。「你無法阻止所有的人。」

「我沒必要那麼做。」

電腦停止運轉，海思將它丟在一旁。

他輕聲低語，然後逐漸增加強度和音量。他說，不公正的社會上到處都是濤天的罪惡。西方的「文明」在資本主義的祭壇上禱告，它的宗教偶像就是**全能的美元**。人民都只是傀儡，讓百元大鈔上班傑明．富蘭克林那隻看不見的手推來盪去。金錢可以用來壓制言論思想，讓每個人順服於一個過度發展的商業世界，褻瀆原來神聖的一切。海思一路吟唱著，我瞥了斯密一眼：血從他背後的傷口裏湧出來。

「我拒絕再玩這場遊戲，結果你的朋友，那位偉大的『賴堤瑪博士』卻因此而攻擊我。」海思說。「當我談到切．格瓦拉和玻利維亞的人民所遭受的苦難，那偉大的教授聽進去了嗎？他學到了嗎？他有沒有試著去幫助那些無助的人？沒有——他只是毀了我的獎學金。我還來不及知道，就已經變成遊民了。」

「你倒很會扮演受害者的角色，」我發覺自己在這麼不利的情況下，竟然還為賴提瑪辯護。「還有很多其他的研究所課程；有其他你可以畢生追求的東西。」

「閉嘴！」

顯然海思是想殺了我們，但是他在瘋狂之中，似乎還是想把原因先講清楚。接下來一整夜，我們都在聽著海思謾罵全球化，說跨國企業如何邪惡，以及世界貿易組織做了些什麼勾當。一群蝙蝠在屋頂上吱喳叫著，地下水穩定滴落的聲音，構成背景聲響的和鳴。海思終於安靜了。

「如果你想殺了我們，至少告訴我，你是怎麼發現斯密的。」我問。

「找到你真是我走運，」他說。「你是天上掉下來的禮物。我正在幫POP找細胞成員，用了一些其他友善團體的名單。雖然大學裏傾全力要排除馬克思主義者，還是留下一些金礦……像是，那個專長是國際關係的韋恩．布朗博士？」

我壓住了一聲咒罵。

「是的，」他繼續說道：「我去赫斯特學院找他加入POP。我在走向他的辦公室途中，你能猜到是誰把我嚇了一跳嗎？是你！——走得好專心，看也沒看你要去什麼地方。我立刻認出你，因為我在華盛頓的艾伯特燒烤小館，看過你和賴提瑪在一塊。多棒的機會，因此我跟隨你進了圖書館。你忘了消除電腦上的螢幕，所以我看到你在找的那本斯密寫的書名。」

我想起他就是那個在圖書館問起我的「以前的學生」。

「我這年輕的長相很好用，」他說。「一個星期之後，你的朋友布朗博士打電話給我，談到你和這位不太有趣的『斯麥』博士要到教職員俱樂部共進午餐。就像我說的，你們都是天上掉下來的禮物。」

「那個王八蛋。」我說。

「哦，別這麼刻薄。我們從來沒讓他知道有關你和斯密先生的計畫。至於你呢？你把你的博士論文草稿丟在資源回收桶裏，好讓我找到它們？真是個白痴。」

他說得對。我真是個磚頭腦袋，以為自己那平靜的菲德堡是個象牙塔，和「真實」世界的政治與跨國團體是絕緣的。我們唯一的生存機會就是讓海思繼續講話，讓他累倒，讓我們逮到能夠扳倒他的機會。

「你怎麼在這裏找到我們的？」我說。

這回海思沒打我，不像我第一次問他時。他靠後坐著，兩眼晶亮的望著，不洩露一點訊息。最後他說：「我在內華達州報紙的頭條新聞看到你和你女友的照片。但是等我到了那裏，那個線索已經太舊了。不過，我還是知道你會去參加世化公司在舊金山舉行的會議——你把它寫在另一張紙上，都在回收桶裏。」

我又一次畏縮了。

「我還把你丟掉的介紹幽勝美地小木屋的小冊子留下來，雖然當時並不知道它的重要性。我到了西岸，猜想你一定也去了。我們在東岸的人很警覺，他們看著等著。然後……我們的運氣來了。」他住口微笑著。「你的女友開始每天晚上到鄰居家去，我們心想，為什麼？很奇怪，不是嗎？她一直在烤麵包，老是缺麵粉？」

心底又是一聲咒罵。我真蠢，讓哈洛和茱莉亞冒著生命的危險，而其實我可以帶他們到波士頓，賴提瑪提供的安全處所去。我拒絕了，因為我自私地只想遠離賴提瑪而獨立。

茱莉亞——她沒事吧？

海思似乎直覺到我的憂慮。「你女朋友，她長得可真漂亮。」

憤怒使我失去判斷力。我不在乎海思是否殺了我，只要我可以先讓他受傷。我全身緊繃，準備一躍而起。海思迅速站起來，舉槍對著我。「你反正很快就要死了。」

我的怒氣散去，海思說：「你和女友的某一次電話相會之後，我們的一位聰明的成員進入鄰居的房子，偷了一個東西——那支無線電話。在院子裏，他撥*69，回撥剛才接過的電話號碼。好一個驚喜！有個人在幽勝美地的一個公共電話亭接電話了。」

海思玩得很高興。「然後，我終於想起你丟掉的那個小木屋的介紹冊子。我早該追蹤這個線索了；我可以提早一半時間找到你。所以我來到這裏，在鎮上等著，直到你出現，就像火車一樣準時。」

我低下頭。海思說：「我來給你一些忠告，這反正對你也沒什麼好處了，不過在這一行，要說到做到，你就非死不可。你得做些人們無法意料的事，你必須嚴格規定自己，不能有重複的動作。這樣，你才無法被分析被預測。這也就是為什麼中情局、聯邦調查局跟國際刑警隊始終抓不到我。並不是因為那些王八蛋沒試過。」

* * *

天快亮了。

「你為什麼要相信哈洛是真正的亞當．斯密？」我指指那個俯臥著的身影。「他是個有妄想症的老人。如果非要殺我不可，請便，但是請放了他吧。」

海思疲倦地望著我。我想要衝過去搶他的槍，但他一直很小心。最後他說：「你忘了我受過經濟學的訓練，它讓我可以戳破你的謊言。如果他不是真的斯密，你不會浪費時間去陪著他，也不會願意用自己的死來交換他的生命。你自己的行動透露了他的價值。」

我得做點什麼事，任何事都好，好保住斯密的性命。「但是他被誤解了，」我說。「斯密並不只是宣揚利潤而犧牲一些可憐人。你自己去讀讀他寫的！我的小木屋裏有他的書。」

「我讀過斯密的書，」海思嘆口氣。「顯然他並不贊成不應得的高利潤。」

我張大了嘴。「如果你知道……」

我再度看著海思那張孩子氣的臉，剎那間他卻像老了二十歲。我的問題一定讓他解除了戒心，因為他換了位置，低下頭。那個片刻我看見他身後的洞口：一個身影蹤伏在那裏！

「如果我可以再早一點讀到亞當．斯密的作品，」海思終於問道：「結果可能如何呢？斯密是個了解這個世界的人，他也了解住在這個世界裏的真正的居民是什麼樣子。在他身上——包含了所有POP關心的事。」

「你喜歡亞當．斯密？」我如入五里霧中。

海思的嘴扭曲成一抹冷笑。「是的，斯密並不是為了企業界而提倡資本主義，而是為人民倡議商業活動。這些我現在都懂了，只不過是在很意外的情況下。當我唸研究所想要尋找答案時，只是被逼著去背些乏味的跟效率有關的公式，它們根本幫不了窮人一點忙。今天這門學科似乎已經被一些技術官僚霸佔著——一堆沒有良知的數學家。」⓭

「而你的反應，」我憤怒地說：「就只是去仇恨，去推翻，去殺人？何不努力去做一些改善？」

始終昏迷著的斯密，此刻開始有了動靜。我用眼睛的餘光看著蹤伏在洞口的身影，開始在洞裏的聲響掩護下，緩緩向前移動，那個身影在海思背後一碼的地方停下。是茱莉亞！

我對海思說：「如果你喜歡斯密，那麼你到底為什麼想殺了他？」

「因為那對我來說已經太晚了，」海思回答。「我這個年紀已經不適合重頭來過。一線希望浮現眼前。」「永遠都不會太晚。像POP這樣的組織是由一些動機很強的人發起的，唯一的問題就是教育他們。」

海思笑了，很詭異的笑。「我們這個頭腦簡單、天真的美國人啊！POP現在已經變成一個幌子，一個贗品，一個騙局。對某些人來說，你和這個蘇格蘭人如果死了，價值會高得多。」海思舉起槍對著斯密的頭。

我試著讓聲音保持冷靜，但還是很嘶啞。「誰的幌子？還有誰？」

「俄國黑手黨的工具，」海思說。「俄羅斯鋁業資產的民營化會讓他們之中的一小撮人賺翻了，但是海外的投標者必須被排除。POP已經滲透到民間，鼓動民眾排斥外國的跨國企業，恐嚇那些領導人，讓他們以為如果讓西方國家也來參與競標，就會立即發生政變。因為我和中國共產黨的關係，我最適合去經營POP。這會讓中情局和其他人相信POP的威脅力。」

「但你是切．格瓦拉的信徒啊！」

「過去是。但是連老虎都會長出新的條紋啊。」

「但是為什麼？你很關心窮人的啊！」我說。

「我再也不關心了。」他嘆口氣。「我恨透了貧窮。幾個月之後，我就會非常有錢，可以消失到峇里島去享受餘生。只要我盡我的責任，讓俄羅斯的鋁業可以免於受到海外競爭。我和你沒有太大的不同，不是嗎？唯一的不同是，你會去舔賴提瑪的靴子。」

斯密醒來，顯然很痛苦地緩緩說道：「有自由並不表示有『競爭』。」

「沒錯，」海思說道。「鋁業被壟斷之後，竊賊可以治國，財富無限。同樣的老掉牙故事，不是嗎？」

他扣動槍上的板機。「政府裏有些友善的面孔，」他說：「而且國際併購者讓許多公司重新擁有市場力量，這是他們在剛開放自由貿易時失去的，這時候沒有人會想要斯密去高聲反對他們。」

海思抓緊了槍。我挖空心思，想找點東西來說，或找點事來做。但是太遲了。

海思扣緊板機。

24 說再見的時刻

子彈在洞穴裏亂竄。斯密在海思開火時朝他撞了過去，一手抓住槍身。我跳向海思，死命掐住他的喉嚨。海思比較強壯靈活，兩下子就甩掉我們兩個。他抓起槍，指著斯密，打算再度開槍，這時他背後的茱莉亞一躍向前，用一顆石頭擊中他的太陽穴。槍掉到黑暗的洞裏，海思趴倒在地。

我在一陣暈眩中，感覺到茱莉亞抱著我，然後她轉向哈洛。

「他的肚子被槍打到了。」她說。血從傷口湧出來。

我們把他扶到山下，找到旅行車，輕輕將他舉起，放進後座。茱莉亞爬到他身邊，用一塊手帕幫他止血。一時間我猶豫不決，想回到洞裏將海思綁起來。但這幾分鐘就可能讓斯密送命。結果我決定爬上駕駛座，在旋風般的沙塵之中啟程。

茱莉亞雖然壓住斯密的傷口，血還是流到了後座。他還清醒著，但是已經奄奄一息，旅行車猛烈的震動使得情況更加惡化。

他的喉頭發出聲音。「留好錄音帶。」他啞著聲音說。我們的速度驚人，拼了命衝下山路。數百磅的露營裝備就像一團麵條，遠遠地擠在車廂後頭。

「錄音帶。」他說著，閉上眼睛。

「忘了那些該死的錄音帶！」我吼叫著。從照後鏡裏，我看見黎明的朝霞之中，一輛冒著煙的白色廂型車在我們後面一哩處。我的老旅行車已經盡了全力，但在這樣的山區，實在力有未逮。

「還有，」斯密低聲說著。

然後他頭垂下來。這是他的最後一句話。

「該死！」我的眼裏都是淚。我撞著方向盤。「真他媽的該死！」

白色廂型車快速趕上。才一分鐘就追上我們。海思開始與我們並行，幸運的是，一輛小卡車出現在前方彎道，閃著車燈，按著喇叭。海思撤退，我暫時鬆了一口氣。

海思的車再度越過黃線衝了過來。這回沒別的車子來阻止他靠近。距離半部車的時候，我猛的將方向盤朝左打，想從側面撞他。他及時踩剎車，以免被撞下懸崖。我左右搖晃，讓海思無法超車，一路險象環生。我不斷交換著急踩油門和急踩剎車，一分鐘左右，就已經聞到焦味。我不常開快車，但是這麼做可以讓海思一直被擋在後頭。

毫無預警地，路變直變寬了。我們全速衝下山谷，花崗岩的山峰拋在後頭。此刻海思有了大量路肩，可以操控車輛到我的側面。他舉起槍，指著我。我們在馬里蘭州的戰鬥重新開演。我踩下剎車，但它已經不靈了。一聲輕微的爆炸，玻璃破碎，金屬撕裂。接下來是一片黑暗。

* * *

我在霧中醒來。很亮，太亮了，有人正用一塊溫熱的布拂著我的臉。身體彷彿懸在空中。我的右眼微開，看見了茱莉亞的微笑。她在我的臉頰上一吻。顯然我已經死去，到了天堂，因為我從未感覺如此美妙。

「他醒了，」有人說：「嗎啡退了。」

我掙扎著要坐起來，發現自己在侷促的醫院病房裏，牆上漆著軍綠色。醫生和護士站在床尾，都穿著制服。

我看著右邊，發覺斯密躺在隔壁床上，手臂上吊著點滴。他說：「也該是時候了，你不能繼續在這裏打混了。」那已經不再是斯密的聲音或口音，而是哈洛。

「有多久……」

「三天了，」茱莉亞說，輕輕拉著我的床單。「你撞車以後，腦震盪，腳也骨折了。哈洛還好；他失血過多，但是幸好子彈沒打到他的腎臟。」

茱莉亞看出我的焦慮。

「馬克斯．海思死了，」她說。「一輛卡車從前面來，沒想到有一輛廂型車會逆向行駛。海思當場死亡。卡車司機沒事，但我想你需要買一部新的旅行車。」茱莉亞輕鬆地做個鬼臉。「還有，你們兩人都用假名住在這個軍事基地。聯邦調查局不想讓POP再有機會對你們下手。」

「可是……妳是怎麼找到我們的？」

「噓——你休息一下吧。」茱莉亞輕聲說。

「妳救了我一命。」我的頭又開始疼起來。

她把我半抱在懷裏。「我打算在畫展結束之後就來找你。然後我的鄰居莎拉的房子遭竊，我知道POP會早我一步找到你。莎拉不敢待在家裏，搬到汽車旅館去了，所以才會沒有人接電話。我也聯絡不上你，所以我就來了。」

她飛到佛瑞斯諾（Fresno），租了車，那天晚上十一點過後到達小木屋。找到我的旅行車，但是小木屋一團混亂，她怕是最壞的情況發生了，於是開始搜索附近的樹林，卻一無所獲。她正打算進城裏去找，卻聽見山邊有狗在低鳴的聲音。

我腦袋裏的霧氣不見了，於是我突然想起來。「是瑞斯？」

她點點頭。「很遺憾，理查。我在路上發現牠時，牠已經快死了；我一直抱著牠，直到牠走了為止。牠盡全力跟隨著你，這表示牠也和我一樣，救了你的命。我找到牠之後，就不難追蹤你們上山的痕跡。」

＊　＊　＊

那天下午，我睡了一覺之後，醒來發現只剩下我和我的同伴。我慢慢移到床邊，扶住欄杆站穩了。我將重心放在沒事的右腳，小心翼翼地跳到另一張床邊，小心避開點滴架和它旁邊許多的裝置。我坐上一張椅子，將裹石膏的左腳架在一個軟墊上，看著另一張床上躺著的，我如此依賴的人。

「我們最後一天晚上在小木屋裏，你說了一些話，」我說。「你說：『有一個高於傳統的較高審判當局，也就是來世的判官。』我一直在想這件事。」

「我從來沒說過這個話！」

那是哈洛的聲音。他睜大了眼睛望著我。「如果你是在和斯密那傢伙說話，他已經走了。我三天前在這裏醒來之後，就沒再夢見他，也沒再聽見他的聲音。除了我的肚子痛得厲害之外，我覺得好極了。」

他們說壓力會讓人做些奇怪的事。我低下頭，潸然淚下。過了一會兒，哈洛伸過手來，拍拍我的肩膀。

25 世化公司

世化公司的總部在舊金山國際會議中心北邊，相隔一個街區，距離該公司的舊實驗室也才四分之一哩。在二次大戰世化公司的創始期間，那個實驗室是個物料供給處。如今那裏已成為公司的博物館，舉行一些特別活動，例如今天的董事會。國際會議中心的國際貿易高峰會正如火如荼地展開，因此要來到這裏並不容易。出席的有數千名官方代表，包括四十國的元首、國際貨幣基金的領導人、世界銀行、世界貿易組織，還有若干跨國企業的總裁。❶

除此之外，兩萬名示威群眾佔據了市區，在街上漫遊著，晚上睡在公園裏。和平的示威群眾舉著標語，沿路唱歌，極端分子則由刺耳的樂團領軍，用辱罵與號角和警方對峙，雙方壁壘分明。示威的旗幟在細雨中飄揚，就在警方的白色交通路障上方。警察穿著黑色鎮暴裝備，在每一個角落巡邏，但是有組織的示威者人數超過警方，他們試著圍出一道人牆，阻止與會代表進入。

城市的另一端，有個非政府組織聯盟安排了一個反高峰會，細數全球化的潛在成本——

失去本土文化，雨林消失，社會兩極化為極貧和極富。縱使自由貿易可以創造的贏家多於輸家，這個事實卻無法撫平輸家所受的傷害，因此這些團體決定站出來。

我進入一輛由世化公司提供的黑色加長轎車，覺得自己像是突破聯合陣線。賴提瑪正在等我，在座的還有幾位董事會成員。

「嘿，伯恩斯，你趕上了！」賴提瑪說。「我一點都不擔心。」

其實他的臉看起來像是一個星期沒睡覺。

「昨天之前你應該打個電話的，」他悄聲說，口氣帶著一點責備。「全天下的人都在找你。」

我微笑，卻沒有表示歉意。

其他人都透過毛玻璃看著窗外的示威群眾拿著旗幟，賴提瑪又對我耳語。「伯恩斯，最好表現得好一點。我可是到處在幫你擦屁股咧。」

加長型轎車的車牌上標明是「官方」車輛，因此我們輕鬆通過警方的檢查哨。但是在群眾眼中，一輛黑色的加長車就是他們的目標，他們即刻打開背包，用蕃茄和生雞蛋丟我們。兩個巡邏騎警迅速將他們驅離。

「蠢蛋，」賴提瑪喃喃唸著。「怪罪國際貨幣基金帶來貧窮，就像在怪罪紅十字會帶來戰爭一樣！」❷

* * *

世化公司的執行董事會有四十個席位，隨著會議時間將近，只有少數椅子還空著。觀眾席上有若干薩繆森委員會的成員，包括蘇珊·米契爾。我左手緊抓著報告，右手則是緊張地用手杖敲打著腿上的石膏。

資深副總裁米爾敦·瓊斯站在講台上，為這場會議揭開序幕。

「相信大家都知道羅伯·賴提瑪在提倡全球化自由市場方面的卓越表現。我要請他上來介紹今天的主講人。」

賴提瑪在全場的掌聲中大步走到麥克風前。顯然這些大頭不只是來聽我演講，還要來見他。獲得亞當斯密經濟學講座的人，周遭總有名人圍繞，就連那些習慣於媒體關注的商業鉅子，都會震懾於這樣的吸引力。

「各位女士先生，」賴提瑪以他六呎二吋的身形俯瞰著大家：「自由的市場可以轉化這個世界，可以讓數十億人解脫他們的桎梏。這種情形越早發生越好。許多國家都在聆聽，的確，這是個重要時刻。鐵幕已經落下——一個新的千禧年從此開始！」

又一波掌聲。賴提瑪指指台上的我。「在這個變化的時代，我這位高材生構思的模型，是一個可以用來分析資產市場風險的方法。我相信你們尤其感興趣的，是它能如何應用在俄羅斯的鋁製品業。不用再多介紹了，理查．伯恩斯。」

「各位女士先生……」我的聲音吱嘎作響。我感覺壓力很大，但是心境也很平和。我覺得從我口中冒出來的，不只是一個智識的陳述，我打心底覺得合理，多少年來，這是第一次有這種感覺。

「賴提瑪教授對經濟學有傑出的貢獻，我們都欠他很多。他打了一場規模驚人的仗，極力反對浪費，反對缺乏效率，以及反對政府的壓抑，而政府卻控制著我們生命的每一個層面。在一個新世界裏，倡議自由的人的確可以活得神采飛揚。無疑地，穩定總體經濟，將企業從嚴重腐敗的官僚制度之中解放，將政府經營的企業民營化——也就是眾所周知的『穩定化—自由化—私有化』——這一切往往能得到各界的肯定。」

現場有人發出會心的微笑。

「然而……」他們的微笑消失了：「……然而這個方法或許有些重要的疏漏。它提供了某些永續發展的必要條件，卻不見得是充分條件。要從一個極端——也就是經濟獨裁，如我們在前蘇聯所見到的——到另一個極端無政府的『牛仔型』資本主義——而沒有預先灑下法治的沃土——那麼要導向永續的成功是很有疑問的。市場是達成目標的方法，而不是目標本身。」

聽眾發出一陣關切的嗡嗡聲。我看見蘇珊．米契爾在筆記本上寫個不停。我的心跳得好快，汗水溼了我的襯衫。

「我喜歡台上台下有點互動，」我說，「有問題的話——請發問。」我退開麥克風的位置，找條手帕。

第二排的一名男士舉手。他有個雙下巴，聲音低沉和善。「能否說明你剛才那一番話的實際意涵？」

「當然，當然。」我走回麥克風。「一百年前，美國的經濟和世界經濟的結合比今天還要緊密，或許大家聽到這個會覺得很驚訝。不過我們以前的商品貿易比較自由，勞工的移入限制較少，資本可以毫無限制地尋求它的報酬。❸然後發生了什麼事呢？二十世紀前半，地球受到兩次世界大戰的圍困，還有一次嚴重的經濟大蕭條。五十年的政治鬥爭之後，世界經濟才重新開啟到今天的地步。」

聽者之中，有少數幾人在點頭，從他們的容貌看來大約是五六十歲的人。大多數較年輕的臉孔都好奇地望著我。

我再次進逼。「孤立主義可能再起——而且其實已經出現——看看窗外就曉得！」

雖然有著重重簾幕的隔音效果，還是可以聽見街頭抗議者的口號聲，刺耳的號角聲，還有警笛的哀鳴。

「假如下一個世代，認為這家公司——還有我們通常說的全球資本主義，」我繼續說道：「是經濟問題的一部分，而不是經濟問題的解決方案，他們就會重新尋找答案。這也就是為什麼，我們自己必須及早將焦點放在一些根本問題上，它們可以讓全球資本主義在一個文明社會裏獲得支撐，並存續下去。」想起斯密所教誨的「較高等的謹慎」，我附帶說道：「任何我們提供給下一代的答案，必須同時滿足他們的心靈與大腦。」

世化公司的副總裁打岔說：「這和你開發的公式有什麼相關？」

我看著他。「瓊斯先生，資本主義進入英格蘭之前，那個國家已經為了司法正義打過許多次戰爭。他們的成果就是大憲章（Magna Carta）和英國權利法案（British Bill of Rights）。[4] 在今天這放縱的開發中市場裏——也就是你們今天要去開發經營的地方——他們用來保障司法、促進道德情操的制度在哪裏？想想這些不同點：在美國，我們擁有足可信賴的法庭與法律。我們最成功的大企業家——卡內基、洛克斐勒、杜克——會捐贈學校、圖書館和基金會，回饋給未來的世代。除此之外，我們還有成千上萬的人民團體、非營利機構，例如男女童子軍、教會、慈善機構與社區協會，全都是為了讓社會能多多關注一些除了我們自己以外的，更偉大的事物——全都是為了提倡符合道德要求的目標。」

大廳裏，有些人的臉色鐵青。賴提瑪看起來像是剛從指甲根裏拔出一根肉刺一樣。

「我相信我們這個豐足的社會，是來自於我們有些殘存的道德情操，」我繼續說道。「這是我們先祖的餘蔭，不亞於我們的工廠與學校。我們要將它揮霍殆盡，而不去重新補足嗎？」

後排有名男士站了起來。「我在這裏代表小股東，坦白說，我對這些哲學理論並不感興趣；我們在這裏是為了賺錢。」

「你們當然應該賺錢！」我說。「但是美國企業是在紀律力量的控制之下，而且我們擁有許多具有平衡作用的社會與制度架構，這些我們視為理所當然，但許多其他的社會缺乏這些。一個比較完整的開發模型應該是**J-S-L-P**（法治—穩定—自由—私有），以法治為先決條件，做為接下來的經濟效率改革的基石——也就是穩定化、自由化與市場私有化。」

副總裁瓊斯走近講台。「伯恩斯先生，我可以向你，以及在座的諸位女士先生保證，世化公司致力於全世界最高標準的行為準則。沒錯，過去曾經有人指責我們不夠用心……我們都一樣會犯錯的。但是今天，比方說，我們完全配合職場平權協會（WFCA）針對人權，以及我們在世界各地的環境標準的監管。」

副總裁瓊斯與賴堤瑪心意相通地對看一眼，我想起早上開進會場時見到的抗議旗幟。當時我看不懂它們的意思，但現在它們的相關意義出現了：「職場平權協會是業界煙幕」（Workplace Fair Rights Association an Industry Smokescreen），還有「WFCA是贋品」。❺

副總裁瓊斯繼續說道：「然而，本公司不能，也無法成為一個全球性的警力。我們在太多不同的市場裏營運，每一個國家的企業行為都有不同的標準和法律。」

聽眾開始騷動不安。我回到麥克風。「如副總裁瓊斯所說，要每一個國家擁有相同的環保或勞動標準是沒什麼道理的——這麼想是忽略了當地的喜好，因為他們對桌上食物的重視，也許高於其他價值。同樣地，如果我們認為在新德里的薪資應該要和紐約相等，那也是沒有根據的，除非人力資本、實質的基礎建設和其他條件都相同。」

大廳裏許多人在點頭，也安靜下來。我從口袋裏取出一張卡片。「容我唸一段兩百年前的文字，它談的是競爭的本質。亞當・斯密說：

在財富與榮譽的競逐之中……為了超越所有的競爭對手，他可能盡全力地跑，拉緊每一條神經與肌肉。但是他如果推擠衝撞，或是絆倒任何人，旁觀者的寬容就到此為止。這是違反了公平競爭，他們無法認可……冒犯者就會成為他們痛恨與唾棄的對象。❻

我打起精神繼續說下去。「任何跨國公司，如果單單根據海外最低的標準來運作，也許很快就會發現它失去了旁觀者——消費者、工人、甚至股東——的寬容，而引發他們的痛恨與唾棄。這家公司會從兩方面損失利潤。」

我擦擦臉。整個大廳非常地安靜。「首先，亞當・斯密提倡的市場是，消費者才是王，而非企業。由於電子通訊的進展，消費者越來越能夠運用自己的道德想像力——在世界各地漫遊，質疑產品生產地的環境或勞動標準——透過他們購買和拒買的東西，運用他們的力量去改變世界。」

「這是勒索，」前排的副總裁喃喃地說。「我們參加那些非政府組織的認證活動，只是為了讓那些消費者團體不來盯我們。」

我繼續說：「其次，勞動標準低劣的公司，或許會失去藉由提高生產力，而賺取較高利潤的機會。」我將《國富論》裏的一個段落用自己的話表達，想像著斯密正在微笑：「斯密說，勞工的酬勞若是豐厚，就可以增加一般人的工作動機：相對於薪資很低的情況，他們會比較積極、勤奮而敏捷。」❼

我還可以在心裏看見彼得的公司裏，那些全心奉獻而充滿創意的員工，以及非金錢獎賞的效果——覺得自己在工作上值得讚賞。我環視全場：有些全神貫注的臉龐，有些甚至點頭表示嘉許。

「對於許多參與世化公司海外往來的人士，這些對你們來說都不是新鮮事，」我說。「雖然總是有些爛蘋果，但是大多數大型的跨國公司付給海外勞工的薪水，都比他們本國公司勞工來得多，也會高於當地的薪資水準。跨國公司有這樣的潛力，可以改善世界各地上億人的生活。」

聽眾發出一陣贊同的嗡嗡聲，於是我更大聲地說：「然而，為了完成他們的使命，這些公司會忍受勞動與環保的法規，雖然他們往往覺得這些法規累贅而沒有必要。我們知道有許多這類規則的存在，都是為了圖利官僚，或是為少數人提供一些不公平的優勢——這些當然都應該被廢除。」這句話引來一些零星的掌聲。

「不過……情況並不都是如此，」我說。「想想這點：如果我們還依賴奴工，美國還會是個這麼充滿活力的經濟體嗎？事實上，那難道不是一種難忍的負擔嗎？十歲大的孩子如果不是在做學校的功課，而是在礦坑或磨坊工作，情況將是如何？如果女人還被禁止從事某些工作呢？法律規定不允許這些狀況的存在，難道它不是改善了我們心的資本，也改善了社會整體嗎？每一個世代都必須為正義而努力奮戰，以決定競爭的規則——這就是公平競爭的傳統。」

我更進一步強調：「因此有些規則是為了社會長期的好處，讓資本主義更能維持長久，也能維持未來世代的生命力。」❽我彷彿見到蒙特利水族館的海獺，從幾近滅絕，到因為國際禁獵令的執行而得到保存，牠們的生存嚴重影響到海洋漁獲的維持。「為了形成改變，就必須有些道德上的想像力，」我說：「而商業利益向來堅決反對任何改變。然而，假如資本主義與自由的火把要能夠傳遞給下一代——傳遞給這棟大樓外頭的示威群眾和全球各地的其他人——就非得有所改變不可。每一個世代都有它的挑戰，我們必須思考、行動、更新。」❾

從大廳後方，那位自命為小股東發言人的男士又打岔了。「我還是想知道，」他大聲說：「俄羅斯鋁業在兩年之後的價值會是多少。」

「好的。」我嘆口氣，拿出電腦操控裝置。「各位女士先生，公式在此。」

燈光轉暗，我按開控制台。我用十張投影片說明我的博士論文重點。「也許你們不懂得這些數學，」我說：「不過結果很清楚。」最後一張投影片是粗體字，是我的模型公式簡化的結果。現場群眾寂靜無聲地研究著。

「真奇妙，」前排的一位女士說道，有人介紹她是個財務分析師。「那是杜賓的Q理論（Tobin's q-theory）❿，經過變形。」

「太棒了。」另一個人說。

「太漂亮了！」還有人驚呼。

有些零零星星的掌聲。「謝謝你們，」我說。「這道公式是個有趣的腦力練習，而且相當漂亮。但是裏頭的智慧很少。只根據這些計算結果，而進行一個長期計畫，這恐怕會流於有勇無謀。」

大廳裏的騷動更甚。

「關鍵參數α指的是你們希望得到的鋁礦砂的產量，」我說。「但是假如你們不知道工人為你們工作時的感覺如何，又怎麼能夠知道產量？各位女士先生，你們希望在二十年後，看到的俄羅斯是什麼樣貌？你們會不光是投資工廠，也投資在人的身上嗎？不只是訓練人，還要教育他們？」

那位財務分析師靠向副總裁瓊斯。「這道公式可以大幅降低我們的風險，這在任何市場都很有價值的。」她說。「別人沒有這個公式，就會被迫降低投標金額，這表示我們可以輕鬆得標。五年之後，我們的投資成本就可以回收，開始大幅獲利。」

全場許多人點頭表示讚許。

我轉向副總裁瓊斯。「這就是你的計畫嗎？」

他冠冕唐皇地回答說：「世化公司必須為股東的資產好好把關。我們的長期策略很複雜，但我可以向你保證，我們目前還沒有讓渡的打算。」

「天殺的，我們得關了他們的煉製廠才行，」後頭的那位「小股東」說。「俄羅斯的鋁礦在市場上氾濫。如果我們買下他們的鋁礦源，關掉他們的工廠，我們就控制了全世界百分之六十的鋁礦產出。利用這道公式，我們的股價可以變成三倍！」

有個想法跳進我的腦海：亞當．斯密有好幾次斥責商人和製造商的「卑鄙的貪婪」⓫，雖然他也大聲預告他們對整個體系而言是不可或缺的。他警告我們，同一行業的人很少聚在一起，「但是他們的談話最後通常流於以不利大眾的圖謀，或抬高價格的詭計收場。」⓬因此，那位小股東的說法，一點都不罕見；它觸及了經營企業常見的挫折——也就是，當市場無法控制，當價格被迫調降，而產品的品質因為無情的競爭，而必須提升的情況下，就很難獲取高額的利潤。這種張力也就是亞當．斯密的體系最天才的地方。

沒道理對這位小投資人生氣，因為我並非站在道德制高點上。企業為它的資本尋求最高的報酬率是天經地義的事，如此一來，它才能將資源送到最有利於社會的地方。這也是他們在斯密式的體系裏應當扮演的角色，要他們扮演其他角色，就會形成誤導。此外，企業家能夠破除萬難將產品帶到市場上，是值得我們致上崇高的敬意——雖然社會總是小心提防著，怕哪個市場可能會因為聯合或壟斷而遭到破壞。

「我們的股價會漲到三倍！」那人又重複這一點，在大廳裏尋求支持。

「只有一個小問題，」我說。「知識就是力量。你們希望能夠搶下市場佔有率，但是不對稱或片面的知識，可能導致嚴重缺乏效率，而且對消費者和工人都嚴重不公平。」

我第一次微笑了。「我不會讓這種事情發生……因此今天早上八點鐘，這些公式已經被公布在全世界的網站上了。」

一片震懾的寂靜。我拄著我的枴杖，一跛一跛地下了台階，走出大廳。

26 後記

哈洛．提姆斯身著一套藍色訂製西裝，進入了玄關。臉上看起來年輕了好幾歲。布滿血絲的眼睛，佝僂的背，猶豫不決的口吃都不見了。我們互相擁抱著。

「你看起來氣色好極了！」我說。

「睡了一夜好覺，效果真是太好了。」他開心地笑著。「應該說，睡了三個月的好覺。還有我姊姊在幫我煮飯。」

「沒有幻覺了嗎？」我問。

「沒了。不過很遺憾聽說你沒拿到獎。」

「不要緊的。在我做了那樣的事情之後，薩繆森委員會再選我就麻煩了。我不會因此而夜不安枕，」我說。「而且，我聽到它在我耳邊悄悄說著：『經過一次一次的喪禮，這個行業就會進步了。』」❶

「我來幫你整理一下領子。」哈洛說，邊調整了我禮服下的領結。

我們在入口處站了一會，然後離開了門邊，進入接待室。牧師在等著，帶我們就定位。周遭都是朋友家人，其中有賴堤瑪的祕書艾達．麥考瑞，她正和陳彼得和莎拉．湯普森在聊天。一張大桌子在中央，上頭放了一個已經打開的硬紙盒，看起來不僅會搖晃，還會低鳴。那是個朋友送我們的禮物：一隻八個星期大的喜樂蒂牧羊犬，毛絨絨的白色頸子上圍著一條綠色領結。

來賓和我一同興奮地望著階梯。絲毫不奢華，一個苗條的白色身影走了下來。那是天使——我的茱莉亞。

我們一邊說著互訂誓約的話，我一邊聽見另一個聲音悄悄從我的腦海裏冒了出來。有人也許認為它饒舌或嘮叨，這個聲音在我的腦子裏從沒停過，但並不造成我的困擾。那就是斯密，他該死的幾乎什麼事都有些聰明的話要說。

part 4 附錄 *Appendices*

「我們都是啟蒙時代的孩子，而且我們很少會願意聲明自己是來自不同的傳統。」❶

——查爾斯．格里斯華二世（Charles L. Griswold, Jr.），
《亞當．斯密與啟蒙時代的道德》
（*Adam Smith and the Virtues of Enlightenment*）

〔附錄A〕

亞當・斯密的生平

一七二三　生於蘇格蘭的寇克卡迪（Kirkcaldy），一個和愛丁堡隔著峽灣相望的小漁村。出生日期不可考，但他是在六月五日受洗。

一七二六（？）　根據一位當代人杜格・史都華（Dugald Stewart）所寫的傳記，斯密曾被吉普賽人綁架，不久被釋放。

一七三七—四〇　上格拉斯哥大學，他的恩師是法蘭西斯・哈金森（Frances Hutchinson）。他以優異的成績獲得碩士學位。

一七四〇—四六　被分派到教會服務，卻去上牛津大學，結果這段期間成為他一生中的低潮期。顯然他暫時地神經崩潰了。他因為閱讀休謨的《人性論》（*Treatise of Human Nature*）而被老師懲罰，書也被沒收了。在這段期間，英國因為傑克白叛變（一七四五）而陷入內戰，叛軍預備奉蘇格蘭的詹姆士三世為王，力圖恢復斯圖亞特王朝，重建教宗的最高權力。蘇格蘭人在英格蘭遭到歧視，斯密無疑也受到這種偏見之害。他離開了教會。

一七四六—四八　斯密大學剛畢業卻找不到工作，於是和母親一同住在寇克卡迪，繼續他的自學生涯。

一七四八—五一　斯密成為各種類型的企業家，在愛丁堡是個廣受歡迎的自由演說家，而且在此和當時最受敬重的哲學家大衛．休謨成為莫逆之交。

一七五一—六四　在格拉斯哥大學獲選為教授，剛開始是邏輯與修辭學講座，然後在一七五二年換成道德哲學講座。後者包含自然宗教、倫理、司法、以及政治經濟。斯密說，這幾年是他一生中「最有用」也「最快樂」的日子（Ross, p. xxi）。一七五九年，他出版了《道德情操論》。一七六一至六三年，斯密晉升到學校的行政工作，擔任副校長。

一七六四—六六　斯密擔任湯森德勛爵（Lord Townshend）的繼子巴克勒公爵（Duke of Buccleuch）的私人教師，並陪伴他到了國外。這是極為豐收的一段期間，無論在財務或智識上。他們住在土魯斯（Toulouse）、日內瓦和巴黎，斯密結識了歐洲啟蒙運動的傑出人物和重農主義者，其中包括伏爾泰、奎內（Quesnay）和杜果（Turgot）。

一七六五年秋——斯密一行人離開土魯斯到日內瓦，他在那裏遇見伏爾泰和費內（Ferney）。

一七六六年一月——休謨與盧梭離開巴黎前往倫敦，斯密不久也抵達。斯密去看了歌劇季，欣賞過《湯姆．瓊斯》（*Tom Jones*），也混過巴黎最令人流連忘返的酒店。

一七六六年十月——巴克勒公爵的兄弟死於熱病，斯密立即返回倫敦。

一七六六—六七　斯密整個冬天都留在倫敦，參與湯森德勛爵主持的有關國家債務的研究計畫，當時國債在七年戰爭中迅速膨脹。湯森德這時是財政大臣（Chancellor of the Exchequer），地位相當於美國的財政部長。

一七六七—七三　斯密辭掉了湯森德三百英鎊年薪的工作，回到出生地寇克卡迪，和母親同住，在隔離外界的狀況下，撰寫他的《國富論》。

一七七三—七七　斯密到倫敦長住，以就近接觸出版商。斯密希望藉由《國富論》的出版（拖了很久，終於在一七七六年三月九日問世），可以影響國會，以避免北美殖民地血流遍野。他對雙方領導人都產生了影響，但是他想要以自由貿易的優點贏得和平的企圖終告失敗。

一七七六年夏——斯密回到蘇格蘭一小段時間，因為他的摯友休謨病危。

一七七七—七八　斯密回到寇克卡迪小住，進入暫時退休狀態，寫一本有關藝術的書自娛。

一七七八—九〇　和母親一同搬到愛丁堡，他在那裏接受蘇格蘭海關關長的職位，他對這份工作投注的熱忱算是差強人意。在他有生之年，他的書不斷再版，其中包括為《道德情操論》作了大幅修訂，於一七九〇年五月出版。他在同年七月十七日去世。

〔附錄B〕

註解與資料來源

亞當．斯密是個「俏皮話」大師。這絲毫不令人意外，因為在他一生光芒四射的事業起點，就是到處演講，談修辭學！讀者如果親身體驗斯密豐富的文采，將會感到驚喜。為了著作權法的問題，所有取自亞當．斯密作品的引言（除了有額外附註的部分之外）都是來自已成為公共財的早期版本，如下：

《道德情操論》：*The Theory of Moral Sentiments*（London: H. G. Bohn, 1853），簡稱*TMS*

《國富論》：*An Inquiry into the Nature and Causes of the Wealth of Nations*（London: Strahan and Cadell, 1786），簡稱*WN*

這兩本書的結構迥異。在《道德情操論》裏，全書分為部（part）、篇（section）、章（chapter）、節（paragraph）。《國富論》則是分為卷（book）、章（chapter）、與節（paragraph）。這些參考特點都會出現在如下的附註裏，好協助讀者在使用這兩部作品的其他版本時，也能找到這些章節。此外，中括弧（即［ ］）內的數字則是讓讀者能夠交叉參考這些作品的格拉斯哥版本（詳見附錄C「參考書目」）。為了維持對話的流暢，有些斯密的文字是用書中人的口語表達，或是加以節錄。

假如引言是經過節錄者，完整的引文會列在附錄C參考書目中。

前言

❶「在談話裏，我們只願容忍荒謬故事的說書人……」出自斯密的*Lectures on Rhetoric and Belles Lettres*, J.C. Bryce, ed. (Oxford: Oxford University Press): p. 119。取得Oxford University Press 許可後翻印。

第一部：財富

❶「每一個經濟行動，只要是人類的行為，……」引自威廉．列文（William Letwin）的*The Origins of Scientific Economics* (Methuen and Co., 1964, p. 159)。取得許可後翻印。

第一章

❷在艾恩．辛普森．洛斯（Ian Simpson Ross）所著的傳記*The Life of Adam Smith*（1995, p. 210）裏，曾介紹過亞當．斯密「沙啞的」聲音和「大」牙齒。書中提到斯密漫不經心的情況眾所皆知，有一回在談論分工時，還曾落入一個焦油坑裏（Ross 1995, p. 226）。他喜歡在手上把玩著一些東西，有時講話會有點結巴。小時候身體不好，但是記性超強。他

的最愛是書本；其次是草莓。有一篇他同時代的人寫的斯密傳記寫得很不錯，即杜格・史都華（Dugald Stewart）的〈亞當斯密的生平與著作〉（"Account of the Life and Writings of Adam Smith, LL.D." 1793），這篇文章和斯密死後付梓的*Essays on Philosophical Subjects*（簡稱*EPS*）一道出版。

❸ 亞當・斯密通常被稱為現代經濟學之「父」，因為他的鉅著《國富論》成為「第一部現代正統理論的重要著作」（Hutchinson 1988, 3）。然而，如此這般的抓出源頭還是有點牽強，因為斯密也是大量的引經據典，甚至回溯到亞里斯多德。因此「很難認同單靠某個人就能夠創立這門學科」（同前書），而斯密本人也不曾如此自稱。

第二章

❶ IMF是國際貨幣基金（International Monetary Fund），總部在華府。創始於一九四六年，協助各國維持匯率的穩定，以促進世界貿易。自從固定匯率制度在一九七〇年代瓦解之後，IMF就成為許多國家的債權人，這些國家都很難償還它們的債務。IMF就和大多數銀行一樣，要求取得貸款的國家必須進行政策改革，在此就是「穩定化—自由化—私有化」。有關它的姊妹機構的討論，即世界銀行（World Bank）與世界貿易組織（WTO），請見第二十五章的註一。

❷「天下沒有白吃的午餐」，或是簡稱TANSTAAFL（There ain't no such thing as a free lunch），是經濟學的名言。它傳達的概念是，由於「稀少性」本就隨處存在，所有的選擇

都得加上機會成本。線上的The Jargon Dictionary註明這句話出自Robert A. Heinlein所寫的科幻小說經典《怒月》（*The Moon is a Harsh Mistress*, 1966，中譯本貓頭鷹出版）。

❸ 有幾個機構會頒發「薩繆森」獎，這類獎項是為紀念保羅．薩繆森（Paul A. Samuelson）而設，他是第一位得到諾貝爾經濟學獎的美國人（一九七〇年）。本書提到的薩繆森獎是一個虛設的獎，不代表此刻或過去的任何真正的獎項。

❹ 賴堤瑪和伯恩斯的專業關係是「道德風險」（Moral hazard）的典型範例，說明在一項交易之中，其中一方擁有誘因及能力使另一方付出代價（教授為了讓有經驗的研究生能多多協助他們，而使得後者無法畢業）。在金融市場，我們認為「道德風險」可能存在，是因為銀行業者知道，假如銀行倒了，政府會賠償存款人，因此銀行業者會做出風險較高（但獲利潛力也較高）的投資。

❺ 維吉尼亞的皇家總督（Royal Governor of Virginia）登莫爾王爵（Lord Dunmore）在一七七六年七月率領一支英國艦隊入侵波多馬克河。在闊水區，也就是今天的干提戈鎮下游，他們登陸並燒燬了理查蘭（Richland），那是一片重要的耕地。那棟建築是經過重建而成的。

❻ 「吉寶」（Drambuie）是一種蘇格蘭酒的廠牌，它的祕密配方是在一七四五年的傑克白叛變（Jacobite uprising，見第三章註五）時，由邦尼王子查爾斯，即查爾斯．愛德華．史都華（Charles Edward Stuart）帶到當地。吉寶一直到一九〇九年才進入消費市場，因此斯密應該不太可能喝過。

第三章

❶ 有關通靈，詳見一部傑出的文獻：Arthur Hastings, *With the Tongues of Men and Angels: A Study of Channeling*（Fort Worth, TX: Holt, Rinehart, and Winston, 1991）。

❷ 亞當・斯密很謙虛，終其一生不曾誇耀他的法學博士頭銜（Stewart, *EPS*, p. 350-1n）。他指示他的出版社：「簡單叫我亞當・斯密」（*CORR*, No. 100, p. 122）。

亞當・斯密或許會想要導正世人對他的思想的觀感，這並不會太牽強。二十世紀末的幾十年間，針對亞當・斯密所做的研究，其數量與廣度大幅升高（Wight 2002）。現代學者揭露了一個多面向的亞當・斯密，迥然不同於過去經濟學原理的教科書上，他經常被引用的單一面向的觀點。Patricia Werhane（1991, p. 3）指出，許多二十世紀早期對斯密的觀點都是「很滑稽的」。斯密的作品「展現的是精微與繁複，迥異於過去得到的形象」，Vivenne Brown（1997, p. 281）也表示同意。

❸「經濟學家們也許口頭上尊敬我，卻言行不一……」是一句改寫文，出自《欽訂版聖經》，馬可福音第七章第五節（Gospel of Mark 7:v. 6-7, The King James Bible）。斯密剛開始的研究是出自教會的召喚，因此他應該會知道這句話。

❹ 有關斯密的英格蘭口音，以及他在愛丁堡教授的修辭學的課程，都可以在J. C. Bryce 對斯密的介紹裏看到，*Lectures on Rhetoric and Belles Lettres*（簡稱*LRBL*）, pp. 7-8。

❺ 在一七四五年的傑克白叛變當中，他們預備奉蘇格蘭的詹姆士三世為王，力圖恢復斯圖亞特王朝，重建教宗的最高權力。Ross（1995, pp. 81與219）指出，在這段內戰時期，蘇格

蘭人在英格蘭很不受歡迎。見第二章的註六。

❻ 過度分工會使人變笨，這是斯密提出的觀點，見*WN*, V.i.f.50 [781-5]。

❼ 艾格・凱斯（Edgar Cayce）的心理治療方法由美國的研究與啟蒙協會（Association for Research and Enlightenment，簡稱ARE）詳細記載，該協會位於維吉尼亞州的維吉尼亞沙灘市（www.are-cayce.com）。

❽ 海倫・舒曼（Helen Schucman）是哥倫比亞大學的一位助理教授，她努力為一個時時出現在她腦裏的聲音做紀錄，她後來指出那是耶穌的聲音。她在哥大的同事比爾・泰佛（Bill Thetford）協助她並鼓勵她將這些通靈的經歷撰寫成書，後來這本書在一九七六年以匿名方式出版，書名為*A Course in Miracles*。

第四章

❶ 亞當・斯密對《道德情操論》的重視程度超過《國富論》，這點可見於當代作家的作品以第三人稱的敘述方式表達（Ross 1995, p. 408）。這個論點的間接證據是斯密作品的系統化結構。《道德情操論》提供哲學基礎，《國富論》和《論法理學》（*Lectures on Jurisprudence*，簡稱*LJ*）則充實了其中的細節。斯密在《道德情操論》六個版本裏，一絲不苟的修改、擴充、再發行，顯見他對這部作品十分重視，無論它是不是他最鍾愛的作品。然而，對於斯密重視《道德情操論》更甚於《國富論》的看法，有許多現代學者或許並不同意。

❷ 「每一個人的貧富程度……」見*WN*, I.v.1 [47]。

❸ 亞當・斯密的著作在經濟學研究所的課程裏，並不是非讀不可的，這在其他領域的人看來也許很不可思議。克拉馬與克蘭德（Klamer and Colander）合著的 *The Making of an Economist*, (Boulder, CO: Westview Press, 1990) 裏指出，他們所調查的經濟學研究生裏，有一半的人說，經濟學史對他們來說並不重要。有超過三分之二的人甚至說，連對經濟體系的通盤徹底了解都不重要！之所以如此，原因在於，他們重視的是演繹創造極度抽象的數學模型，而這些模型往往缺乏實驗內容或未經過測試，非常不切實際。斯密使用演繹法，也用歸納法，而他的學問根基廣博厚實，包括哲學、歷史、制度、法律與社會科學。有關研究所教育的評論，詳見第五章註十二，以及第二十三章的註十三。

❹「在進入經濟學之前……」這段話出自坎伯（R.H. Campbell）及史金納（A.S. Skinner）在格拉斯哥版的《國富論》（Oxford: Oxford University Press, 1996）所寫的序（pp. 4-5）。取得Oxford University Press 許可後翻印。

❺「道德存在於何處……」見*TMS*, VII.i.1 [265]。

❻「幸福存在於平靜當中……」見*TMS*, III.3.30 [149]。

❼「當一個人已經擁有健康……」見*TMS*, I.iii.1.7 [45]。

❽「比起他們住的茅屋……」見*TMS*, I.iii.2.1 [50]。

❾ 有關斯密生平的許多細節都出自Ross 所寫的傳（例如，有關瑞考伯尼夫人的討論是出自p. 210）。

❿ 斯密認為盧梭（1712-1778）的行為就像個「流氓」，那是在他給他的摯友大衛・休謨的信

裏提到的，該信件可見於*Correspondence of Adam Smith*（簡稱*CORR*），No. 93, p. 112。在那封信裏，斯密還調侃休謨，說他也是個和盧梭差不多的流氓。休謨（1711-1776）是個哲學家、歷史學家與外交家，也是啟蒙時代的巨擘。

⓫ 有關斯密被吉普賽人綁架的事件，見*EPS*中，史都華的文章，pp. 269-270。

⓬ 亞當·斯密正確的出生日期不可考，但他是在一七二三年六月五日受洗。由於當時嬰兒的死亡率很高，我們可以合理推測他的生日和這一天應該很接近。喬治·史帝格勒（George Stigler）和克萊爾·弗利得蒙（Claire Friedland）合著的*Chronicles of Economics Birthday Book*（Chicago: University of Chicago Press, 1989）一書裏，將斯密的生日列為六月五日。

⓭ 約翰·梅納·凱因斯（1883-1946）是亞當·斯密在二十世紀的天敵。因為凱因斯認為市場力量在總體經濟的層次上，有先天性的不穩定，因此他提倡政府政策應扮演強硬的角色與之抗衡。凱因斯的學說自從一九七〇年代開始就減弱許多，然而基本上，幾乎所有的政府都還是趨附凱因斯的實用建議，相信政府應該在經濟蕭條的時候，試著擴張經濟。

⓮「實際的人，相信自己可以不太受到智識影響的人……」是出自凱因斯的《就業、利息和貨幣的一般理論》（*The General Theory of Employment, Interest, and Money*, New York: Harcourt, Brace, and World, 1964), p. 383。

第五章

❶ 斯密贊成少量飲酒（*WN*, V.ii.K.3 [870]），並表示酒的濫用是出自它的稀少性，而非因為

供應充足。斯密說：「人們很少會對自己的日常飲食懷有罪惡感」（*WN*, IV.iii.c.8 [492]）。據說斯密偶爾會有酗酒的情形（Ross 1995, p. 251）。

❷ 亞當．斯密擔任海關關長的生涯，在所有標準的傳記裏都有紀錄。斯密在一封信裏描述說，當他發現自己有些衣服是違禁品之後，便將它們燒燬（*CORR*, No. 203, pp. 245-6）。斯密做為海關關長，一年賺五百英鎊，外加一百英鎊的鹽稅，以及來自巴克勒公爵（Duke of Buccleuch）的三百英鎊的津貼（Ross 1995, p. 306）。

❸ 斯密悄悄將他的收入捐給慈善機構，此事可見於史都華文中（*EPS*, V.4, pp. 325-6）。根據史都華的描述，斯密生活儉樸：他的花費集中在邀請朋友來共進簡單的晚餐，並維持他的「小而美的圖書館」。

❹ 主張自由放任經濟政策的人，經常將亞當．斯密的名字掛在嘴上。然而，斯密的觀點其實比這個名辭在現代讀者心目中的意涵要複雜許多。這個辭彙和法國重農學派的始祖奎內醫生（Francois Quesnay, 1694-1774）有密切的關係。斯密十分敬重奎內和他的「教派」，這點毋庸置疑；有一回斯密甚至打算將他的《國富論》獻給他（Stewart, *EPS*, III.12, p. 304）。不過即使斯密對於此人及其學派萬分崇敬（*WN*, IV.ix.38 [678]），他還是讓自己和奎內那種過度純粹的觀點保持距離（*WN*, IV.ix.28 [673-4]）。斯密願意節制自己的理想主義，以取得較實際的目標。雅各．維納（Jacob Viner）說：「亞當．斯密並不是一個僵化的自由放任政策倡議者。他看見政府可以做的事情非常廣泛，範圍也很有彈性，而如果政府能夠改進自己在衡量能力、誠信與公眾精神上的標準，並顯示自己有權負起更大的責

任，他也會樂於將這個範圍更進一步擴充。」（1928, pp. 153-54）。可參考第十二章的註三、四、五，與第十六章的註八、九、十。

❺「在提倡人類幸福這點上，任何政府都比不上……」見*TMS*, IV.2.1 [187]。

❻亞當・斯密從來不曾用到「資本主義」一辭，因為在他的時代，這個名辭並不存在。他會用「商業社會」（commercial society）來談這個世界（*WN*, I.iv.1 [37]）。斯密所指的商業還包含了具有競爭市場結構的小型工匠。他通常不太喜歡大型的股份公司，說這些公司「極少不是作惡多過為善」（*WN*, V.i.e.40 [758]）。

❼「人類暴力與不公正的領導行為……」見*WN*, IV.iii.c.9 [493]。

❽「制度會反映社會環境……」事實上引自孟德斯鳩。從藝術的角度來看，將這些文字放入斯密口中是合理的，因為斯密也和孟德斯鳩一樣，打算去講述正義（Stewart, *EPS*, I.17, p. 274 與II.50, 294-295）。孟德斯鳩談到公民道德的觀點，彼得・蓋伊（Peter Gay）的書中有討論（1966, p. 58）。

❾斯密相信，假如人類無法普遍尊重道德規範，社會就會崩解滅亡，出自*TMS*, III.5.2 [163]。

❿假如自由市場無法保有社會支撐的話，就有可能被取代，這個觀點維納曾經探索過（1960, p. 68）：「英國自由放任思想的衰退，以及制度性的政府干預逐漸增加，這並不只是經濟整體的問題，還有自由市場本身的問題，這大多是由於普遍的貧富不均……任何現代人民都不會太熱中自由市場，除非它能在一個他們尚稱滿意的『分配正義』的模式之下運作。」維納怪罪英國自由市場的整體衰退，是由於十九世紀自由放任理想主義者過度「敵視」任

何干預自由市場的行動。弔詭的結局就是自由市場的崩解，以及社會福利國家的興起。

⓫ 據說羅納．寇斯（Ronald Coase）發明了「黑板經濟學」（blackboard economics）一辭，以形容那些和現實世界脫節的正式模型（Blaug 1998）。見第二十章的註五，有關羅納．寇斯的註解。

⓬ 有關培根與蜜蜂的參考資料來自Gay（1966, p. 16）。在研究方法上，培根是個使用歸納法的科學家。相對地，現代經濟學家則大多偏重演繹。斯密當然是個演繹迷，他說：「當我們看見一些原本以為最無法解釋的現象，都從一些原理演繹出來，這真是一大樂趣……」（*LRBL*, ii.133-4, p. 146）。然而，斯密了解實證方法的好處，因此也並不認為演繹法是全能的。例如，在《國富論》裏，斯密的分析中，最主要用的是歷史性、制度性與描述性的資料。因此，如果說亞當．斯密會對於現代經濟學家的方法提出警示，應該也不為過。他認為在修辭溝通裏，人們「從這些難解的演繹法裏找不到一點趣味」，以及「實用性……很少出現在長長的理論演繹過程裏」（同前書）。若從斯密的道德哲學著作來看，他更是明顯反對演繹法：人類無法演繹道德哲學，而需要透過經驗去發現它。有關這些問題的討論，詳見格拉斯哥版的《國富論》引言（p. 3）。

第六章

❶ 模型的預測能力比它背後的假設重要，這個論點是由米爾頓．傅利曼（一九七六年諾貝爾獎得主）所提出的，詳見《實證經濟學論文集》（*Essays in Positive Economics*, Chicago:

University of Chicago Press, 1953）, pp. 3-43 的“The Methodology of Positive Economics” 一文。針對這個觀點，有個簡短有力的批評，見丹尼爾・郝斯曼（Daniel M. Hausman）在 *The Philosophy of Economics: An Anthology*, second edition (Cambridge: Cambridge University Press, 1994), pp. 17-21 的“Why Look Under the Hood?” 一文。

❷「全都是為了他們自己，而不為別人……」*WN*, III.iv.10 [418]。

❸ 卡爾・馬克思在一八四〇年代，由斯密的思想裏得到靈感（Ross 1995, p. 418）。

❹ 斯密抨擊地主是無知懶惰，見 *WN*, I.xi [8]，說他們幼稚虛榮則是在 *WN*, III.iv.17 [422]。

❺ 斯密所寫有關利潤的段落，見 *WN*, I.xi. p. 10 [266] 及 *WN*, IV.vii.c.61 [612-13]。

❻ 斯密的名言：「同一種行業的人很少見面……」見於 *WN*, I.x.c.27 [145]。

❼「當一個社會裏的大多數成員都很貧窮悲慘的時候，這個社會就不可能繁榮快樂……」見 *WN*, I.viii.36 [96]。

❽「讓人民全體來分享……」見 *WN*, I.viii.36 [96]。

❾ 斯密談到「專制體制」（man of system），是他針對獨裁與中央集權者的傲慢最恆久而有力的抨擊；它沉痛地預見了二十世紀共產主義的興起。見 *TMS*, VI.ii.2.17 [233]。

❿「並非由於肉商、酒商或麵包商的仁心善行……」見 *WN*, I.ii.2 [26-27]。

⓫「……『被一隻看不見的手引導著』……」見 *WN*, IV.ii.9 [456]。亞當・斯密在《國富論》裏，只用過一次「看不見的手」；他在《道德情操論》（*TMS*, IV.1.10 [184]）和“Essay on Astronomy”（*EPS*, III.2, p. 49）裏，也各用過一次。不幸的是，他每一次用到這個名辭，

想表達的意義都不同。因此許多學者爭論道，「看不見的手」在形上學所佔的地位，已經高於斯密原先的用意。有關這幾個不同的詮釋，有個有趣探討，見格蘭普（William Gramp, 2000）之文。

⓬ 伯納・曼德維爾的名言——私惡製造公善——來自他的詩《蜜蜂的寓言》（*The Fable of the Bees*, 1714）。蜂窩裏永遠都是忙碌而經濟的，目的是為了滿足每一隻蜜蜂的欲望與虛榮：「因此處處充滿邪惡／卻又是大家的天堂」（2nd edition, London: Bible and Crown, 1723）。曼德維爾的論調被斯密抨擊為「謬論」（*TMS*, VII.ii.4.12-14 [312-313]）。斯密指出：「這個作者（曼德維爾）的觀點，幾乎每一個層面都是錯誤的……」（*TMS*, VII.ii.4.6 [308]）。

⓭ 「人類社會就像個雄偉巨大的機器……」見*TMS*, VII.iii.1.2 [316]。

⓮ 斯密相信人性充滿了「自私、愚蠢與偏見」（Ross 1995, p. 399），但是即使自私或許會帶來一些好處，斯密還是不贊成也不提倡自私（Ross 1995, p. xxii）。「自私」是「下流的」（sordid）（*TMS*, III.3.5 [137]），同時斯密說的是「自私的熱情是帶著暴力與不正義的」。贏得一九九八年諾貝爾經濟學獎的沈恩（Amartya Sen）指出，斯密從來不認為只要愛自己，或是思慮謹慎周詳，就足以創造一個良好的社會；他認為斯密的觀點正好相反（1987, p. 23）。沈恩的觀點獲得大多數現代學者的支持，其結論是，*TMS*與*WN*所呈現的是一個一致的人類行為理論。另見第十二章的註三。

⓯ 「任何行動發生之前的心態……」見*TMS*, I.i.3.5 [18]。

⓰ 「每一個人當然也都比任何人更適合……」見*TMS*, VI.ii.I.1 [219]。

⓱「每一個精明的人都會認為……」見*WN*, IV.ii.11 [456]。

⓲「每一個家庭謹慎的行為……」見*WN*, IV.ii.12 [457]。

第八章

❶「你可以改善工人的技能、靈巧度與判斷力……」見*WN*, I.intro.6 [11]。斯密強調分工是創造財富的方法，這點在《國富論》裏佔有顯著的地位：就是它的第一章。「分工要看市場的範圍……」就在稍後的第三章裏。自由貿易的角色在許多地方都可以看到，但讀者可以從《國富論》第四卷的第二章，看到針對貿易障礙的批評。

❷「當我們做到徹底分工……」見*WN*, I.iv.1 [37]。

❸「一個人想要讓自己在工作上駕輕就熟……」見*WN*, V.i.f.50 [782]。窮人應該要受教育，以對抗專門化的淘汰效應（*WN*, V.i.f.54 [784-5]）。

❹真正用來衡量財富的，是貨品，不是做為貨幣的金子或銀兩。相關討論可見*WN*, IV.i.1-3 [429-430]。

❺「有些國家的天然優勢強過另一國太多的時候……」見*WN*, IV.ii.15 [458]。

❻政府在國防上所扮演的角色在《國富論》裏有極出色的探討，詳見第五卷第一章。常備軍的優越性也有討論，詳見*WN*, V.i.a.13-23 [696-700]。

❼大衛・李嘉圖（1772-1823）在他的*Principles of Political Economy and Taxation*（1817）一書中提出的比較利益（comparative advantage）理論指出，較能說明貿易行為的，是生產

成本的比較利益，而非絕對（absolute）利益（如亞當・斯密所說）。這個看法在今日已成主流。

❽ 有關坎伯蘭公路的資料來自威廉・紐卡特（William R. Newcott）在《國家地理雜誌》（*National Geographic*, 193(3), March 1998, pp. 82-99）上所寫的“America’s First Highway”。公路對於開啟商業的重要性，詳見*WN*, I.xi.b.5 [163]。公路應該要收費也是他表示贊同的，見*WN*, V.i.d [724]。

❾ 有關俄羅斯的組織犯罪，詳見記者史帝芬・韓德曼（Stephen Handelman）的*Comrade Criminal: Russia’s New Mafiya*（New Haven, CT: Yale University Press, 1995）。俄羅斯的罪犯也在美國橫行，這個說法出自羅伯・弗利曼（Robert I. Friedman）的*Red Mafiya: How the Russian Mob Has Invaded America*（New York: Little, Brown and Company, 2000）。

❿ 「如果人們隨時都可以互相傷害，這個社會就無法存在⋯⋯」見*TMS*, II.ii.3.3 [86]。

⓫ 「政府第一個最主要的功能⋯⋯」見*LJ*, i.10, p. 7。

⓬ 「司法是支撐社會架構的擎天之柱⋯⋯」見*TMS*, II.ii.3.4 [86]。亞當・斯密打算寫一本關於法律的書，好完成他的三部曲——包含道德哲學（*TMS*），商業（*WN*），以及司法。由於斯密無法活到寫完這些作品，於是在死前將所有未完成的論文與草稿燒燬，不讓這些不完整的作品面世（Stewart, *EPS*, pp. 327-8; Ross 1995, p. 404）。然而，斯密在格拉斯哥大學曾經講授過司法，於是學者蒐集了兩套學生做的筆記，並印刷成格拉斯哥版本的一部分（*LJ*）。此外，讀者應該留意，斯密在*WN*與*TMS*之中，對司法已經投以相當的關注。學者

在斯密的作品裏，最主要關切的是「互換」正義——也就是人際間的交換規則。規則公平，就會產生一種自然的體制，達成收入與財富的平均分配。然而，斯密並不是不喜歡某些可以直接達成較顯著的「分配」正義的措施——政府可以立法幫助窮人（例如，補助公立學校，限制壟斷力量等等）。有關這些構想的探討，見Young and Gordon (1996)。

⓭「富裕的國家最可能遭到攻擊……」見*WN*, V.i.a.15 [698]。

⓮「富人的貪婪與野心……」見*WN*, V.i.b.2 [709]。

⓯「每一個人，只要他不違反正義的原則……」見*WN*, IV.ix.51 [687]。

⓰「每一個人生而具有追求改善的力量……」見*WN*, IV.v.b.43 [540]。

第九章

❶ 舒馬克（E. F. Schumacher）的《小即是美》（*Small is Beautiful: A Study of Economics as if People Mattered*, New York: Harper and Row, 1974，中譯本立緒文化出版）是一部現代經典，提倡由下而上的發展，而非由上而下。實質進步指標（ＧＰＩ），是一個旨在重新定義「進步」的計畫（rprogress.org/projects/ gpi）。

❷ 斯密絕妙的寓言〈窮人之子〉見於*TMS*, IV.i.8 [181]。

第十章

❶ 亞當．斯密在一七六六年時，很可能在巴黎看過歌劇（Ross 1995, p. 209）。他對歌劇和去

勢男角特質的評論，可見於*EPS*, II.16, pp. 194-5。斯密照說應該知道「歌劇大戰」（路易十五和他的皇后之間的戰爭，針對法國歌劇與義大利歌劇孰優孰劣的爭辯），這場辯論是發生在一七五〇年代，早於斯密來到巴黎的時間（Gay 1966, p. 125，及Wilson 1972, p. 178）。

❷伏爾泰在《憨第德》（1759）裏，將富裕卻疲憊不堪的珊娜托．波卡可倫絲描寫得很有喜感。斯密熱烈崇拜著弗郎索亞．馬利．亞路埃（François Marie Arouet，筆名伏爾泰，1694-1778）。細細檢閱《道德情操論》裏出現的伏爾泰的名字，可知斯密閱讀吸收伏爾泰的作品到什麼程度。有趣的是，《憨第德》裏面也提到了釘子的製造，後來它成為斯密談分工的例子，這也是現在大家津津樂道的範例。斯密認為伏爾泰是該世紀最偉大的作家，而斯密用這個例子是否為了調侃伏爾泰，已不得而知（Ross 1995, p. 399）。釘子工廠一例的出現，通常被歸因到第三個來源，即狄德羅（Diderot）在一七五五年出版的《百科全書》（*Encyclopédie*）的第五冊（見Wilson 1972, p. 236）。斯密極度推崇這部《百科全書》（Wilson 1972, p. 7; Ross 1995, pp. 147 與273），斯密最可能從中借用了工廠的例子。

❸「大多數遭致噩運的人……」見*TMS*, II.3.32 [150]。

❹彌爾頓有關天堂與地獄的詩是出自《失樂園》（*Paradise Lost*, 1674）, Book 1, Line 253。

第十一章

❶「過度重視貧窮與富裕之間的差別……」見*TMS*, III.3.31 [149]。

❷「……驅使我們去違背謹慎或正義的原則……」見*TMS*, III.3.31 [149]。

❸「虛榮心與優越感」很少帶著全然的寧靜詳和，見*TMS*, III.3.31 [150]。

❹幸福的「天然」狀態，見*TMS*, I.iii.1.5 [45]。

❺「權力與財富……無法讓你遠離冬日的風暴……」見*TMS*, IV.I.8 [183]。

❻「這種崇尚——幾乎可說是謨拜……」見*TMS*, I.iii.3.1 [61]。

❼「……競逐財富的人往往都會捨棄道德的路……」見*TMS*, I.iii.3.8 [64]。

❽蓋瑞．貝克（Gary S. Becker）贏得一九九二年的諾貝爾經濟學獎，一部分原因是他關於犯罪經濟學的著作（另參見第二十二章的註三）。貝克的理論是，經濟行為人（economic agents），甚至犯罪者會採取理性的行動，以獲得最大效用：強盜只有在預期報酬增加的情況下，才會進行風險較高的搶劫行動，亦即唯有當偷來的商品價值升高，或是被捕的機率減低的時候，才會去冒險行事。

❾「只是為了虛榮心……」見*TMS*, I.iii.2.I [50]。

❿「富人在自己的富裕當中發光發熱……」見*TMS*, I.iii.2.I [50-51]。

⓫「在人類的生活裏……」見*TMS*, IV.1.10 [185]。

⓬「乞丐在高速公路旁曬太陽……」見*TMS*, IV.1.11 [185]。

⓭「假如人類的幸福，最主要是來自於意識到『被愛』……」見*TMS*, I.ii.5.2 [41]。

⓮「要建立一個偉大的，只為了餵飽一群消費者的帝國……」見*WN*, IV.vii.c.63 [613]。

⓯「有多少人把金錢花在這些沒有價值的玩意上……」見*TMS*, IV.I.5 [180]。

⓰「瑣碎的便利品……」見*TMS*, IV.I.8 [182-3]。

⑰「就是這種迷惑激發了人類勤奮工作的動能……」見*TMS*, IV.1.9 [183]。

第二部：轉化

❶「誠摯而認真地留意自己的行為是否合宜……」見*TMS*, VI.iii.18 [244]。

第十二章

❷一七五九年四月大衛．休謨在一封信裏，逗趣地向斯密報告一個「悲傷的」消息，說《道德情操論》在市場上廣受歡迎，同時調侃這種人人讚賞的反應必然意味著這本書一文不值（*CORR*, No. 31, pp. 33-36）。斯密和他的摯友之間的幽默感，令人莞爾。

❸一七六四年至六六年間，亞當．斯密旅居歐陸，大多數時候都在法國。在這段期間裏，他遇到杜果（1727-1781），杜果是一位棄學從政的哲學家，意圖推動改革。斯密和他相處甚歡，這點由他在一七六六年七月給休謨的一封信裏可以得到明證（*CORR*, No. 93, p. 113）。斯密在巴黎也和奎內頗有往來（另見第五章的註四及第十六章的註八、九、十）。路易十六（1754-93）在一七七四年登基時，還是個年輕人，他接掌了一個病入膏肓的封建經濟體制，其中有內在的壟斷行為，政治權力則是緊緊抓在僧侶和大地主的手中。路易十六於是在一七七四年八月，任命杜果為財政部長。杜果的第一項改革，就是企圖廢除那些妨礙競爭的內部關稅與同業公會（guild）。他同時提議給予清教徒完全的人權，並提案改寫稅法，讓地主也一同分擔國庫的負擔。結果引來貴族和僧侶一片撻伐，以致杜果上任

不到兩年便在一七七六年五月遭到罷黜（Gay 1966, p. 167）。一七八九年發生法國大革命，國王遭到審判，並於一七九三年一月二十一日被送上斷頭台。

❹ 啟蒙的各種學說在法國遭到打壓，這點可見於Ross 1995, p. 200。

❺ 大多數現代人對斯密的評估（見隨後的「參考書目」）通常稱這點為「斯密問題」（Das Adam Smith Problem），這是在十九世紀時期德國人提出的一項理論，說斯密的兩本書在哲學上是不相容的，而且它們反映了斯密智識成長的不同階段。這項理論已經被徹底推翻，例如，見布朗（Vivienne Brown 1997）之文。

❻ 「斯密覺得弔詭的理論好玩……」。在斯密的"Essay on Astronomy"（*EPS*, IV.34, p. 75）裏，他表示做學問的人自然會喜歡弔詭。據說斯密也喜歡用弔詭做為教學工具（Stewart, *EPS*, p. 275）。

❼ 斯密談到市場長期的「自然」價格，它對利潤及其他生產要素的影響，均可見於《國富論》的第七章[72-81]。

❽ 「……為別人著想……」見*TMS*, V.2.9 [205]。

❾ 「如果你無法同情我所遭遇的不幸……」見*TMS*, I.i.4.5 [21]。

第十三章

❶ 湯瑪斯·霍布斯（1588-1679）寫道，缺乏強悍的中央權力，就會發生人與人的戰爭。結局就是「沒有藝術，沒有文字，沒有社會，而且最糟的一點是，時時存在著暴力死亡的恐

懼與危險，人的生命變得孤獨、貧窮、骯髒、野蠻而短暫。」見《利維坦》（*The Leviathan*, 1651）第一部第十八章。斯密的反應，見*TMS*, VII.iii.i.1 [315] 及如下註二。

❷ 相對於霍布斯，斯密寫道，人天生有種「取悅別人的原始欲望」；除此之外，人還有一種「應該」獲得認可的欲望，也就是，成為一個值得讚賞的對象（*TMS*, iii.2.6-7 [116-117]）。斯密的觀點和現代演化心理學的觀點並不必然互相衝突，因為後者的學說不像經濟人（homo economicus）的說法，不認為人類是理性算計的機器。反倒是，演化心理學解釋說，目前的人類行為是演化成功的結果，其中包括天生的博愛與利他的策略。我要感謝艾瑞可．克雷夫特（Erik Craft）為我說明其間的區別。

❸ 人類在基因的層次上，就受到自私本能的控制，這是道金斯（Richard Dawkins, 1976）所提出的。

❹ 「一個人在別人心目中無論何等自私……」見*TMS*, I.I.1 [7]。

❺ 「最蠻橫的惡棍，社會上最無法無天的歹徒……」見*TMS*, I.I.1 [7]。

❻ 「那些喜歡將我們所有的情操歸納為……」見*TMS*, I.i.2.1 [13]。

❼ 斯密認為惻隱之心可以「強化我的快樂，緩解我的悲傷」見*TMS*, I.i.2.2 [14]。

❽ 人的情感實際上正是這種「習慣性的同情」，見*TMS*, VI.ii.1.7 [220]。

❾ 當斯密說愛情是想像而來的一種「可笑的」激情（*TMS*, I.ii.2.1 [31]），顯然他指的是一種過度理想化的愛情，或甚至情欲——在那種「戀愛」的情境裏，人的智識機能是弱化的。然而，這種激情在發展其他正面的熱情上，卻可能扮演著重要的角色，詳見*TMS*, I.ii.2.1

[32]。

⑩ 斯密提到的土魯斯事件（*TMS*, III.2.11 [120]）裏那個無辜的人，指的是尚．卡拉斯（Jean Calas，一六九八年生），他是個清教徒商人，為了取得法律上的地位，讓兒子改信天主教。他的兒子因此而上吊自殺。在接下來的宗教迫害裏，卡拉斯被判決是導致他兒子死亡的殺人犯，結果在一七六二年被極刑處死。這個案例存在著明顯的司法偏見，於是掀起整個歐洲要求正義的訴求，由伏爾泰領導。在一七六五年，一組新的法官重審這個案子，將已遭處死的卡拉斯判處無罪。這起事件帶出了法國的司法改革，以及一項宗教包容運動。

第十四章

❶ 現代經濟學家將「實證經濟學」與「規範經濟學」分得很清楚，我很懷疑亞當．斯密會同意這麼嚴格的區分。麥金泰爾（Alasdair MacIntyre）在*After Virtue: A Study in Moral Theory*（Notre Dame, IN: University of Notre Dame Press, 1997）裏表示，這種二分法會使得人類在追求科學的過程裏，將意義與價值邊緣化。我很感謝Jim Halteman為我澄清了這一點。

❷ 斯密仁慈而溫和的本性總是從憂鬱中顯現出來（Ross 1995, p. 414）。

第十六章

❶ 亞當．斯密不會玩梭哈撲克，但他會玩whist，那是現代橋牌的前身。

❷ 休謨在一七六七年寫給斯密的信裏（*CORR*, No. 111, pp. 133-136），曾提到盧梭的偏執狂，和他對休謨（與其他人）的不知感恩。休謨和盧梭往來，並為他在英格蘭找到一個提供財務援助的人。然而，盧梭的心病顯然讓他對自己的環境心生怨恨，並暗指休謨陰謀貶低他的地位。

❸ 盧梭並非想在大自然裏找到一個烏托邦。反之，在《愛彌兒》（*Emile*）裏，盧梭發展出來的思想是，兒童在接觸書本與理論之前，應該要能夠從他的熱情與經驗中學習；小孩第一本該讀的書是《魯賓遜漂流記》。根據盧梭的說法，整體而言，文明的利益超越它的成本。人們特別注意盧梭所謂的「高貴的野蠻人」（noble savages），這也許是對盧梭觀點的一種誤解（見Gay 1966, p. 62），然而這個誤解或許該歸咎於斯密。斯密說，盧梭將「野蠻生活描繪成極樂世界」（*EPS*, "Letter to the Edinburgh Review, p. 251）。

❹ 盧梭所說的「一旦有人需要別人的協助……」是斯密將他對盧梭體系的看法用自己的話表達出來（*EPS*, "Letter to the Edinburgh Review, p. 252）。

❺「……感覺能力強過正確分析的能力，」這是斯密在Imitative Arts這篇散文裏提到的盧梭，出於他的*Essays on Philosophical Subjects* (W.P.D. Wightman and J.C. Bryce, eds., Oxford: Oxford University Press), p. 198。取得Oxford University Press許可後翻印。斯密不太可能和盧梭有私人情誼（Ross 1995, p. 212）。

❻ 大衛・休謨和鮑弗勒伯爵夫人（Contesse de Boufflers）之間可能存在的戀情見於Ross 1995, p. 212。伯爵夫人思及與休謨之間的不倫之戀時，曾寫過相關文字，Ross將伯爵夫

人的文字改寫之後，便成為之後的「我的言語很有道德……我的行動卻非如此」。

❼「我除了我的書之外，沒一點好的嗎？」這是有一回斯密在展示他的圖書館時，對一個朋友說過類似的話。有不少地方暗示過亞當·斯密的感情生活，然而很少有人真的知道。斯密Ross的傳記（1995, pp. 213-214）也曾探討過這主題，但相關的證據實在鳳毛麟角。斯密早年在法夫郡（Fife）時，顯然曾經深愛過一位少女。斯密在法國擔任家庭教師時，曾有幾位法國女子對他著迷，其中包括一位法國的侯爵夫人，但斯密似乎都避開了這些糾纏，結果卻神魂顛倒地愛上一位已婚的英國女子。由於她的已婚身分，斯密陷入單戀之中，其愛戀之深，使得斯密獨苦，而友人都只能在一旁看好戲。最後一次提到斯密的感情，是在斯密一生的最後幾年，當他在愛丁堡擔任海關關長的時候。根據傳記，他「很嚴重的」愛上一位據說名為「甘寶爾小姐」的女子。據稱她和斯密是完全相反的兩個人，這也許是這段關係未能發展的原因。

❽奎內的《經濟表》（*Tableau Économique*, 1758）一般認為是第一個數字化的總體經濟模型。然而，重農學派堅持一種「自然狀態」，而反對工業製造，同時奎內的追隨者在提出觀點時那種自大傲慢的態度，導致像休謨、伏爾泰與盧梭之流都厭棄重農學者。斯密在提到奎內其人時，態度是親切的，但對他那獨斷的主張卻是敬而遠之。斯密贊成一般的看法，認為應該維持和諧的自然秩序，因此依照推論，重農學派對這種秩序的過度狂熱，只是他們體系上一個小小的錯誤。根據斯密的說法，它的「最主要錯誤」在於它認為工匠、商人和製造商都是「沒有生產力的」（*WN*, IV.ix.28 [674]）。另見第五章的註四，第十二章

的註三，及第十六章的註九與註十。

❾ 說重農學派是「玄學偽裝成科學」，出自Gay 1966, p. 104。

❿ 說奎內的體系縱使不完美，卻是「最接近我們未知的真理」，這是一句奉承話，出自*WN*, IV.ix.38 [678]。斯密向奎內的醫事能力致意，運用人體做為類比，顯示奎內過度堅持完美與純潔：斯密說，身體「在種類繁多的膳食與運動養生之下，才能維持完美的健康狀態」，依此類推，政治經濟也是如此（*WN*, IV.ix.28 [674]）。

第十七章

❶「寧可錯放了犯人，也不能將無辜的人定罪」是出自伏爾泰的《札第格》（*Zadig*, 1747），第六章。

❷ 伏爾泰曾二度被關進巴士底獄，一次是一七一七年至一八年，關了十一個月，罪名是寫了一篇辛辣的諷刺文章嘲諷法國攝政王。另一次是在一七二六年被小關了一次，以避免他和一個高官決鬥。第二次被釋放之後，伏爾泰被放逐到英國。巴士底獄的生活也許並不那麼壞：有筆有紙，還有不錯的食物和酒，也允許朋友探訪。

❸「對最大多數人有最大利益」是功利主義哲學家邊沁（Jeremy Bentham, 1748-1832）的名言。

❹「將一個無辜的人送上斷頭台……」見*TMS*, III.2.11 [119-120]。

❺ 斯密重述盧梭的說法為：「我們除了一個騙人而輕浮的外表之外一無所有；有榮耀而無操

守，有理性而無智慧，歡愉卻不快樂」（*EPS*, "Letter to the Edinburgh Review," pp. 253-4）。

❻「他的自尊心簡直硬得和駱駝的駝峰一樣」是改寫伏爾泰的*Letter to Pansophe*裏的一句話（引用於Winwar 1961, p. 309）。

第十八章

❶盧梭的不知感恩，可見於一封休謨在一七六七年寫給斯密的信（*CORR*, No. 111, pp. 133-136），也可見於Ross 1995, p. 211。也參見第十六章的註二。

❷亞當·斯密熱切地想要避免或縮短美國（當時為英國殖民地）土地上那「冗長、昂貴而破壞力強的戰爭」（*CORR*, Appendix B, p. 380，及Ross 1995, p. 295）。斯密對「現代戰爭的瘋狂」望而生畏，這點可在他的訃聞上看到（*LRBL*, Appendix 1, p. 228）。反叛的美洲殖民地當然很有興趣閱讀斯密的《國富論》。例如，見一七七六年九月二十五日，湯瑪斯·鮑諾總督（Governor Thomas Pownall）在維吉尼亞的李奇蒙（Richmond）寫給斯密的信（*CORR*, Appendix A）。華盛頓也有這本書，只不過是稍後的版本（Alan Krueger, "Rediscovering 'The Wealth of Nations'," *The New York Times*, August 16, 2001）。

❸「大不列顛的領導者……想像著自己在大西洋的西岸擁有一片偉大的帝國，其實他們只是用這個想法在取悅人民……」（*WN*, V.iii.92 [946-947]）。斯密比較贊成和美國建立聯邦，但他的政治觀察也夠敏銳，他知道大不列顛為了某些特殊利益與自尊心，不會和平放棄殖民地，不論當地產生多少淨損失（*WN*, IV.vii.c.66 [616-617]）。

❹ 斯密比較贊成和美國形成憲政聯邦，此事記載於一個備忘錄：“Smith’s Thoughts on the State of the Contest with America, February 1778”（*CORR*, Appendix B）。安德魯．史金納（Andrew Skinner）有一篇極出色的探討，見史金納之文“Mercantilist Policy: The American Colonies”（1996）。

❺ 有關維吉尼亞的「國父」和他們關切的國際貿易事項，見Woody Holton, *Forced Founders: Indians, Debtors, Slaves, and the Making of the American Revolution in Virginia*（Chapel Hill: University of North Carolina Press, 1999）。有關斯密對菸草貿易的探討，見第二十三章的註二。

第三部：道德

❶「更高等的謹慎……是最靈光的腦袋加上最善良的心」（*TMS*, VI.i.15 [216]）。

第十九章

❷ 斯密對「同情」的廣義定義可見於*TMS*, I.i.1.5 [10]。

❸ 斯密在《道德情操論》裏一直在討論「公正的旁觀者」（impartial spectator）。讀者比較容易進入的地方是第一部，尤其是第三部的開頭。人類會有被讚美的欲望，在第三部第二章有廣泛的討論。

❹ 內在「評判」的「法官」可見於*TMS*, III.3.1 [134]。

❺ 我們的眼睛會欺騙我們，可見於*TMS*, III.3.1-2 [134-135]。

❻「……在我們天性中的自私心態與原始的熱情……」（*TMS*, III.3.3 [135]）。

❼ 中國被地震吞沒的故事出自*TMS*, III.3.4 [136-137]。

❽「……我們的被動情感幾乎總是直接、下流而自私的……」（*TMS*, III.3.4 [137]）。

❾「……慷慨的人在所有的狀況裏……」（*TMS*, III.3.4 [137]）。

❿「德行最完美的人……」（*TMS*, III.3.35 [152]）。

⓫「艱苦、危險、傷害與不幸……」（*TMS*, III.3.36 [153]）。

第二十章

❶「道德想像力」的概念和它對企業的重要性，已經成為一條重要的研究路線。肯尼斯．鮑定（Kenneth Boulding, 1969）在美國經濟協會（American Economic Association）的理事長演說當中，便討論到「經濟學做為一門道德科學」的必要性。另見Werhane（1999）。

❷ 陳彼得這個角色大致來自Michael Miller，他是Evenstar Company的協同創辦人與副總裁。他大方地允許我們使用他的一些故事及談話。其他部分則是引用企業界的組織轉型運動（例如，見Hawken 1987）。企業是人類發展的一種歷險記，這個觀念來自Österberg（1993）。

❸ 企業的社會責任對企業也許有好處，這個論點出自企業社會責任（Business for Social Responsibility, www.bsr.org）組織，Pfeffer（1998, 1994），以及許多其他人口中。果真如

此，這個觀點就和米爾頓．傅利曼（Milton Friedman）的觀點不必然有衝突。傅利曼說，企業的社會責任，就是盡可能地為股東賺取利潤，見傅利曼的《資本主義與自由》（*Capitalism and Freedom*, Chicago: University of Chicago Press, 1962, p. 133）。

❹ 有關海瀨的資訊，可見於蒙特利水族館的網站（montereyaquarium.com）。「共有地的悲劇」（tragedy of the commons）一辭，則是傑瑞．哈定（Garrett Hardin）在《科學》（*Science* 162, December 13, 1968: 1243-1248）雜誌上發表的文章篇名。

❺ 寇斯（Ronald H. Coase）在一九九一年贏得諾貝爾獎，因為他在*Journal of Law and Economics* 3(1), 1960, pp. 1-44 發表的〈社會成本問題〉（The Problem of Social Cost）一文，說明了財產權與交易成本對外部性（例如污染）的影響。另見第五章的註十一。

第二十一章

❶ 矽谷的網際網路產業過度發展，而至泡沫幻滅的過程，多少可以用亞當．斯密的思想來解釋。投資人的行為也許不如某些經濟模型預期中的理性，正如斯密所說，人類有自我欺騙的能力，這佔了「人類生命失序」的來源的一半（*TMS*, III.4.6 [158]）。另見羅伯．席勒（Robert J. Shiller）的《非理性繁榮》（*Irrational Exuberance*, Princeton, NJ: Princeton University Press, 2000，中譯本時報出版）。

❷ 「顧客優先？不盡然。員工才應該優先……如果沒有正面的員工倫理，你就不可能灌輸員工正面的客服倫理。你讓他們有求必應，他們也會讓你有求必應。」這段文字引自保羅．

霍肯（Paul Hawken）的*Growing a Business*, New York: Simon and Schuster, ©1987, p. 197（中譯本《實現創業的夢想》天下文化出版）。取得Simon and Schuster許可後翻印。

❸ 員工如果士氣高昂，工作能力會好過士氣低落的時候，這句話改寫自*WN*, I.viii.45 [100-101]。

❹「謹慎、博愛與正義……」見*TMS*, IV.iii.1 [237]。

第二十二章

❶「乞丐在公路旁曬著太陽……」見*TMS*, IV.I.11 [185]。

❷ 信任來自共有的道德價值觀，斯密寫道，商人寧可讓他們的業務維持在本地發展，因為信任度高，就可以減少交易成本，降低風險：「對於自己信任的人，他會比較了解他們的個性與狀況……」見*WN*, IV.ii.6 [454]。至於現代的觀點，見Fukuyama（1993）。

❸ 在培養與衡量人力資本的投資報酬率方面，蓋瑞．貝克（另見第十一章的註八）和提奧多．舒茲（Theodore W. Schultz，一九七九年諾貝爾經濟學獎得主）扮演著舉足輕重的角色。

若干機構試圖將經濟研究的重點擴展到社會與道德領域。其中最老牌的是社會經濟學協會（Association for Social Economics，簡稱ASE），它從一九四一年便已經存在。ASE的章程指出社會經濟學是「……在經濟科學與更廣大的人性尊嚴、倫理價值與社會哲學這類問題之間的相互關係」（Elliott 1996, pp. 15-38）。一個比較晚近創立的機構是社會經濟學促進學會（Society for the Advancement of Socio-Economics，簡稱SASE），成立於一九八九年。

❹ 見J.S. Coleman, "Social Capital in the Creation of Human Capital," *American Journal of Sociology*, 94 (Suppl.), 1988, pp. S95-S120。

第二十三章

❶ 根據斯密的"Essays on Astronomy," *EPS*, Intro 1, p. 33，科學發現是受到「驚奇、意外與崇敬」的刺激而來。理查在一次散步中發現了「公式」，這在斯密看來應該不奇怪。

❷「在我們北美的殖民地叛變之前……」（*WN* IV.iv.5 [500]）。斯密在《國富論》裏的其他許多地方，都探討過菸草貿易的問題。例如，大英帝國每年從維吉尼亞和馬里蘭買了九萬六千大桶（運送桶）的菸草。在英國國內的消耗量只有一萬四千桶，其他的八萬兩千桶則是轉出口到歐洲的其他國家，好讓商人和銀行家獲取龐大的利潤（*WN*, II.v.34 [372-373]）。這一行的走私情況也很嚴重，可見於C. R. Fay, *The World of Adam Smith* (New York: Augustus M. Kelley, 1966): pp. 42-47。另見第十八章的註五。

❸「販賣男人女人和小孩，就像成群的牛隻一樣……」（*TMS*, VII.ii.1.28）。斯密在其他一些地方也探討過奴隸的問題。他指出，矛盾的是，奴隸在獨裁國家受到的待遇，竟優於自由的共和國家（*WN*, IV. vii.b.54-55 [586-588]）。

❹「……人成為人類的直接判官……」（*TMS*, 3.2.31 [130]）。

❺「假如上帝不存在，就得去發明一個」出自伏爾泰的"Epistle to the author of the book, The

Three Imposters”（1768）。

❻「……一個卑微的希望與期待……」見*TMS*, 3.2.33 [132]。斯密這一句話辭藻華麗，不過大多數學者還是不認為他相信正統天主教有關來世的觀點（Ross 1995, p. 406）。斯密對有組織的宗教（尤其是羅馬教會）向來多所批評，他認為僧侶在歷史上的特權與權力，已經使得他們私人的利益和「自由、理性與幸福」產生衝突（*WN*, V.i.g.24 [803]）。斯密和伏爾泰及許多其他啟蒙時代的人一樣，也許都是自然神教者；休謨是個無神論者。

❼「我們依據自己的道德規範來行動……」（*TMS*, III.5.7 [166]）。

❽ 我們用理性來判斷自己的行動在未來會產生的後果，出自*TMS*, IV.a.6 [189]。

❾「謹慎……單單將它導向個人的健康……」（*TMS*, VI.i.14 [216]）。

❿「……真理與正義卻不會因為你的景況富裕而歡慶……」（*TMS*, III.5.8 [166]）。

⓫「〔更高等的謹慎〕是最靈光的腦袋加上最善良的心……」（*TMS*, VI.i.14 [216]）。

⓬「……完美的智慧與完美的操守……」（*TMS*, VI.i.14 [216]）。

⓭「……沒有良知的數學家……」馬克斯．海思針對經濟學的研究所教育的批評，在某個程度上是有根據的，美國經濟學協會（American Economics Association）自己的研究所教育委員會就曾警告，研究所的課程教出了「太多白痴奴僕，技術高明，對真正的經濟問題卻一無所知」（Anne O. Krueger et al., “Report of the Commission on Graduate Education in Economics,” *Journal of Economic Literature* 29 (3) 1991, p. 1044-1045）。有興趣的讀者或許會想看看其他重量級作家的批評：Blaug（1998）及Heilbroner and Milberg（1996）。根據

Colander（2000）的說法，這些批評對目前經濟學研究所的學程裏，教授的課程與方法都會有好的影響。其他有關經濟學的研究所教育的批評，另見第四章註三、註四，與第五章的註十二。

⓮ 有關俄國的組織犯罪，見第八章註九。

第二十五章

❶ 世界貿易組織（World Trade Organization，簡稱WTO）從一九九五年開始運作，以監督國際貿易協議並解決貿易爭端。世界貿易組織的前身是關稅暨貿易總協定（General Agreement on Tariffs and Trade，簡稱GATT），但WTO比GATT的力量強大。GATT是在第二次世界大戰後，成為多邊貿易協定的機制。世界銀行則是由會員國出資，在全球資本市場上募集資金，貸款給各種開發計畫。在貸款前，世界銀行和國際貨幣基金（IMF）經常合作，共同建立一些經濟重整的條款。另見第二章的註一。

❷「怪罪國際貨幣基金帶來貧窮……」是改寫自世界貿易組織主席麥克・莫爾（Michael Moore）說過的話，引用於Martin Crutsinger：「國際貨幣基金保證給最貧窮的國家更多貸款援助」Monday, April 17, 2000（The Associated Press, seattlep-i.nwsource.com/national/meet17.shtml accessed April 14, 2001）。取得美聯社許可之後翻印。

❸ 十九世紀比二十世紀更全球化，這是許多經濟學家的觀點，也有不少數據支持。進一步的探討可見Streeten（2001）。

❹ 英國權利法案是一六八九年由議會制定的。法案裏的人權宣言是為了限制政府的權力。

❺ 許多跨國公司為了預防批評，都會利用非政府組織來證明他們在海外的運作是符合勞動與環保標準。這點造成了一些負面的後果，這個想法是Marina Ottaway 所發表的（2001）。

❻「在財富與榮譽的競逐之中……他可能盡全力地跑……」（*TMS*, II.ii.2.1 [83]），另加上強調語氣。

❼「勞工的酬勞若是豐厚……」見 *WN*, I.viii.44 [99-101]，這是斯密在探討為何付員工較高的薪水會導致生產力的提升。

❽ 資本主義要成功，就必須關切制度的發展，並關心法律和法規的系統，這個觀念在學術文獻裏有大量的記載。例如，亞當．斯密就認為，雇主在設定法規之時，比較有可能串通勾結，「因此，當制定的法規是站在員工的一方，它總會比較公正而平等……」（*WN* I.x.c.61 [157-158]）。

❾ 關於制度如何增進市場的成長，這類較廣泛的問題可見於世界銀行，*World Development Report 2002: Building Institutions for Markets*（NY: Oxford University Press, 2002）。有關它對金融市場的影響，見葛林斯潘的演說"The Virtues of Market Economies," June 10, 1997（可上網查聯邦儲備局——Federal Reserve Board）。

❿ 詹姆斯．杜賓（James Tobin）贏得一九八一年的諾貝爾獎。他的「Q理論」公式的建構方式是，找出一家公司的市值和它的再生成本（reproduction costs）之間的比率。

⓫「……商人和製造商的……卑鄙的貪婪……」（*WN*, IV.iii.c.9 [492]）。

⑫「但是他們的談話最後通常流於以不利大眾的圖謀……」（*WN*, I.x.c.27 [145]）。

第二十六章

❶「科學的進展是經過一次一次的喪禮，」這是改寫自史丹利・費雪（Stanley Fischer）致保羅・薩繆森（Paul Samuelson）的話，"Samuelson's Economics at Fifty: Remarks on the Occasion of the Anniversary of Publication," *Journal of Economic Education*, 30(4)(Fall 1999): 363。這句引言也可能是改寫自德國物理學家馬克思・恩斯特（Max Ernst）。

第四部：附錄

❶「我們都是啟蒙時代的孩子……」見查爾斯・格里斯華（Charles L. Griswold, Jr.）的*Adam Smith and the Virtues of Enlightenment* (Cambridge: Cambridge University Press, 1999) : p. 2。經Cambridge University Press許可後翻印。

〔附錄C〕

參考書目

亞當．斯密作品集

一九七六年時，格拉斯哥大學為了慶祝《國富論》二百週年紀念，而將亞當．斯密所有的作品與信件做了最後一次的彙整。「格拉斯哥版」及相關書冊在一九七六年到八三年間，由牛津大學出版社出版精裝本，這也是任何感興趣的學者可以開始的好地方。這六冊文集，隨後由自由基金會（Liberty Fund, Indianapolis, IN）出版了高品質的平裝本，也有很高的評價。斯密在世的時候，這六冊文集只有兩冊出版（如括弧［ ］所示）。這六冊格拉斯哥版的文集與其縮寫如下：

《道德情操論》（*TMS*）：

The Theory of Moral Sentiments. 1976 [1759]. 由D.D. Raphael與A.L. Macfie編輯。斯密在一七九〇年過世的前幾個星期，他修訂過的*TMS*第六版才面世。（編按：繁體中文有五南出版的譯本；簡體中文有北京商務、中國社會科學出版社的譯本。）

《國富論》（*WN*）：

An Inquiry into the Nature and Causes of the Wealth of Nations. 1976 [1776]. 分兩部，由R.H. Campbell與A.S. Skinner編輯。*WN*在斯密在世時曾出過四版，最後一版是一七八六年出版。（編按：繁體中文譯本目前有先覺出版〔分上、下冊〕、華立文化出版，及台灣商務出版的精選本。早期台灣銀行經濟研究室也有譯本。）

EPS：

Essays on Philosophical Subjects. 1980 [1795]. W.P.D. Wightman與J.C. Bryce編輯。這本書是在一七九五年斯密過世之後才出版，其中包含了許多斯密重要的文章，主題包括科學、人文與形上學，最引人矚目的是斯密的"Essay on Astronomy"。這部文集還包括了當時學者杜格．史都華為斯密寫的一篇有趣的傳記"Account of the Life and Writings of Adam Smith, L.L.D."。

LRBL：

Lectures on Rhetoric and Belles Lettres. 1983 [1963]. R.L. Meek, D.D. Raphael與P.G. Stein編輯。這些是斯密在格拉斯哥大學授課時，一位學生寫的筆記。

LJ：

Lectures on Jurisprudence. 1978 [1896/1978]. R.L. Meek, D.D. Raphael與P.G. Stein編輯。這是兩套斯密在格拉斯哥大學授課時，學生寫的筆記。

CORR：

Correspondence of Adam Smith. 1977. Ernest Campbell Mossner 與Ian Simpson Ross 編輯。除了信件之外，這本書還包括一些重要的文件，如斯密針對美洲殖民地叛亂所寫的備忘錄。

自由基金會為斯密的《國富論》與《道德情操論》建立了一個極出色的電子圖書館，以易於找出主題或辭彙（www.econlib.org）。想要一探斯密作品的人，還有一些其他選擇。首先，可以查一下本書的註解，尋找一些有趣而具爭議性的文章段落。其他提供註解的書籍還有：

Heilbroner, Robert L. 1986. *The Essential Adam Smith* (New York: W.W. Norton and Co.).

Heilbroner, Robert L. 1996. *Teachings from the Worldly Philosophy* (New York: W.W. Norton and Co.，中譯本《資本主義聖經》時英出版).

Ryan, Edward W. 1990. *In the Words of Adam Smith: The First Consumer Advocate* (Sun Lakes, AZ: Thomas Horton and Daughters).

亞當·斯密的傳記

Ross, Ian Simpson. 1995. *The Life of Adam Smith* (Oxford: Clarendon Press, 1995). 這是最後一本現代人寫的傳記。

Rae, John. 1895. *Life of Adam Smith*. 這是百年來該領域最標準的一本傳記。

Stewart, Dugald. 1795. "Account of the Life and Writings of Adam Smith, LL.D. 這篇簡短易讀的傳記收在斯密死後出版的*Essays on Philosophical Subjects*裏面，該書是格拉斯哥版的第三冊（見前頁說明）。

Muller, Jerry. 1993. *Adam Smith: In His Time and Ours* (Princeton, NJ: Princeton University Press). 這是一本引人入勝的傳記，描述斯密寫作的時代。

Heilbroner, Robert L. 1986. *The Worldly Philosophers: The Lives, Times, and Ideas of the Great Economic Thinkers*, sixth edition (New York: Touchstone Books, 1986，有中譯本《俗世哲學家》商周出版). 想要簡單了解斯密的生平與他的時代，可以考慮這部經典。

研究亞當．斯密的學術著作選

探討亞當．斯密的學術著作浩如煙海，而且顯然還會繼續增加。單單從一九八一年到九七年間，就有將近三千篇期刊文章引用亞當．斯密的作品。平均來說，每年有兩百多篇新的作品會引用斯密（Wight, 2002）。最近有關斯密的文章和書籍跨越各領域——商業、經濟、法律、政治科學、哲學、心理學、公共政策與社會學。斯密或許還會繼續照亮這些領域的道路。

如下的書目有助於探索亞當．斯密其人與他在經濟學及社會科學上的地位。許多其他的好作品也值得一提，只是限於篇幅必須割捨。註有星號（*）的項目，指的是包含有附帶資料引用來源的文獻評論，或針對斯密的評論。

*Black, R.D. Collison. 1995 [1976]. "Smith's Contribution in Historical Perspective," in Mark Perlman and Mark Blaug, eds., *Economic Theory and Policy in Context: The Selected Essays of R. D. Collison Black* (Aldershot, UK: Edward Elgar).

*Brown, Vivienne. 1997. "'Mere Inventions of the Imagination': A Survey of Recent Literature on Adam Smith," *Economics and Philosophy, 13*(2) (October): 281-312.

Brown, Vivienne. 1994. *Adam Smith's Discourse: Canonicity, Commerce, and Conscience*. (London: Routledge)

Fitzgibbons, Athol. 1995. *Adam Smith System of Liberty, Wealth, and Virtue: The Moral and Political Foundations of the Wealth of Nations* (NY: Oxford University Press).

*Fry, Michael (ed.). 1992. *Adam Smith's Legacy: His Place in the Development of Modern Economics*, (London: Routledge) pp. 1-14.

Gramp, William D. 2000. "What Did Smith Mean by the Invisible Hand?" *Journal of Political Economy, 108*(3), pp. 441-464.

Griswold, Charles L. 1999. *Adam Smith and the Virtues of Enlightenment* (Cambridge: Cambridge University Press).

Hutchinson, Terence. 1988. *Before Adam Smith: The Emergence of Political Economy, 1662-1776* (New York: Basil Blackwell).

Muller, Jerry Z. 1993. *Adam Smith in His Time and Ours: Designing the Decent Society* (New York: The Free Press).

*Recktenwald, Horst Claus. 1978. "An Adam Smith Renaissance anno 1976? The Bicentenary Output — A Reappraisal of His Scholarship," *Journal of Economic Literature 16*(1), 56-83.

Rothschild, Emma. 2001. *Economic Sentiments: Adam Smith, Condorcet and the Enlightenment* (Cambridge, MA: Harvard University Press).

Skinner, Andrew S. 1996. *A System of Social Science: Papers Relating to Adam Smith*, second edition (Oxford: Clarendon Press). 這是由研究斯密的頂尖專家寫成的很傑出的選集。

*Tribe, Keith. 1999. "Adam Smith: Critical Theorist?" *Journal of Economic Literature*, 27(2): 609-32.

Viner, Jacob. 1960. "The Intellectual History of Laissez Faire," *Journal of Law and Economics* 3: pp. 45-69.

Viner, Jacob. 1928. "Adam Smith and Laissez Faire ," in J.M. Clark et al., *Adam Smith, 1776-1926* (Chicago: University of Chicago).

Werhane, Patricia H. 1991. *Adam Smith and His Legacy for Modern Capitalism* (New York: Oxford University Press).

West, Edwin G. 1990. *Adam Smith and Modern Economics: From Market Behavior to Public Choice* (Brookfield, VT: Edward Elgar).

*West, Edwin G. 1988. "Developments in the Literature on Adam Smith: An Evaluative Survey," in William O. Thweatt,, ed., *Classical Political Economy: A Survey of Recent Literature* (Kluwer Academic Press, 1988): 13-43.

*West Edwin G. 1978. "Scotland's Resurgent Economist: A Survey of the New Literature on Adam Smith," *Southern Economic Journal, 45*(2) (October): 343-69.

*Wight Jonathan B. 2002. "The Rise of Adam Smith: Articles and Citations, 1970-97" *History of Political Economy* (forthcoming, Spring).

Wight, Jonathan B. 1999. "Will the Real Adam Smith Please Stand Up? Teaching Social Economics in the Principles Course," in Edward J. O'Boyle (Ed.), *Teaching the Social Economics Way of Thinking*, Mellen Studies in Economics, Vol. 4 (Lewiston, NY: The Edwin Mellen Press): 117-139.

Young, Jeffrey T. 1997. *Economics As a Moral Science: The Political Economy of Adam Smith* (Cheltenham, UK: Edward Elgar).

Young, Jeffrey T. and Barry Gordon. 1996. "Distributive Justice as a Normative Criterion in Adam Smith's Political Economy," *History of Political Economy*, 28(1): 1-25.

經濟學做為「社會學的」、「哲學的」或「道德的」科學

如下書籍與文章廣泛探討經濟學做為社會學、哲學或道德科學。包含在內的還有針對正經八百的經濟學的批評，以及一些關於心理學及生物學的項目。

Ben-Ner, Avner and Louis G. Putterman (Eds.). 1998. *Economics, Values, and Organization* (New York: Cambridge University Press).

Ben-Ner and Louis Putterman. 2000. "Values Matter," *World Economics 1*(1) (January-March): 39-60.

Blaug, Mark. 1998. "Disturbing Currents in Modern Economics," *Challenge* (May-June).

Boulding, Kenneth E. 1969. "Economics as a Moral Science," *American Economic Review, 59*(1): 1-12.

Brittan, Samuel and Alan Hamlin, Eds. 1995. *Market Capitalism and Moral Values* (Brookfield, VT: Edward Elgar).

Brockway, George P. 1991. *The End of Economic Man: Principles of Any Future Economics* (New York: Harper and Row).

Colander, David. 2000. "New Millenium Economics: How Did It Get This Way, and What Way is

It?" *Journal of Economic Perspectives, 14*(1) (Winter): 121-132.

Coleman, J. S. (1988). "Social Capital in the Creation of Human Capital," *American Journal of Sociology, 94* (Suppl.), S95-S120.

Coughlin, Richard M. (ed.). 1991. *Morality, Rationality, and Efficiency: New Perspectives on Socio-Economics*. (Armonk, NY: M.E. Sharpe, Inc.)

Dawkins, Richard. 1990. *The Selfish Gene* (Oxford: Oxford University Press).

Ekins, Paul, ed. 1986. *The Living Economy: A New Economics in the Making* (London: Routledge).

Elliott, John E. 1996. "Can Neoclassical Economics Become Social Economics?" *Forum for Social Economics*, 26(1) (Fall): pp. 15-38.

Elster, Jon. 1989. *The Cement of Society: A Study of Social Order* (Cambridge: Cambridge University Press).

Etzioni, Amitai. 1988. *The Moral Dimension: Toward a New Economics* (New York: The Free Press).

Flexnor, Kurt F. 1989. *The Enlightened Society: The Economy with a Human Face* (Lexington).

Frank, Robert H. 1996. "Do Economists Make Bad Citizens?" *Journal of Economic Perspectives, 10*(Winter): 187-192.

Frank, Robert H. 1988. *Passions Within Reason: The Strategic Role of the Emotions* (New York: Norton).

Frank, Robert H. 1987. "If Homo Economicus Could Choose his Own Utility Function, Would He Want One with a Conscience?" *American Economic Review, 77*(4) (September): 593-604.

Frank, Robert H., Thomas D. Gilovich, and Dennis T. Regan. 1993. "Does Studying Economics Inhibit Cooperation?" *Journal of Economic Perspectives, 7*(Spring): 159-171.

Fukuyama, Francis. 1993. *Trust: The Social Virtues & The Creation of Prosperity* (New York: The Free Press，中譯本《信任》立緒出版).

Goleman, Daniel. 1995. *Emotional Intelligence* (New York: Bantam, 1995，中譯本《EQ》時報出版).

Hausman, Daniel M. 1992. *The Inexact and Separate Science of Economics* (Cambridge: Cambridge University Press).

Hausman, Daniel M., and Michael S. McPherson. 1996. *Economic Analysis and Moral Philosophy* (Cambridge, Cambridge University Press).

Hausman, Daniel M. and Michael S. McPherson. 1993. "Taking Ethics Seriously: Economics and Contemporary Moral Philosophy," *Journal of Economic Literature, 31*(June): 671-731.

Hayek, Frederick von. 1984. "The Origins and Effects of Our Morals: A Problem for Science," in Chiraki Nishiyama and Kurt R. Leube, eds., *The Essence of Hayek* (Stanford: Hoover Institution Press): 318-30.

Heilbroner, Robert L. 1988. *Behind the Veil of Economics: Essays in the Worldly Philosophers*.

(New York: W.W. Norton and Company).
Heilbroner, Robert, and William Milberg. 1996. *The Crisis of Vision in Modern Economic Thought* (Cambridge, UK: Cambridge University Press).
Horgan, John. 1995. "The New Social Darwinists," *Scientific American* (October 1995): 174-181.
Kuttner, Robert. 1996. *Everything for Sale: The Virtues and Limits of Markets*. (New York: Knopf).
Lutz, Mark A. and Kenneth Lux. 1988. *Humanistic Economics: The New* Challenge (Bootstrap Press).
MacIntyre, Alasdair. 1997. *After Virtue: A Study in Moral Theory* (Notre Dame, IN: University of Notre Dame Press).
Mansbridge, Jane J., ed. 1990. *Beyond Self-Interest* (Chicago: University of Chicago Press).
Marwell, G. & R. E. Ames. 1981. "Economists Free Ride, Does Anyone Else?" *Journal of Public Economists, 15*: 295-310.
McCloskey, Donald. 1994. "Bourgeoise Virtue," *American Scholar, 63*(2) (Spring): 177-191.
McKee, Arnold F. 1987. *Economics and the Christian Mind* (New York: Vantage Press).
Myers, Milton. 1983. *The Soul of Modern Economic Man: Ideas of Self-Interest* (Chicago: Chicago University Press).
Nelson, Robert H. 1991. *Reaching for Heaven on Earth: The Theological Meaning of Economics* (Savage, MD: Roman and Littlefield).

Phelps, E. S. 1973. Introduction to *Altruism, Morality, and Economic Theory* (New York: Russel Sage Foundation).

Piore, Michael. 1995. *Beyond Individualism* (Cambridge: Harvard University Press).

Powelson, John P. 1998. *The Moral Economy* (Ann Arbor: University of Michigan Press).

Putnam, R. D. (1993). "The Prosperous Community: Social Capital and Public Life," *American Prospect, 13* (Spring): 35-42.

Putnam, R. D. (1995). "Bowling Alone: America's Declining Social Capital," *Journal of Democracy, 6*(1): 65-78.

Rabin, Matthew. 1998. "Psychology and Economics," *Journal of Economic Literature, 36*(1): 11-46.

Sen, Amartya. 1987. *On Ethics and Economics*. (Oxford: Blackwell，中譯本《倫理與經濟》聯經出版).

Swedberg, Richard. 1987. *Economic Sociology* (London: Sage).

Wilson, James Q. 1993. *The Moral Sense* (NY: The Free Press).

企業轉型的新典範

如下項目是和企業對社會與倫理的關懷有關。大多數（但非全部）作者都是贊成組織轉型的新典範觀點的作家與企業領袖，但如果將這些作品歸為一類並不妥當，因為它們涵蓋的論點非常廣泛，有些甚至是相互衝突的。

Adams, John D., ed. 1984. *Transforming Work: A Collection of Organizational Transformation Readings* (Alexandria, VA: Miles River Press).

Arrow, K. J., (1993). "Social Responsibility and Economic Efficiency," in T. Donaldson & P. H. Werhane, eds., *Ethical Issues in Business* (Englewood Cliffs, NJ: Prentice Hall): pp. 255-266.

Blanchard, Kenneth, et al. 1997. *Managing by Values* (San Francisco: Berrett-Koehler，中譯本《搶救雷恩公司》天下文化出版).

Block, Peter. 1993. *Stewardship: Choosing Service over Self-Interest* (San Francisco: Berrett-Koehler).

Bolman, Lee G., and Terrence E. Deal. 1995. *Leading with Soul: An Uncommon Journey of Spirit* (New York: Jossey-Bass，中譯本《生命的領航》天下文化出版).

Bracey, Hyler, et al. 1993. *Managing from the Heart* (Atlanta, GA: Heart Enterprise).

Chappel, Tom. 1994. *The Soul of a Business: Managing for Profit and the Common Good* (New York: Bantam).

Dehler, Gordon E. and M. Ann Welsh. 1994. "Spirituality and Organizational Transformation," *Journal of Managerial Psychology*, 9(6): 17-26.

Gioia, Joyce L., and Roger E. Herman. 1998. *Lean and Meaningful: A New Culture for Corporate America*. (Oakhill Press).

Harman, Willis, and Maya Porter, eds. 1997. *The New Business of Business: Sharing Responsibility for a Positive Global Future* (San Francisco: Berrett-Koehler).

Hawken, Paul. 1987. *Growing a Business* (New York: Simon and Schuster，中譯本《實現創業的夢想》天下文化出版).

McCormick, Donald W. 1994. "Spirituality and Management," *Journal of Managerial Psychology*, 9(6): 5-8.

Morris, Tom. 1997. *If Aristotle Ran General Motors: The New Soul of Business* (Henry Holt and Company，中譯本《亞里斯多德總裁》大塊出版).

Österberg, Rolf. 1993. *Corporate Renaissance: Business as an Adventure in Human Development* (Mill Valley, CA: Nataraj Publishing).

Peale, Norman Vincent, Kenneth Blanchard, and Norman Peale. 1996. *The Power of Ethical Management* (New York: Ballantine，中譯本《一分鐘倫理管理》聯經出版).

Pfeffer, Jeffrey. 1998. *The Human Equation: Building Profits by Putting People First* (Cambridge, MA: Harvard University Press).

Pfeffer, Jeffrey. 1994. *Competitive Advantage through People* (Cambridge, MA: Harvard University Press).

Ray, Michael and John Renesch. 1994. *The New Entrepreneurs: Business Visionaries for the 21st Century* (San Francisco: Sterling and Stone).

Ray, Michael and Alan Rinzler, eds. 1993. *The New Paradigm in Business: Emerging Strategies for Leadership and Organizational Change* (New York: Tarcher/Perigee).

Werhane, Patricia. 1999. *Moral Imagination and Management Decision-Making* (New York: Oxford University Press).

國際經濟議題與機構

如下項目有助於認識全球化的反撲勢力，它的表現方式有和平示威和暴力行動兩種。這裏根據主題列出，從最常見的觀點開始。兩方的觀點都包含在內。

Micklethwait, John, and Adrian Wooldridge. 2000. *A Future Perfect: The Essentials of Globalization* (New York: Crown，中譯本《完美大未來》商周出版). 這是一本很出色的全球化概論，出自《經濟學人》雜誌兩位記者之手。

Streeten, Paul. 2001. “Integration, Interdependence, and Globalization,” *Finance and Development, 38*(2) (June): 34- 37. 這篇文章比較了今天與一百年前的全球化程度。

Roberts, Russell. 2001. *The Choice: A Fable of Free Trade and Protectionism*, 2nd edition, (Upper

Saddle River, NJ: Prentice-Hall，中譯本《貿易戰爭》經濟新潮社出版）. 這本書是以學術小說形式，概要說明大衛．李嘉圖的比較利益理論。

Krueger, Anne O. 1998. "Whither the World Bank and the IMF?" *Journal of Economic Literature, 36*(4): 1983-2020. 這是從內部人員的觀點來看兩個主要的多邊金融機構：世界銀行與國際貨幣基金。

Stiglitz, Joseph. 2000. "The Insider: What I Learned at the World Economic Crisis," *The New Republic* (April 17): 56-60.

Fischer, Stanley. 1998. "The Asian Crisis and the Changing Role of the IMF" *Finance and Development, 35*(2) (June).

Danaher, Kevin, ed. 2001. *Democratizing the Global Economy: The Battle Against the World Bank and the International Monetary Fund* (Monroe, ME: Common Courage Press). 要看強烈反對世界銀行與國際貨幣基金的觀點，可以參考這本書，以及網站 50 Years Is Enough: U.S. Network for Global Economic Justice (www.50years.org/)，這是大約兩百個機構合作企圖讓世界銀行與國際貨幣基金轉型，或將它連根拔除。

Ottaway, Marina. 2001. "Reluctant Missionaries," *Foreign Policy* (July/August 2001): 44-54. 這篇文章認為，要求跨國公司加強環保或人權議題，是在給自己找麻煩。

啟蒙

以下的文章與書籍，有助於了解亞當・斯密在他那個時代的智識歷史上，佔有什麼樣的地位。

Commager, Henry Steele. 1977. *The Empire of Reason* (New York: Anchor Press).

Gay, Peter. 1966. *Age of Enlightenment* (New York: Time Incorporated).

Lukes, Steven. 1995. *The Curious Enlightenment of Professor Caritat* (London: Verso).

Tarnas, Richard. 1991. *The Passion of the Western Mind: Understanding the Ideas that have Shaped Our World View* (New York: Ballantine).

Wheelwright, Philip. 1959. *A Critical Introduction to Ethics* (New York: Odyssey Press).

Wilson, Arthur M. 1972. *Diderot* (New York: Oxford University Press).

Winwar, Frances. 1961. *Jean-Jacques Rousseau: Conscience of An Era* (New York: Random House).

〔附錄D〕

教學指南

這本書探討的當代問題涵蓋多種學科，有經濟學、商業、哲學與其他相關領域。明確地說，這本書在行文的脈絡裏運用實例和應用，來探討經濟理論與商業倫理的問題。以下的主題，適合在基礎與進階課程中討論。

■ 機會成本

■ 勞動專門化

■ 貿易所得

■ 邊際報酬遞減

■ 在配置資源時價格與利潤所扮演的角色

■「看不見的手」

■ 人力資本的形成

■ 儲蓄與資本累積

財富創造與貿易：

市場失靈與國家的角色：

- 壟斷
- 公共財，例如公立教育、公路
- 道德風險
- 政府失靈
- 共有地的悲劇

新興市場的結構改革：

- 市場的穩定化、自由化與私有化
- 結構改革的不平等
- 在拉丁美洲、俄羅斯等地寡頭政治的興起
- 永續發展
- 貪污

資本主義的道德基礎：

- 財富可以帶來幸福嗎？
- 啟蒙做為民主與資本主義的基礎
- 司法正義是永續發展的先決條件

- 自利與自私的區別
- 如何培養道德良知：斯密的「公正的旁觀者」
- 市場上「看不見的手」與道德

企業管理與倫理：

- 價值觀在企業管理中所扮演的角色
- 亞當・斯密與人力資源發展
- 組織轉型
- 社會成本與信任在生產中所扮演的角色
- 國際貿易中的勞動與環保認證計畫

〔附錄E〕

致謝

亞當・斯密是我第一個要感謝的人，他比任何其他人更有資格做這本書的主人。沒有兩百年前他那枝筆流瀉出來的機敏智慧與無窮無盡的真知灼見，就不會有這本書。我對斯密與日俱增的感情，是受到他深刻的作品所挑動，也使得寫這本書的過程，成為充滿感情的愉悅活動。第二我要感謝的是許許多多的現代學者，他們在過去三十年來，深深轉化我們對亞當・斯密的了解與評價，並使得他的作品更容易被現代讀者接受與了解（見附錄C參考書目）。

這本小說是集體合作的產物：算算有數百名的學生、一大批同事、朋友與家人都讀過早期的初稿，並做出大大小小的改進建議。如果還有任何錯誤，那純粹是我的問題。這本書的草稿曾用在經濟學原理、經濟發展、以及MBA的國際經濟學課堂上。我深深感謝許多參與的學生，尤其要謝謝Rodrigo Pinto、Jason Savedoff、Jason Farrelly、Dan Gertsacov、Brandt Portugal、Matias Sacerdote、以及Andrew Olson。

李奇蒙大學（University of Richmond）與其他地方的一些同仁輪流給我相關主題的教育，範圍從啟蒙到新企業典範不一而足。幫助最大的是Clarence Jung、Erik Craft、Ted Luellen、John Treadway、Scott Davis、Tom Bonfiglio以及Richard Coughlan。Andrea

Maneschi在思想史的領域給我許多鼓勵，並協助我進行各種接觸，而Bill Thweatt是我在這方面的第一個老師，他讓我看到它可以成為多麼刺激的一個領域。Maria Merritt提供有關於大衛・休謨的洞見。Joanne Ciulla給我出版方面有益的忠告，Randolph New和David Leary院長以經費補助教職員的亞當・斯密讀書會。Karen Newman院長在各方面協助出書，包括版稅、差旅費及其他人事經費。Sue Hopfensperger管理系上的行政，在各階段的草稿準備上，給我適時的協助。

研究亞當・斯密的學者是外在的評論者，他們扮演著決定性的角色。這些人包括Jeffrey Young、Jerry Muller，以及Patricia Werhane。Andrew Skinner慨然擔任非正式的評論者，給我許多有益的建議，James Halteman也是扮演著同樣的角色。John（Mort）Morton和Peter Dougherty同樣給我堅定的鼓勵。他們都是我的大恩人。在商場上，Rolf Österberg和Michael Miller（另見第二十章註二）針對書中探討的企業典範，給我許多無價的意見。Darby Williams和Robin Nakamura則是針對矽谷新創公司的管理議題，給了我許多絕佳的回應。我深深感激這些慷慨的好友們。朋友與家人也給我豐富的道德支持與出色的編輯建議；這些讀者包括JoJo Wight、Jody Wight、Pickett和Tom Viall、Rod與Allison McNall、Tom Davey，以及Jack和Renee Fiedler。Dan Davis協助安排一趟橫越全美國的行程；走這麼一趟路，很難得有這麼氣味相投、有趣的同伴！

Prentice Hall的區域收稿編輯（Regional Acquisition Editor）Bill Beville看見我的初稿便立即表示興趣，並將它一路上傳給上司審閱。Prentice Hall PTR的副總裁Timothy Moore看

出這本書的潛力，並提供絕佳的素材，並給予精神支援助其完成，我對他的照顧永生難忘。Gretchen Comba很早就開始給予編輯上的協助，Joe La Zizza則提供編輯上的最後粹煉。Scott Suckling與Anne Garcia是耐性十足而能幹的專案經理。Russ Hall與羅素．羅伯茲（Russell Roberts）負責很重要的小說編輯任務，我衷心感激他們的建議，強化了本書的論點、內容幅度、情節與角色個性。我特別要感謝羅素．羅伯茲——幾年前他寫了一部關於國際貿易的小說《貿易戰爭》（*The Choice: A Fable of Free Trade and Protectionism*，中譯本經濟新潮社出版），激發了我的靈感。在本書還在大綱的階段，羅伯茲先生就願意撥空給我意見與鼓勵，這一切令我深銘五內。

最先開始研究與撰寫這本書，是我在一九九七到九八年間休假的時候；很感激李奇蒙大學給我那段休息的時間。Bill和Nancy Rhodenhiser協助我轉到加州，Randy和Bonnie Linde則大方提供一個家外的家。在我那個休假年裏，加州帕羅阿圖的Institute of Transpersonal Psychology（ITP）提供所有的辦公室設備，與一個充滿激勵氣氛的環境。ITP是個心理學研究所（包含道德心理學）。我相信亞當．斯密在那個環境裏也會覺得志趣相投，我很感激那許多傑出的教職員和學生。我尤其要感謝Jim Fadiman、Arthur Hastings、Michael Hutton和Steve Sulmeyer對這本書的貢獻。最後，最大的幫助無疑是來自我的妻子Jean McNall Wight，她和我與這本書共處了四年之久。她將書稿不厭其煩地讀了好幾遍，給我數不清的好意見。沒有她看過這裏的每一頁，就不會有這本書的存在。這本書要獻給她。謝謝妳。

經濟新潮社 〈經營管理系列〉

書 號	書 名	作 者	定價
QB1150	**自律就是自由**：輕鬆取巧純屬謊言，唯有紀律才是王道	喬可．威林克	380
QB1151	**高績效教練**：有效帶人、激發潛力的教練原理與實務（25週年紀念增訂版）	約翰．惠特默爵士	480
QB1152	**科技選擇**：如何善用新科技提升人類，而不是淘汰人類？	費維克．華德瓦、亞歷克斯．沙基佛	380
QB1153	**自駕車革命**：改變人類生活、顛覆社會樣貌的科技創新	霍德．利普森、梅爾芭．柯曼	480
QB1154	**U型理論精要**：從「我」到「我們」的系統思考，個人修練、組織轉型的學習之旅	奧圖．夏默	450
QB1155	**議題思考**：用單純的心面對複雜問題，交出有價值的成果，看穿表象、找到本質的知識生產術	安宅和人	360
QB1156	**豐田物語**：最強的經營，就是培育出「自己思考、自己行動」的人才	野地秩嘉	480
QB1157	**他人的力量**：如何尋求受益一生的人際關係	亨利．克勞德	360
QB1158	**2062**：人工智慧創造的世界	托比．沃爾許	400
QB1159	**機率思考的策略論**：從消費者的偏好，邁向精準行銷，找出「高勝率」的策略	森岡毅、今西聖貴	550
QB1160	**領導者的光與影**：學習自我覺察、誠實面對心魔，你能成為更好的領導者	洛麗．達絲卡	380
QB1161	**右腦思考**：善用直覺、觀察、感受，超越邏輯的高效工作法	內田和成	360
QB1162	**圖解智慧工廠**：IoT、AI、RPA如何改變製造業	松林光男審閱、川上正伸、新堀克美、竹內芳久編著	420
QB1163	**企業的惡與善**：從經濟學的角度，思考企業和資本主義的存在意義	泰勒．柯文	400
QB1164	**創意思考的日常練習**：活用右腦直覺，重視感受與觀察，成為生活上的新工作力！	內田和成	360
QB1166	**精實服務**：將精實原則延伸到消費端，全面消除浪費，創造獲利（經典紀念版）	詹姆斯．沃馬克、丹尼爾．瓊斯	450

經濟新潮社 〈經營管理系列〉

書號	書名	作者	定價
QB1102X	**最極致的服務最賺錢**：麗池卡登、寶格麗、迪士尼都知道，服務要有人情味，讓顧客有回家的感覺	李奧納多・英格雷利、麥卡・所羅門	350
QB1105	**CQ文化智商**：全球化的人生、跨文化的職場——在地球村生活與工作的關鍵能力	大衛・湯瑪斯、克爾・印可森	360
QB1107	**當責，從停止抱怨開始**：克服被害者心態，才能交出成果、達成目標！	羅傑・康納斯、湯瑪斯・史密斯、克雷格・希克曼	380
QB1108X	**增強你的意志力**：教你實現目標、抗拒誘惑的成功心理學	羅伊・鮑梅斯特、約翰・堤爾尼	380
QB1109	**Big Data大數據的獲利模式**：圖解・案例・策略・實戰	城田真琴	360
QB1110	**華頓商學院教你活用數字做決策**	理查・蘭柏特	320
QB1111C	**V型復甦的經營**：只用二年，徹底改造一家公司！	三枝匡	500
QB1112	**如何衡量萬事萬物**：大數據時代，做好量化決策、分析的有效方法	道格拉斯・哈伯德	480
QB1114	**永不放棄**：我如何打造麥當勞王國	雷・克洛克、羅伯特・安德森	350
QB1117	**改變世界的九大演算法**：讓今日電腦無所不能的最強概念	約翰・麥考米克	360
QB1120X	**Peopleware**：腦力密集產業的人才管理之道（經典紀念版）	湯姆・狄馬克、提摩西・李斯特	460
QB1121	**創意，從無到有**（中英對照×創意插圖）	楊傑美	280
QB1123	**從自己做起，我就是力量**：善用「當責」新哲學，重新定義你的生活態度	羅傑・康納斯、湯姆・史密斯	280
QB1124	**人工智慧的未來**：揭露人類思維的奧祕	雷・庫茲威爾	500
QB1125	**超高齡社會的消費行為學**：掌握中高齡族群心理，洞察銀髮市場新趨勢	村田裕之	360
QB1126	**【戴明管理經典】轉危為安**：管理十四要點的實踐	愛德華・戴明	680
QB1127	**【戴明管理經典】新經濟學**：產、官、學一體適用，回歸人性的經營哲學	愛德華・戴明	450
QB1129	**系統思考**：克服盲點、面對複雜性、見樹又見林的整體思考	唐內拉・梅多斯	450

經濟新潮社　〈經營管理系列〉

書　號	書　　名	作　　者	定價
QB1061	**定價思考術**	拉斐・穆罕默德	320
QB1062X	**發現問題的思考術**	齋藤嘉則	450
QB1063	**溫伯格的軟體管理學：**關照全局的管理作為（第3卷）	傑拉爾德・溫伯格	650
QB1069X	**領導者，該想什麼？：**運用MOI（動機、組織、創新），成為真正解決問題的領導者	傑拉爾德・溫伯格	450
QB1070X	**你想通了嗎？：**解決問題之前，你該思考的6件事	唐納德・高斯、傑拉爾德・溫伯格	320
QB1071X	**假說思考：**培養邊做邊學的能力，讓你迅速解決問題	內田和成	360
QB1075X	**學會圖解的第一本書：**整理思緒、解決問題的20堂課	久恆啟一	360
QB1076X	**策略思考：**建立自我獨特的insight，讓你發現前所未見的策略模式	御立尚資	360
QB1080	**從負責到當責：**我還能做些什麼，把事情做對、做好？	羅傑・康納斯、湯姆・史密斯	380
QB1082X	**論點思考：**找到問題的源頭，才能解決正確的問題	內田和成	360
QB1083	**給設計以靈魂：**當現代設計遇見傳統工藝	喜多俊之	350
QB1089	**做生意，要快狠準：**讓你秒殺成交的完美提案	馬克・喬那	280
QB1091	**溫伯格的軟體管理學：**擁抱變革（第4卷）	傑拉爾德・溫伯格	980
QB1092	**改造會議的技術**	宇井克己	280
QB1093	**放膽做決策：**一個經理人1000天的策略物語	三枝匡	350
QB1094	**開放式領導：**分享、參與、互動——從辦公室到塗鴉牆，善用社群的新思維	李夏琳	380
QB1095X	**華頓商學院的高效談判學（經典紀念版）：**讓你成為最好的談判者！	理查・謝爾	430
QB1098	**CURATION策展的時代：**「串聯」的資訊革命已經開始！	佐佐木俊尚	330
QB1100	**Facilitation引導學：**創造場域、高效溝通、討論架構化、形成共識，21世紀最重要的專業能力！	堀公俊	350
QB1101	**體驗經濟時代**（10週年修訂版）：人們正在追尋更多意義，更多感受	約瑟夫・派恩、詹姆斯・吉爾摩	420

經濟新潮社 〈經營管理系列〉

書號	書名	作者	定價
QB1008	**殺手級品牌戰略**：高科技公司如何克敵致勝	保羅·泰柏勒、李國彰	280
QB1015X	**六標準差設計**：打造完美的產品與流程	舒伯·喬賀瑞	360
QB1016X	**我懂了！六標準差設計**：產品和流程一次OK！	舒伯·喬賀瑞	260
QB1021X	**最後期限**：專案管理101個成功法則	湯姆·狄馬克	360
QB1023	**人月神話**：軟體專案管理之道	Frederick P. Brooks, Jr.	480
QB1024X	**精實革命**：消除浪費、創造獲利的有效方法（十週年紀念版）	詹姆斯·沃馬克、丹尼爾·瓊斯	550
QB1026	**與熊共舞**：軟體專案的風險管理	湯姆·狄馬克、提摩西·李斯特	380
QB1027X	**顧問成功的祕密（10週年智慧紀念版）**：有效建議、促成改變的工作智慧	傑拉爾德·溫伯格	400
QB1028X	**豐田智慧**：充分發揮人的力量（經典暢銷版）	若松義人、近藤哲夫	340
QB1041	**要理財，先理債**	霍華德·德佛金	280
QB1042	**溫伯格的軟體管理學**：系統化思考（第1卷）	傑拉爾德·溫伯格	650
QB1044	**邏輯思考的技術**：寫作、簡報、解決問題的有效方法	照屋華子、岡田惠子	300
QB1044C	**邏輯思考的技術**：寫作、簡報、解決問題的有效方法（限量精裝珍藏版）	照屋華子、岡田惠子	350
QB1045	**豐田成功學**：從工作中培育一流人才！	若松義人	300
QB1046	**你想要什麼？**：56個教練智慧，把握目標迎向成功	黃俊華、曹國軒	220
QB1049	**改變才有救！**：培養成功態度的57個教練智慧	黃俊華、曹國軒	220
QB1050	**教練，幫助你成功！**：幫助別人也提升自己的55個教練智慧	黃俊華、曹國軒	220
QB1051X	**從需求到設計**：如何設計出客戶想要的產品（十週年紀念版）	唐納德·高斯、傑拉爾德·溫伯格	580
QB1052C	**金字塔原理**：思考、寫作、解決問題的邏輯方法	芭芭拉·明托	480
QB1053X	**圖解豐田生產方式**	豐田生產方式研究會	300
QB1055X	**感動力**	平野秀典	250
QB1058	**溫伯格的軟體管理學**：第一級評量（第2卷）	傑拉爾德·溫伯格	800
QB1059C	**金字塔原理Ⅱ**：培養思考、寫作能力之自主訓練寶典	芭芭拉·明托	450

經濟新潮社　〈經濟趨勢系列〉

書號	書名	作者	定價
QC1064	**看得見與看不見的經濟效應：**為什麼政府常犯錯、百姓常遭殃？人人都該知道的經濟真相	弗雷德里克・巴斯夏	320
QC1065	**GDP又不能吃：**結合生態學和經濟學，為不斷遭到破壞的環境，做出一點改變	艾瑞克・戴維森	350
QC1066	**百辯經濟學：**為娼妓、皮條客、毒販、吸毒者、誹謗者、偽造貨幣者、高利貸業者、為富不仁的資本家……這些「背德者」辯護	瓦特・布拉克	380
QC1067	**個體經濟學　入門的入門：**看圖就懂！10堂課了解最基本的經濟觀念	坂井豐貴	320
QC1068	**哈佛商學院最受歡迎的7堂總體經濟課**	大衛・莫斯	350
QC1069	**貿易戰爭：**誰獲利？誰受害？解開自由貿易與保護主義的難解之謎	羅素・羅伯茲	340

經濟新潮社　〈經濟趨勢系列〉

書　號	書　　名	作　　者	定價
QC1004X	**愛上經濟**：一個談經濟學的愛情故事	羅素・羅伯茲	280
QC1014X	一課經濟學（50週年紀念版）	亨利・赫茲利特	320
QC1016X	**致命的均衡**：哈佛經濟學家推理系列	馬歇爾・傑逢斯	300
QC1019X	**邊際謀殺**：哈佛經濟學家推理系列	馬歇爾・傑逢斯	300
QC1020X	**奪命曲線**：哈佛經濟學家推理系列	馬歇爾・傑逢斯	300
QC1026C	**選擇的自由**	米爾頓・傅利曼	500
QC1027X	**洗錢**	橘玲	380
QC1034	**通膨、美元、貨幣的一課經濟學**	亨利・赫茲利特	280
QC1036X	**1929年大崩盤**	約翰・高伯瑞	380
QC1039	**贏家的詛咒**：不理性的行為，如何影響決策（2017年諾貝爾經濟學獎得主作品）	理查・塞勒	450
QC1040	**價格的祕密**	羅素・羅伯茲	320
QC1043	**大到不能倒**：金融海嘯內幕真相始末	安德魯・羅斯・索爾金	650
QC1044	**你的錢，為什麼變薄了？**：通貨膨脹的真相	莫瑞・羅斯巴德	300
QC1048X	**搶救亞當斯密**：一場財富、轉型與道德的思辨之旅	強納森・懷特	400
QC1051	**公平賽局**：經濟學家與女兒互談經濟學、價值，以及人生意義	史帝文・藍思博	320
QC1052	**生個孩子吧**：一個經濟學家的真誠建議	布萊恩・卡普蘭	290
QC1055	**預測工程師的遊戲**：如何應用賽局理論，預測未來，做出最佳決策	布魯斯・布恩諾・德・梅斯奎塔	390
QC1059	**如何設計市場機制？**：從學生選校、相親配對、拍賣競標，了解最新的實用經濟學	坂井豐貴	320
QC1060	**肯恩斯城邦**：穿越時空的經濟學之旅	林睿奇	320
QC1061	**避稅天堂**	橘玲	380
QC1062	**平等與效率**：最基礎的一堂政治經濟學（40週年紀念增訂版）	亞瑟・歐肯	320
QC1063	**我如何在股市賺到200萬美元**（經典紀念版）	尼可拉斯・達華斯	320

國家圖書館出版品預行編目資料

搶救亞當斯密：一場財富、轉型與道德的思辨之旅／強納森・懷特（Jonathan B. Wight）著；江麗美譯. -- 三版. -- 臺北市：經濟新潮社出版：英屬蓋曼群島商家庭傳媒股份有限公司城邦分公司發行, 2020.11

面；　公分. --（經濟趨勢；48）

譯自：Saving Adam Smith: a tale of wealth, transformation, and virtue.

ISBN 978-986-99162-7-1（平裝）

874.57　　　　109017162